KB072320

C L A U D Y

CLAUDY

초판 1쇄 인쇄 2018년 04월 17일
초판 1쇄 발행 2018년 04월 23일

지은이 Janet S Kim
펴낸이 김양수
편집 디자인 곽세진   **교정교열** 박순옥

펴낸곳 휴앤스토리   **출판등록** 제2016-000014
주소 (우 10387) 경기도 고양시 일산서구 중앙로 1456(주엽동) 서현프라자 604호
대표전화 031.906.5006   **팩스** 031.906.5079
이메일 okbook1234@naver.com   **홈페이지** www.booksam.kr
블로그 http://blog.naver.com/okbook1234
카카오플러스친구 http://pf.kakao.com/_xoxkxlxjC

ISBN 979-11-961897-8-5 (03800)

*이 책의 국립중앙도서관 출판시도서목록은 서지정보유통지원시스템 홈페이지(http://seoji.
nl.go.kr)와 국가자료공동목록시스템(http://www.nl.go.kr/kolisnet)에서 이용하실 수 있습니다.
(CIP제어번호 : CIP2018012113)
*이 책은 저작권법에 의해 보호를 받는 저작물이므로 무단전재와 무단복제를 금지하며, 이 책
내용의 전부 또는 일부를 이용하려면 반드시 저작권자와 휴앤스토리의 서면동의를 받아야 합
니다.

*파손된 책은 구입처에서 교환해 드립니다.   *책값은 뒤표지에 있습니다.

어머니께

이 아름다운 곳이

목차

작가의 말

　두 아이의 엄마로 직장인으로 바쁘게 살다가 막상 아이들이 성장하여 각자의 길로 떠나고 나니 그만큼 생긴 여유가 슬그머니 외로움으로 다가왔습니다. 어차피 정해진 시간을 사는 인생, 좀 더 재미있고 바쁘게 살고 싶은 생각에 소설을 쓰기 시작했습니다.

　한국을 떠난 온 지도 30년이 가까워 모국어의 감각도 많이 떨어진 상태에서 글을 쓰겠다고 나선 것은 대단한 도전입니다. 그러나 글을 쓰면서 저 자신이 글쓰기를 얼마나 즐기고 있는지를 알았습니다. 하나하나 새로운 것을 알게 되었을 때나 잊었던 것을 다시 기억해 냈을 때의 기쁨이 얼마나 큰 것인지도 깨달았습니다.

　사람이 태어나 일생을 산다는 것은 누구에게나 절대 쉽지 않은 일입니다. 부정할 수 없는 인간의 취약함과 피해갈 수 없는 인생의 사각지대를 등장인물들을 통해서 그려 보았습니다. 주인공 크라우디는 배우자를 잘못 만나 구타당하고 구박받습니다. 본인의 의지대로 산다기보다는 꼭두각시 같이 억압받는 수동적이고 불행한 결혼생활을 하다 결국 살아남기 위해서 마지막 선택을 하게 됩니다. 그리고 죽기 전까지 죄책감에서 벗어나지 못합니다. 그러나 그녀의 에고는 스스로 용서받을 방법을 찾아내고 실행을 합니다. 그러면서 용서받을 수 있다는 확신을 하고 세상을 떠나게 되지요. 그녀가 진정으로 용서를 받았는지는 아무도 모릅니다. 또한, 우리는 누가 진정한 용서를 줄 수 있는 것인지도 모릅니다. 그러나 인간은 자신을 위로하고 정당화하는 본능이 있습니다. 그래서 인간은 강한 존재입니다.

이런 주제에 인류 역사상 항상 큰 문제가 되어왔던 마약 문제를 섞어보았습니다. 미국에서는 마약성 진통제의 오·남용으로 사회문제가 상당히 심각한 것이 현실입니다. 소설 속의 인물처럼 젊은이들이 쉬운 돈벌이의 유혹을 뿌리치지 못하고, 혹은 마약을 이용하기 위하여 가짜 처방전을 약국으로 가져오는 경우도 많이 보았습니다. 환자의 통증과 고통을 줄이기 위해서 개발된 마약성 진통제는 통증을 가라앉히는 진통제와 사람의 기분을 인위적으로 좋아지게 하는 마약 성분을 함께 섞어 만든 약입니다. 통증이 심한 환자나 더는 정상적으로 생활할 수 없는 터미널 환자의 통증을 치료하고 그들의 마음을 위로하기 위해 만들어진 마약성 진통제들이, 통증도 없고 필요치 않은 사람들의 기호품으로 오용되고 있습니다. 미국에서 마약성 진통제의 오·남용으로 하루 평균 142명이 사망한다는 통계를 보니 여간 심각한 사회문제가 아닐 수 없습니다. 이는 총기 사고로 인한 사망자를 훨씬 웃도는 수치입니다. 그러니 'Opioid crisis'라는 말이 생기고 미국 정부에서 심각하게 해결책을 찾으려 하는 것입니다.

저는 약사로 근무하면서 마약성 진통제와 관련한 다양한 일들을 경험했습니다. 제가 경험하고 느꼈던 것과 상상력을 동원하여 만든 이야기에 미국의 약국 이야기, 일부 미국인의 삶의 모습을 잘 버무려 장편소설로 써 보았습니다. 소설에서 등장인물이 복용한 약의 양은 이야기를 만들기 위한 것이었고 치사량을 넘는 양이었음을 말씀드려야 할 것 같습니다.

부족함이 많은 글이지만, 아무쪼록 독자 여러분께 잠시나마 책을 읽는 기쁨을 드릴 수 있으면 좋겠습니다.

2018년 봄

Janet S. Kim

CLAUDY

1

크라우디의 동생들이 그녀를 둘러싸고 있었다. 그녀는 난쟁이에게 둘러싸인 백설공주처럼 흐뭇한 마음으로 이솝이야기 중 까마귀 이야기를 읽어주고 있었다.

까마귀 한 마리가 하늘로 날아오르자 수많은 까마귀가 어둠을 뿌리며 하늘을 채웠다. 그 어둠 속에서 안토니의 얼굴이 서서히 드러나며 눈을 치켜뜨고 크라우디를 날카롭게 쏘아보았다. 칼날 같은 그의 눈빛이 그녀의 가슴을 뚫는 순간 온몸이 오싹해지며 경기를 하다 깨어났다. 소름이 온몸에 돋아있었고 으스스한 냉기가 등골을 타고 내렸다. 이른 새벽이라 사방은 고요했고 푸르스름한 여명이 커튼 사이로 들고 있었다. 다시 한 번 몸을 부르르 떨다 진저리를 치며 일어났다.

크라우디는 습관처럼 발코니의 커튼을 젖혔다. 발코니 구석에 자그마한 움직임이 보였다. 이름을 알 수 없는 작은 새 한 마리가 날개를 퍼덕이며 할딱거리고 있었다.

"불쌍한 것, 생명이 다 돼가는 모양이네. 너무 고통스럽지 않아야 할 텐데."

그녀는 늙어진 자신에게도 곧 닥칠 마지막 순간이라도 보는 것 같아 안타까운 마음이 일었다. 문을 조금 열었다. 서늘한 새벽바람이 신선해서 좋았다. 크라우디는 두어 번 크게 아침 공기를 들이쉬며 저 새를 어찌해야 하나 생각하다 카우치에 앉았다.

뉴스를 잠시 보는 사이 어느새 날은 완전히 밝아있었다. 발코니에서 퍼덕이던 새가 궁금해 다시 내다보았다. 새는 몸을 한껏 움츠린 채 주저앉아있었다. 크라우디는 제니퍼가 올 때까지는 그냥 둘 수밖에 없겠다고 생각하며 부엌으로 갔다.

우유와 시리얼, 약간의 견과류들, 바나나 하나, 그리고 샐러드를 꺼냈다. 샐러드는 제니퍼가 삶은 계란을 으깨서 잘게 자른 과일과 섞어 만들어 놓은 것이었다. 제니퍼가 영양의 균형을 맞추어 준비해 놓은, 매일 거의 같은 아침 메뉴였다.

전화가 울렸다. 제니퍼였다.

"크라우디, 아침 식사는 하셨어요?"

"지금 하고 있는 중이야."

"아침 식사가 늦었네요. 무슨 일 있어요?"

"아니, 별일 없어. 다만, 작은 새 한 마리가 발코니에서 죽어가고 있는 것 같아서 어쩔까 하고 있어."

"설마, 그걸 만지거나 집안으로 들여 놓은 것은 아니지요? 맙소사. 절대 손대지 마세요."

"아냐, 제니퍼가 오면 어떻게 해 줄까하고 기다리고 있어."

"알았어요. 제가 가서 볼게요. 제가 오늘은 좀 늦을 것 같아요. 남편과 잠시 다녀올 데가 있어서요. 미안해요."

"그래, 볼일 보고 와. 괜찮아."

"점심을 굶기지는 않을게요. 이따 봐요."

제니퍼가 그녀를 돌봐주는 것은 행운이다. 상상할 수 없는 엄청난 일들이 벌어지는 요즘 같은 세상에 제니퍼처럼 참하고 믿을만한 사람도 만나기 쉽지 않을 것이다. 제니퍼를 생각하면 평생 그녀에게 인색했던 행운의 여신이 그녀 인생의 막바지에 동정이라도 하는 듯, 드디어 복주머니를 풀었음이 틀림없다.

"고마워, 제니퍼."

마치 제니퍼가 옆에 있기라도 한 듯 혼잣말을 했다. 식욕은 없지만, 아침 식사를 거르면 제니퍼가 또 잔소리를 할 것이니, 당기지도 않는 아침 식사를 천천히 하면서 새벽 꿈을 생각했다. 이제는 자신처럼 노인이 되었을 것이고 이미 세상을 떠났을지도 모르는 동생들과 하늘나라에 계실 것이 틀림없을 부모님이 떠올랐다.

가난한 부모의 첫 딸로 태어나 중학교를 졸업하자마자 호텔 청소원으로 일하며 객실의 손님들이 전날 밤 남겨놓은 햄이나 치즈 안주라도 있으면 동생들을 먹이려고 챙기던 생각이 났다. 그녀도 한두 조각 먹고 싶었지만, 간식거리를 기다리고 있을 동생들을 생각하면 참을 수 있었다. 다들 어떻게 살았는지…. 안토니를 따라 집을 나선 후 한 번도 다시 보지 못했고 소식조차 듣지 못한 어릴 적 식구들이 떠오르는 것은 그들의 꿈을 꾸었기 때문일 것이었다.

모닝커피, 우유와 황설탕을 넣은 커피는 부드럽고 달콤했다. 커피를 마시며 자꾸 발코니에 신경이 쓰였다. 자신이 해줄 일이 하나도 없는 새가 측은해 가슴이 서늘했다. 억지로 생각을 바꾸려니 다시 옛 생각이 나며 동생들이 떠올랐다. 네 살 아래서부터 줄줄이 갓난아이까지 여덟이나 되던 동생들. 안토니가 부모님께 집을 살 돈을 드렸는데, 개인 수표로 드린 것들도 다 제대로 현찰로 찾으셨는지, 그래서 어딘가에 정착을 잘하셨는지….

점심때가 살짝 지나서야 제니퍼가 왔다.

"크라우디, 미안해요. 얼른 점심 준비할게요. 남편이 하는 학원 옆집이 세탁소인데요, 토요일 밤에 불이 났지 뭐에요. 우리 학원까지 불이 번지지 않은 게 다행이에요. 그렇지만 건물 전체가 정전이고요, 수리가 다 끝날 때까지 학원도 문을 닫아야 하나 봐요. 특히 어린이들이 주로 다니는 곳이니 다시 안전검사를 받아야 한대요."

"아이고, 어쩌나? 졸지에 실업자 하나 생겼네?"

"보험으로 조금은 보상이 된다니 다행이에요. 오늘 보험회사의 인스펙션이 있었거든요. 인스펙션 결과에 따라서 보험금이 결정되니 인스펙션이 중요하잖아요. 그래서 제가 같이 가야 했어요."

"잘했어. 그럴 땐 같이 도와야지."

"보험처리가 잘 돼야 할 텐데, 걱정이네요."

"너무 걱정하지 마. 보험으로 처리가 되면 돈 받아서 좀 쉬면 되겠네."

"쉬지도 못할 것 같아요. 건물 수리하고 안전 검사받고 하려면 몇 달은 걸릴 텐데…. 그 사이에 학생들을 다른 학원에 빼앗기면 안 되잖아요. 제임스가 당장, 오늘부터 임시 학원 자리를 보러 다니고 있어요. 학생들 모으기가 얼마나 힘든데요."

"그렇겠네. 다 잘 돼야 할 텐데."

"오늘은 제임스가 킴벌리를 학교에서 픽업해서 여기로 데려와야 할지도 몰라요. 그렇게 해도 괜찮을까요. 크라우디?"

"그럼, 괜찮고말고. 나도 킴벌리가 보고 싶었는데, 킴벌리가 오면 나야 좋지. EBT(저소득층에게 제공되는 식료품보조 프로그램) 카드로 킴벌리가 좋아하는 간식거리라도 사와. 오래간만인데 맛있는 거라도 좀 먹고 싶네."

"말만이라도 고마워요."

"말만이 아니라고. 그렇게 해. 내가 뭔가 해주고 싶어서 그래."

"그이도 하얀 셔츠를 두 장 세탁소에 맡겼다던데…."

"그래? 어쩌나? 이제는 까맣게 됐겠네?"

"그렇겠죠? 호호호. 말씀도 참 재미있게도 하시네. 어서 식사하세요."

"점심 드시고 나서 산책하러 나가요."

"오늘 산책은 쉴까?"

"왜요? 어디 불편하세요?"

"아니, 꼭 그런 건 아니고."

"자꾸 움직이셔야 해요. 귀찮아도 산책을 나가고요."

"그래, 죽을 때까지 걸을 수는 있어야 하겠지. 그런데 그 새는 어찌 됐을까?"

제니퍼가 발코니로 나가보니 새는 가엽게도 날개를 편 채 너부러져 죽어있었다.

"어쩌나, 빨리 싸서 버려야겠네."

어느새 크라우디가 발코니에 와 있었다.

"가여운 게 결국 죽었구나. 날개가 있으면 뭣해. 날지 못하면 죽는 거지."

"크라우디, 나오지 마세요. 제가 알아서 처리할게요."

"어쩌려고?"

"어쩌긴요."

"쓰레기통에 버리려고?"

"그럼, 땅에 묻어줄까요?"

울상이던 크라우디의 얼굴이 금방 환해졌다.

"그래, 묻어 줘. 죽었으니까. 목숨이 붙어있을 때는 스스로 자신을 간수할 수 있지만 죽은 목숨은 안 그렇잖아. 자신을 어쩌지 못

하니까 누군가가 도와줘야지."

"그럴게요. 잠깐 앉아 계셔요. 내가 얼른 묻어주고 올게요."

"아냐, 나도 같이 가자고."

"그냥 계셔요. 산책도 안 나가겠다고 하시면서."

"산책하고는 다르잖아. 잠깐 기다려. 뭐 좋은 게 있을 것 같아."

크라우디가 방에서 수놓인 손수건을 들고 나왔다.

"해리를 생각하며 수놓은 손수건인데 이젠 소용없어졌어. 외롭게 죽어있는 저 새나 예쁘게 싸서 묻어줘야지."

두 사람은 한적한 곳, 화단 안쪽에 새를 수놓은 손수건으로 잘 싸 묻어주었다.

작은 새를 묻고 돌아온 크라우디는 마음이 울적한지 피곤해 보였다.

"한잠 주무시는 게 어때요?"

"아냐. 하나도 피곤하지 않아. 그냥 오늘은 어릴 적 친정식구들도 생각이 나고 아들 해리 생각도 나네. 제니퍼, 책이나 읽어주겠어?"

"또 노인과 바다요?"

"응."

"그 책이 그렇게 좋으세요? 읽고 또 읽고. 제가 재미있는 책 몇 권 가져올까요?"

"그래도 좋지만, 난 그 책이 좋아. 그 노인이 바다에서 거대한 물고기와 벌이는 사투 장면이 좋아. 목숨을 걸고 싸우는 과정이 처절하잖아. 꼭 내가 살아온 인생을 바다 위에다 갖다놓고 보는 것 같아."

"그렇게 지루하고 재미없는 책을 어떻게 그렇게도 좋아하세요? 전 어렸을 때 그 책을 끝까지 읽느라 아주 힘들었는데. 몇 번이나 중간에서 그만 읽으려 했던 기억이 나네요."

"내가 책 속의 노인 같아서 그래. 결국은 물고기를 잡아 배에 묶어 끌고 돌아오지만, 고기는 다른 것들에게 다 빼앗기고 뼈만 남았잖아. 처절하게 싸우고 난 후에 남은 건 아무짝에도 소용없는 뼈뿐이잖아."

"헤밍웨이는 어쩌다 그렇게 지루한 책을 썼는지, 그 책이 아직 사랑을 받는 이유를 모르겠어요. 내가 책을 써도 그것보다는 재미있게 쓸 것 같은데…."

"그 노인 싼티아고에게 연민이 가. 그러다 보면 나 스스로한테도 연민이 가고. 그러면 용서를 받은 것처럼 마음이 편해져. 그래서 그 책을 좋아하는 거야. 그런데 제니퍼가 책을 읽어줄 때는 더 좋아. 제니퍼가 아주 실감 나게 잘 읽어서 내가 읽는 것보다 훨씬 재미가 있어. 어떤 부분에서는 꼭 연극을 보는 느낌마저 들 정도로 신이 나게 읽잖아."

"그래요? 제가 그렇게 실감 나게 잘 읽어요?"

"그렇다니까. 그러니까 자주 읽어 달라 하는 거지. 제니퍼는 어려서는 문학소녀 아니었어?"

"왜 아니었겠어요. 지금도 문학소녀인 걸요. 그런데 지난 과거가 어땠기에 처절한 인생이 어쩌니, 그러세요? 궁금하네요."

"불행했지. 외롭고 힘들었어."

"사람 사는 거 다 힘들고 외로운 거 아니에요?"

"그런가? 인생! 참 외로운 거지. 난 복도 지지리도 없었어. 부모 복부터 시작해서 남편 복, 자식 복까지도. 원망도 많이 하고 울기도 많이 울었지. 그런데 지금까지 살면서 생각해보니, 지나온 세월 겪었던 억울하고 힘들었던 일들을 이제는 다 접어두고 용서할 수 있을 것 같아. 이젠 원망도, 그리움도, 미움도 다 없어졌어. 오히려 내가 용서를 받지 못하면 죽지도 못할 것이 인생이구나 하는 생각이 들어."

"인생은 다 외로운 거라잖아요. 그래도 이렇게 건강하게 오래 사시니 좋으시지요?"

"좋다고 해야 하나? 하루하루가 지날수록 몸은 더 불편해지고 잊히지 않는 기억 때문에 마음은 무거워. 죽음에 대한 두려움 같은 것은 하나도 없어도 말이야."

"아직 기억력도 말짱하시고. 그 연세에 건강하신 편이세요."

"차라리 좀 잊어야 할 건 잊어가면서 살아야 하는데…. 오히려 기억력이라도 좀 나빠졌으면 좋겠어."

"뭘 그렇게 잊고 싶으신데요?"

"뭐, 그런 게 있어. 안 좋은 기억이니까 잊고 싶은 거지. 용서를 받아야 할 텐데."

"용서요? 뭘 그리 잘못하셨는데요? 모든 사람이 살면서 의도적이었던, 전혀 의도가 없었던 잘못을 한 번도 하지 않고 살아가는 사람이 세상에 어디 있겠어요?"

"그렇겠지? 그게 내가 듣고 싶은 말인데. 그냥 그렇다고 믿어도 될는지…."

"그럼요. 다 생각하기 나름이라는데 그렇다 믿고 맘 편히 사세요."

"제니퍼, 해리를 생각하며 수놓은 손수건으로 새를 싸서 보내니 꼭 내 마음에서 해리를 보낸 것 같아. 잘 가거라. 나도 곧 가겠지."

크라우디는 몹시 우울하고 걱정스러운 표정을 지었다.

"크라우디, 괜찮아요? 무슨 걱정이라도 있어요?"

"응, 걱정이 있어."

"무슨 일이에요?"

"잠깐 앉아 봐. 제니퍼."

제니퍼는 의자를 크라우디 앞으로 가깝게 당겨 앉았다.

"말씀하세요. 무슨 일이에요?"

"내가 죽기 전에 해결을 해야 하는 일이 있는데, 제니퍼가 매일 나한테 하는 말, 할 수 있는 것이라면 무엇이든지 도와주겠다는 말, 그게 그냥 하는 소리는 아니었지?"

"물론이죠. 뭐 부탁할 거라도 있나요?"

크라우디는 제니퍼의 손을 잡고 눈을 맞추었다.

"제니퍼, 내가 죽으면 내 일기장을 보관해 줄 수 있겠어?"

"일기장을…요?"

"응."

"언제까지 갖고 있어야 하는 거지요?"

"잠깐이면 될 거야. 오래 걸리지는 않을 거야."

"일기장을 다른 이에게 전해주어야 하는 건가요?"

"아냐, 그냥 가지고만 있으면 돼."

"버리지 말라는 얘기인가요?"

"으…응, 잠시만."

"네. 그럴게요. 버리지 않을게요. 제가 훔쳐보고 재미있으면 소설이라도 쓸까요?"

"흐흐, 그러고 싶으면. 그건 맘대로 해도 돼. 약속해줘. 일기장을 보관하겠다고."

"네, 약속할게요. 일기장을 제가 보관할게요. 약속할 테니 걱정마시고 이제 곧 생신도 돌아오는데 생일잔치나 생각하세요."

"고마워. 약속했어. 약속한 거지?"

"네. 약속해요."

"일기장 안에 제니퍼가 나를 위해 해 줘야 하는 일이 있어. 금방 알 수 있을 거야."

2

"어? 엄마, 저 할머니. 크라우디 할머니 말이에요. 오늘은 이른 아침부터 나와 계시네. 어제 Trick-or-treat 다닐 때도 저렇게 발코니에 앉아 계셨어요. 우리가 Trick-or-treat 하니까 사탕도 하나씩 주셨는데…."

에릭은 차가 아파트 지하주차장을 빠져나올 때 얼핏 머리를 돌려 크라우디네 발코니를 보았다.

"그래? 날씨가 좋으니까 일찍 나오셨나 보구나."

에릭 엄마 수전도 빠르게 고개를 돌려 크라우디네 발코니를 보았다.

"우리가 고맙다고 하니까 할머니가 '즐거운 핼러윈' 하시면서 치마를 살짝 발목까지 들어 올리고 발을 쭉 내미시는 거에요. 하하하! 엄마, 글쎄 할머니가 호박이 대롱대롱 달린 핼러윈 양말을 신으셨더라고요. 내가 '멋져요!' 하면서 엄지손가락을 들어 보이니까 할머니가 '이게 내 핼러윈 커스튬이란다.' 하셨어요."

"그랬어? 크라우디 할머니 참 건강하고 재미있게 사신다. 아직도 핼러윈까지 챙기시다니 참 놀라워."

에릭을 학교에 내려주고 돌아와 주차장으로 들어서며 에릭 엄마 수전은 자동 차고 문이 열리기를 기다리는 동안 주차장 입구 너머에 있는 크라우디네 집 발코니를 올려다보았다. 크라우디는 아직 나갈 때 본 모습 그대로 앉아 있었다.

수전은 주차 후 엘리베이터에 올라 버튼을 누르고 3층까지 올라갔다가 '크라우디 할머니가 아직도 앉아계시던데…, 가서 잠시 친구나 되어드릴까.' 하는 생각과 뭔가 알 수 없는 염려스러움에 다시 일 층으로 내려와 크라우디네 아파트 쪽으로 난 비상문을 밀고 나가 크라우디네 발코니 아래로 걸어갔다.

크라우디는 낮고 넓적해서 편해 보이는 야외용 접이 의자에 몸을 깊숙이 파묻고 앉아있었다. 아직은 이른 아침이라 쌀쌀했던지 무릎에는 담요를 덮고 어깨에도 숄을 두르고 있었다. 강렬한 아침 햇살이 눈에 닿지 못하게 챙이 넓은 모자를 눌러쓰고 자는 듯이 묻혀있어 눈은 보이지 않았다. 수전은 잠시 크라우디를 올려보다 놀라지 않게 조용히 불러보았다.

"크라우디, 크라우디 주무세요? 크라우디, 제가 차 한 잔 만들어 올까요?"

아무 반응이 없었다.

"크라우디, 크라우디?"

조금 목소리를 높여 다시 불러보았지만 아무 반응이 없었다. 잠시 망설이다 이제는 조금 더 큰 소리로 여러 번 부르자 옆집 제인이 얼굴을 내밀었다.

　"안녕하세요. 제인, 크라우디가 발코니에 앉아 계시는데 불러도 대답이 없네요. 크라우디! 크라우디! 전혀 반응이 없어요. 제인, 좀 도와주실래요?"

　"내가 가서 문을 두드려 볼까요?"

　"네. 그러실래요? 저도 빨리 올라갈게요."

　수전은 다시 비상문을 열고 들어가 크라우디네를 향해 복도를 뛰어갔다.

　"문이 잠겨있어요."

　제인이 문을 두드리며 핸들을 돌려 보고 있었다.

　"깜박 잠이 드셨다 해도 이 정도로 문을 두드리면 무슨 반응이 있어야 하는 거 아닌가요?"

　"그러게요. 어쩌죠? 아파트 매니저에게 알려야 할까요?"

　수전은 아파트 매니저에게 전화로 상황을 설명했다. 그러는 사이 이웃 사람들이 무슨 일인지 궁금하여 하나둘씩 얼굴을 내밀었다. 곧 911에 신고를 하고 급히 비상 열쇠 뭉치를 철렁거리며 달려온 아파트 매니저가 크라우디네 열쇠를 찾느라 시간을 끌고 있을 때 사이렌 소리와 함께 응급구조팀이 이동용 간이침대를 밀며 빠른 걸음으로 들어왔다. 때마침 도우미 제니퍼도 아파트로 들어서다 집 앞에 몰려든 사람들을 보고 당황하여 급한 걸음으로 달려왔다.

제니퍼가 익숙한 솜씨로 문을 열자 구조대원들은 빠르게 집 안으로 들어가 리빙룸을 가로질러 크라우디가 앉아있는 발코니로 나갈 수 있었다. 아파트 매니저와 제니퍼, 수전과 제인도 서둘러 구조팀을 따라 들어갔다.

응급구조요원이 크라우디의 팔을 툭툭 치며 몇 번 불러본 후 반응이 없자 거의 얼굴을 덮고 있다시피 한 큰 챙의 모자를 살짝 올리고 목의 경동맥에 손을 대보았다. 모두 숨죽이고 구조대원을 주시했다. 구조대원이 고개를 살짝 갸우뚱하며 모자를 완전히 벗겼다. 크라우디의 머리는 약간 왼쪽으로 기울어 있었고 움직임은 전혀 보이질 않았다. 담요를 덮은 무릎 위에 가지런히 내려놓은 두 손은 표지가 심하게 헐어 거의 너덜거리는 책 위에 놓여있었다. 구조대원은 크라우디의 가느다란 손목의 맥을 짚어보았다. 모두 긴장하여 숨을 멈추었고, 제니퍼는 손으로 입을 가린 채 보고 있었다. 구조대원 둘이 크라우디를 조심스럽게 그들이 가져온 이동용 간이침대에 옮겨 뉘었다. 그러고는 청진기를 대고 크라우디의 심장박동을 확인했다. 그들은 크라우디의 손목과 목의 경동맥, 그리고 심장박동 확인에서도 생존의 흔적을 찾을 수 없었으므로 크라우디의 사망을 확인해야 했다.

크라우디가 마지막까지 손에 쥐고 있었던 책은 그녀의 일기장이었다. 얼마나 열었다 덮기를 반복했는지 커버는 다 헐어 거의 부스러질 듯했다. 커버의 안쪽에 '나의 기도'가 적혀있었다. 아무 연고도 없는 크라우디에게 그래도 사망 전까지 제일 가까이에서 많은 시간을 함께 했던 사람은 도우미 제니퍼였다.

아파트 매니저는 입주자였던 크라우디가 사망했으므로, 서둘러 아파트를 비우고 다른 이에게 세를 주는 게 그가 해야 하는 급선무였다. 그래서 경찰이나 도우미에게 아파트를 정리할 시간을 법정한 도 내에서 주고 나면 그다음은 모두 쓰레기로 처리해도 아무 법적 하자가 없으니, 일주일 안에 모든 것을 정리하고 그 후로 남겨진 것은 다 쓰레기로 내 보내겠다고 했다. 게다가 정부보조금으로 생활하던 크라우디의 개인용품 중 어느 것도 카운티에 신고해야 할 만큼 값진 것이 있을 것 같지 않았다. 그래서 경찰은 도우미 제니퍼에게 그녀가 괜찮다면 크라우디의 유품을 정리해줄 수 있겠냐고 물었다. 제니퍼는 며칠 전 크라우디와 한 약속도 있기에 크라우디의 유품은 당연히 자신이 정리하겠다고 말했다. 경찰은 아파트 매니저가 원하는 시간 안에 크라우디의 물건들을 정리하고 그 이후에 남겨진 물건들은 아파트 매니저가 임의로 처분할 수 있도록 조치했다.

제니퍼는 크라우디가 실려 나가고 경찰과 매니저도 떠나고 난 뒤, 텅 빈 집안에서 허탈함에 무엇부터 해야 할지 망설이다 크라우디의 일기장을 가슴에 안았다. 아직도 크라우디의 체온이 묻어나오는 것 같았다. 쪼글쪼글한 얼굴로 수줍은 듯 귀엽게 미소 짓던 크라우디의 얼굴도 떠올랐다.

'크라우디, 잘 가세요. 명복을 빕니다. 남겨놓은 것들은 제가 잘 정리해 드릴게요. 일기장도 쓰레기처리장에서 나뒹굴게 하지 않고 약속한 대로 제가 간직할게요. 또 중요한 것이 있는지 잘 살펴보고 아파트 매니저가 짐을 정리할 때 혹시 보이기 부끄러울 만한 것은 없는지 잘 살필 테니 이제 이 세상의 미련 모두 내려놓고 아무 걱정 마시고 부지런히 하늘나라로 올라가세요.'

조용히 마음속으로 명복을 빌며 잠시 앉아서 크라우디와 지낸 일들을 떠올리다가 일어나 짐을 정리하기 시작했다. 옷가지 등 쓰레기통에 넣을 수 있는 것들은 정리하여 버리고 이제는 잡다해진 웰페어 관련 서류들과 개인적인 정보가 유출될 수 있는 것들은 다 챙겨 일단 그녀의 집으로 가져가 분쇄하기로 했다. 침실 서랍장 안쪽에 처박혀있던 아주 오래된, 크라우디가 살아생전 마지막 날까지 보관했던 서류들도 모두 함께 모았다. 얼핏 보니 몇십 년 전, 아들 해리의 대학 합격 통지서도 보였다. 그리고 딱 하나 그래도 돈으로 가치를 따질만한 것이 될지는 모르겠지만 '니콜라스'라는 이름이 새겨진 종잇장처럼 얇고 작은 어린 아이용 금팔찌가 화장대 서랍 안에 있는 조그만 케이스에 들어 있었다. 하루에 충분히 정리할 수 있을 정도의 간단한 살림이었다.

내일부터는 이 집에 올 필요가 없어졌다. 크라우디가 사망함으로써 결국 제니퍼는 임시 무직 상태가 되었다. 지난 7년간 치매기 없이 몸이 마르고 가벼워 부축하기 쉬운 크라우디를 도우며 그런대로 편안한 간병인으로 일을 했으나 다음은 누구를 간병하게 될지, 직업상담소나 카운티 복지과에 정성스럽게 다듬은 이력서와 자기소개서를 보내고 찾아봐야 할 것이다.

대학에서 문학을 전공한 그녀는 학사학위만으로는 마땅한 직업을 찾을 수가 없었다. 부동산 중개인도 시도를 해 보았지만, 때에 따라서는 약간의 사기성도 발휘해야 하는 것이 양심을 찔러 견디기 힘들었고, 할 일이 정 없어서 할 수 없이 한다는 듯한 여론을 끌고 다니는 학교 선생님도 하기 싫었다. 그래도 돈을 벌어야 생존을 할 수 있을 터이니 가까운 커뮤니티 칼리지에서 간병인 교육을 12주간 받고 자격증을 받았다. 차라리 육체적으로 힘든 일이 정신 건강에는 좋을 것이라 생각했기 때문이었다. 간병인 자격증을 받은 후 운 좋게 지금까지 특별한 질환이 없고 성격이 모나지 않은 크라우디를 7년간 도왔다.

짐을 정리하고 떠나려니 크라우디와 지낸 지난 일들이 다시 떠올라 발길이 떨어지지 않고 눈시울이 젖었다.

아파트 열쇠를 매니저에게 넘기고 늦은 저녁에야 집으로 돌아온 제니퍼는 샤도네이 한 잔과 크라우디의 일기장을 들고 소파에 앉았다. 갑작스러운 크라우디의 사망으로 인한 정신적인 충격도 충격이지만 아무리 작은 살림이었어도 하루 만에 처리하느라 무리를 했는지 어깨가 눌리고 손끝이 가볍게 떨려오며 피곤이 몰려왔다. 한숨 쉴까 하는 생각도 들었지만 우선 크라우디의 일기장에 대한 궁금증 때문에 몇 페이지라도 들춰 본 다음에 쉬자는 마음으로 낡은 그녀의 일기장을 넘기기 시작했다.

일기는 크라우디가 결혼하는 시점에서 시작되고 있었는데 얼핏 보아도 힘들고 어두운 과거였음을 알 수 있었다. 제니퍼는 안타까운 마음으로 계속 일기를 뒤적였다.

다른 이, 누군가의 인생을 엿본다는 것은 호기심이 동하는 일이었다. 더구나 7년이라는 짧지 않은 세월을 수족처럼 함께 보냈던 크라우디의 과거라니, 알아야 명복이라도 제대로 빌어줄 수 있겠다는 책임감도 들었다.

크라우디의 과거는 폭군 같은 남편에게 짓밟혀 억울했고, 하나뿐인 아들을 잃어버려 울분했으며, 계속되는 가난에 멍들어 있었다. 일기라기보다는 시간이 한참 흐른 후에 사건을 비교적 자세히 기록한 기록물이었다. 밤이 다 지나고 새로운 날의 먼동이 틀 때까지 호기심 반, 책임감 반으로 일기를 읽어가던 제니퍼는 마지막 몇 장을 읽으며 충격적인 사연에 온몸을 타고내리는 냉기로 척추가 빠져나가 자신의 몸이 해면체처럼 흘러내릴 것 같아 몸을 떨었다.

그 사건을 상상하면서 일기장을 덮으려던 제니퍼는 혹시 뒤 페이지에도 무슨 메모라도 있을까 하여 하얗게 빈 나머지 페이지들을 한 손에 쥐고 빠르게 넘기다 손가락을 멈추었다. 빈 페이지 사이에 반으로 접힌 노란색 편지가 끼어 있었다. 언뜻 보아서는 알아볼 수 없을 것 같은 힘없이 흔들린 글씨체로 그녀의 이름이 편지에 적혀있었다. 제니퍼는 혹시 잘못 보았나 싶어 눈을 깜박이고 다시 보았다. 틀림없이 '제니퍼'라고 적혀 있었다. 제니퍼는 크라우디의 일기를 훔쳐보다 들킨 것 같아 섬뜩해진 마음에 떨리는 손가락으로 편지를 집어내어 펼쳤다.

사랑하는 제니퍼에게.

그동안 나를 친절하게 정성으로 잘 도와주어서 정말 고마워. 인생의 막바지에 제니퍼를 만난 것은 내 인생을 통틀어 행운이라고 말할 수 있는 딱 한 가지 일인 것 같아.

내 일기장을 거두어 주기로 약속을 했으니 꼭 그렇게 할 것이라고 믿어. 이 기록들은 모두 실제 일어났던 일들이야. 제니퍼가 내 일기를 그냥 읽어만 주어도 평생 움켜쥐고 있던 나의 짐을 벗은 것 같을 거야. 그러나 차라리 진실을 세상에 밝혀주면 좋겠어. 그렇게 해 줄 수 있겠어?

내가 감히 내 입으로 할 수 없었던 말을 죽은 후에 제니퍼를 통해서 하려는 것이 비겁하기 짝이 없을 수도 있겠으나, 내가 제니퍼에게 이렇게라도 고백을 하고 세상에 알려달라고 할 수 있다는 생각을 하자마자 마음은 한없이 편해지고 용서받은 마음으로 세상을 뜰 준비가 되었어. 고마워.

그리고 내 은행계좌에 많지는 않지만, 얼마의 돈이 있어. 그 돈은 킴벌리를 위해서 써주기 바라. 유언장으로 따로 기록해 놓았으니 돈을 찾는 것은 아무 문제가 없을 거야. 언제 어떻게 써도 내가 상관할 수는 없지만, 안전한 곳에 투자를 해 두었다가 나중에 킴벌리가 대학을 갈 때 써준다면 내게는 더 큰 기쁨이겠어. 그렇게 써준다면 아들 해리에게 대학 공부를 시키지 못한 한을 조금이라도 풀 수 있을 것 같아.

가끔은 제니퍼가 내 동생들 중 하나 일지도 모른다는 생각이 들기도 했어. 그러다간 제니퍼가 내 동생일 리가 없지, 그리고 나이를 따져 봐도 아니지, 하면서 고개를 설레설레 젓기도 했지. 킴벌리를 생각하면 내 아들 해리에게 딸이 있다면 꼭 저런 아이 아니었을까 하는 생각도 했어.

제니퍼에게 좋은 가족이 있어서 정말 다행이고 축하할 일이야. 내게 좋은 가족이 있었다면 나도 다르게 살았을 텐데, 안타까워.

제니퍼, 축복받은 행복한 삶을 살기 바라요.

크라우디.

아침이 오고 있었다. 제니퍼는 서서히 시장기가 느껴져 커피와 베이글로 간단한 아침 식사를 했다. 갓 뽑은 블랙커피의 후레쉬한 맛이 혀를 감싸자, 한때는 성공한 문학인의 꿈도 꾸었던 젊은 시절이 생각나며 뇌에서도 신선한 상상이 피어오르고 묘한 흥분이 일기 시작했다. 마치 크라우디의 생애에 묻혀있던 판도라 상자를 연 것 같았다. 그 속의 비밀을 공개함으로써 그녀의 죄는 가루가 되어 바람에 날려 사라지고 그녀의 영혼은 마침내 자유로워질 수 있으리라는 믿음이 생겼다. 그런 믿음은 어떤 의무감으로 다가왔다.

'크라우디, 당신이 원하는 대로 할게요. 이제는 다 지난 일이고, 당신은 천사가 되셨잖아요. 당신이 생전에 밝힐 수 없었던 비밀을 제가 다 풀어놓을게요. 당신은 용서받을 거예요. 그리고 당신의 영혼은 자유로울 거예요.'

그녀는 크라우디에게서 가져온 오래된 서류들과 일기를 넘나들며 크라우디 스토리의 블루프린트를 그리기 시작했다.

3

　안토니는 크라우디가 일하는 호텔에서 장기 투숙을 하고 있었다. 안토니가 아침에 볼일을 보러 나가고 나면 크라우디가 방을 청소할 시간이었다. 어느 날 안토니가 나갔다가 잊고 간 것이 있어 방으로 돌아오니, 예쁘장하게 생긴 젊은 아가씨가 콧노래를 흥얼거리며 청소를 하고 있었다. 콧노래를 부르며 일하는 것을 보니 성격도 어지간히 낙천적인 듯했다. 머리에 스카프를 둘러 단정해 보였고 앞치마를 두른 잘록한 허리와 볼륨 있는 엉덩이가 안토니를 자극했다. 그녀가 객실 앞에 세워 둔 청소 카트에는 지난밤 그가 안주 삼아 먹다 남긴 햄과 치즈 조각들이 냅킨에 싸인 채 살짝 드러나 보였다.

　다음 날부터 안토니는 아침에 외출을 할 때 팁을 평소보다 넉넉히 놓았고 크라우디가 청소를 할 시간이면 방으로 돌아오곤 했다.

　"좋은 아침! 이름이 뭐지?"

"크라우디에요. 청소 다 끝났어요." 하며 크라우디가 나가려 했다.

"크라우디? 특이하지만 예쁜 이름이군. 이따 저녁때 식사 함께 할래요?"

"저녁때는 바빠서요. 안 되겠는데요."

"저녁에도 일을 하나?"

"아니요. 엄마를 도와 식사준비를 해야 하거든요."

안토니는 예쁘장한 크라우디에게 호감을 느꼈다.

'얼굴도 예쁘고 엄마를 도와 저녁을 준비한다니 마음씨도 착하겠어. 더군다나 이런 시골에서 자랐으니 순진하기도 할 것이고…'

안토니는 두 번씩이나 실패로 끝나버린 결혼 경력이 있었다.

첫 번째 부인 마리아는 안토니의 첫 사랑이었다. 그 둘은 미성년 때부터 교회 뒷산에서 부모가 예배를 드리는 동안 사랑을 나누던 사이였다. 게다가 마리아는 부잣집 무남독녀로 미인이었고 매력적인 여자였다. 그러나 성격이 유난스럽게 즉흥적이고 불같아 참을성이라고는 찾아볼 수가 없었다. 거기다가 그녀는 별 뜻도 없는 말을 온종일 종알거리는 수다쟁이이기도 했다. 안토니가 그녀의 변덕이나 수다를 모두 참을 수 있었던 것은 아니었다. 때론 무시해버리고 못 들은 척, 못 본 척하며 넘어갔는데 그녀는 바로 그러는 안토니에게서 순간적으로 무시를 당했다고 생각해 전혀 예상치 못한 순간에 살쾡이처럼 손톱을 곧추세우고 달려들어 안토니의 얼굴을 할퀴어버렸다. 안토니가 그녀를 때리려고 한 것은 아니었다. 그도 놀라

피하면서 그녀를 팔로 밀쳤는데 힘 조절이 잘되지 않아 그만 그녀의 입술이 터지고 얼굴에 멍이 들고 말았다. 그녀는 친정으로 달려갔다. 돈 많은 장인은 당장 이혼하라고 소리치며 가정폭력으로 경찰까지 개입시켰다. 안토니는 경찰서에서 3일이 넘게 조사를 받으며 결백을 주장했으나 경찰에게 압력을 넣는 장인의 파워를 당해내지 못했다.

마리아의 부모는 사위를 단 한 번도 탐탁하게 생각해 본 적이 없었다. 그나마 그들과 안토니를 가까스로 연결해 주는 단 하나의 고리였던 손녀까지 사고로 잃은 터였다. 게다가 사고 후 안토니가 비밀스럽고 고통스러운 죄책감을 넌지시 전가하자 더는 사위와의 인연을 유지하고 싶지 않았으므로 기회는 이때라며 마리아와 안토니를 이혼시켜버렸다.

"애당초 근본이 없는 놈이었어."

"지 새끼까지 죽게 만들고."

"술과 도박으로 집안 말아 먹을 놈. 도대체 희망이라곤 없는 놈이야."

"이제는 가정폭력까지…. 내 결국엔 이렇게 끝이 나고 말 줄 알았어요."

언젠가는 장인의 재산으로 사업하려고 눈독을 들이고 있던 안토니는 닭 쫓던 개가 된 기분으로 첫 번째 결혼생활을 그렇게 끝내야 했다.

두 번째 부인은 그 당시 드물게 대학까지 졸업한 엘리트 여성이었다. 돈 있고 예쁘지만 성격이 불같았던 첫 번째 부인과, 손녀 죽음의 책임을 추궁하며 노골적으로 멸시했던 처가에 상처받은 안토니는 지적이고 차분한 그녀가 맘에 들었다. 안토니가 관심과 호의를 보이며 다가가자 순진한 그녀는 별 저항 없이 안토니와 사랑에 빠졌고 곧 그와 결혼했다. 그러나 지성적인 그녀는 결혼 후 안토니의 무능력과 무식함, 비열하고 야비한 성격을 알아채고는 별거를 선언하더니 급기야 이혼신청서를 우편으로 보내 안토니에게 사인을 강요했다. 안토니가 일 년 이상 사인을 하지 않으며 버텼지만 일 년이 지나자 그녀는 변호사를 통해 자동이혼으로 처리되게 했다. 이때부터 안토니는 어머니에게서부터 시작된 여자에 대한 불신과 분노가 깨지지 않는 사암처럼 단단하게 굳어졌다. 여자라면 진저리가 났다. 세상의 모든 여자는 다 창녀이고 배신자라고 생각했다. 또 그를 진정으로 사랑하고 오래도록 곁에 있어줄 여자가 이 세상에 없을 것 같았다.

그러나 두 번째 이혼 이후 삼 년이 지난 지금 크라우디를 보자 다른 생각이 들었다. 크라우디처럼 순진하고 희생적인 여자라면 그를 진정으로 이해하고 사랑하며 그의 곁에 오래 있어줄지도 모른다는 생각이 들었다.

안토니는 로비로 내려와 카운터로 갔다.

"내 방을 청소하는 사람이 일을 아주 잘하네요. 항상 깨끗이 치워주고 귀중품을 놓고 나와도 항상 그 자리에 그대로 있어요. 아주

정직한 사람이군요."

안토니는 크라우디에게 환심을 사려고 칭찬을 해 두고 그날부터
는 매일 밤 햄과 치즈 안주를 시켜 다 먹지 않고 남겨두었다. 크라
우디는 그것도 모르고 동생들을 먹일 것을 생각하며 즐겁게 거두
어 갔다.

며칠 후 크라우디가 청소를 할 시간에 안토니가 돌아와 물었다.

"오늘 점심은 어때? 룸서비스를 시켜 함께 먹으면 좋을 텐데…."

"안 돼요. 회사 규칙이 손님과 방에서 개인적인 시간을 보내는
것을 금지하고 있어요."

"그럼, 근처 식당에서 점심 같이 할까?"

"아니요. 점심시간이 길지 않아요. 밖에서 먹고 들어올 시간이
안 돼요."

팁도 많이 주고 동생들의 간식거리도 제공해주며 자신에게 관심
도 보여주는 안토니가 크라우디도 싫지는 않았다. 가끔은 그를 생
각하면 마음이 설레기도 했다.

어느 날 오후 안토니는 호텔이 마주 보이는 찻집에 앉아 크라우
디가 퇴근하기를 기다리다 그녀가 가방을 메고 호텔을 나서자 그녀
를 멀찍이서 따라갔다. 크라우디는 10분가량 걸어가다 금방이라도
쓰러질 것 같은 누추한 집으로 들어갔다. 안토니는 활짝 열려있는
문 사이로 안을 들여다볼 수 있었다. 어린 동생들이 바글바글했다.

"크라우디, 햄과 치즈 가져왔어?" 하고 물으며 모두 크라우디를
둘러쌌다. 안토니는 그 길로 바로 마켓에 가 식료품과 간식거리를

잔뜩 사 들고 크라우디네로 돌아왔다.

"계세요?"

소리치며 집안으로 들어서자 크라우디는 몹시 당황해 선 자리에
그대로 굳어버렸다.

"아니, 어떻게…."

"크라우디, 당신 동생들이 먹을 과자를 좀 사왔어."

방안에서 콜록거리는 기침 소리가 들렸다.

크라우디의 아버지는 병들어 누워있었고 어머니가 침대 곁에서
남편이 식사하는 걸 돕고 있었다. 과자를 풀어 놓자 동생들이 신이
나서 달려들었다.

"안녕하세요? 저는 따님 크라우디가 일하는 호텔에 묵고 있습니
다. 시카고에서 사업차 왔지요. 따님을 여러 날 보아왔는데 아주 참
한 아가씨더군요. 따님과 결혼하고 싶은데 허락을 해 주시지요."

크라우디의 부모는 갑작스런 안토니의 출현에 당황해 잠시 할 말
을 잊고 있다가 아버지가 먼저 입을 열었다.

"내 딸아이를 좋게 봐 주니 그건 참으로 고마운 일이지만 나는
병세가 좋지 않아 일을 할 수가 없고 아이들이 너무 많아 애들 엄
마도 집을 비울 수가 없는 상황이라오. 지금은 우리 큰 딸 아이가
가족의 생계를 책임지고 있는 마당이라 시집을 보낼 형편이 안 되
는구려. 좀 기다려 줘요. 내가 건강을 회복하고 일을 다시 시작하
면 그때 얘기를 하도록 합시다."

"그리고 우리 딸과는 나이 차이가 꽤 될 것 같은데…."

어머니도 한마디 거들었다. 안토니는 나이 차이를 따지는 어머니 말에 부아가 치밀어 '찢어지게 가난에 절은 주제에 사치스럽게 나이나 따지고 있다니, 아직 배가 덜 고팠군. 수를 써서 꼼짝달싹 못 하게 해야지.'라고 생각하며 그날은 그만 물러갔다.

'어린 나이에 가족들의 생계를 책임지고 있군. 생활력도 강하겠어. 여자가 저래야지. 돈 많은 집 딸도 소용없어. 교육 잘 받은 유식한 아내는 불편하기만 하고. 크라우디처럼 순종하고 희생하는 여자가 최고지. 내가 멀리 데려가 버리고 부모·형제와는 완전분리를 시켜 놓으면 평생 거추장스러울 일도 없을 것이고, 딱 좋겠다.'

그 후로 안토니는 크라우디가 퇴근할 때 함께 음식과 간식거리를 사 들고 집으로 찾아가 저녁 시간을 크라우디의 식구들과 같이 보내며 호감을 사려고 애썼다.

안토니는 며칠 내로 그곳을 떠나야 했다. 본인의 목표만큼 돈을 벌지는 못했지만, 자신이 벌이고 있는 사기극이 며칠이면 발각이 나고 말 것 같아 마음이 급했다.

다음 날 아침 안토니는 항상 목에 차고 다니던 금목걸이를 일부러 침대에 흘려 놓고 호텔을 나갔다. 어떤 일이 벌어질지 보고 싶었다. 금목걸이가 없어지든지, 그대로 있든지 상관없이 금목걸이를 이용해서 크라우디를 꼼짝달싹 못 하게 할 수 있는 아이디어가 있었다. 오후에 돌아와 보니 금목걸이는 침대 옆 테이블에 '저 말고 다른 사람이 청소할 수도 있으니 귀중품은 잘 챙기세요.'라는 메모와 함께 놓여 있었다. 안토니는 금목걸이를 봉투에 넣어 작게 접어서 주머니에 넣고 고급식당으로 가 크라우디네 식구들이 다 먹고도 남을 만큼의 비싼 고급음식을 싸들고 크라우디네 집으로 갔다.

"아버님, 어머님! 크라우디를 사랑합니다. 제가 크라우디를 평생 행복하게 해 줄 테니 저와 함께 떠나도록 허락해 주세요."

"미안하구먼, 안토니. 그러나 지난번에 얘기했듯이 우리 집 사정이 크라우디 없이는 온 식구들이 입에 풀칠도 하기 어렵다네. 조금만 더 기다려줘요."

두 번에 걸친 청혼이 퇴짜를 맞자 안토니는 허락을 받느라 시간을 더 끌 수가 없었다. 사실 허락 따위는 중요하지도 않고 안중에도 없었다.

'흥, 내가 누군데. 이까짓 것 하나 내 뜻대로 못 할까봐?'라며 안토니는 모든 식구들이 화려한 음식에 눈을 팔고 있는 틈을 타 아무도 모르게 금목걸이를 넣어 작게 접은 봉투를 크라우디의 핸드백 안에 슬쩍 집어넣고는 "다시 잘 생각해 보세요. 저도 며칠 안에 시카고로 돌아가야 합니다."라는 말을 남기고 떠났다.

다음날 안토니는 크라우디가 청소를 하고 있을 때 살짝 들어가 문을 닫아 잠그고 크라우디를 안았다.

"크라우디, 난 곧 이곳을 떠나야 해. 크라우디와 함께 가고 싶은데 같이 떠나자. 내가 많이 사랑해 줄게." 하며 입술을 더듬어 키스하고 슬그머니 크라우디를 밀어붙여 침대에 누이고 아랫도리를 비비고 가슴을 더듬으며 애무했다. 크라우디도 처음으로 당해보는 남자의 진한 애무에 오금이 저린 게 싫지 않아 그대로 있었다. 안토니가 바지 단추를 풀려 하자 그때야 크라우디가 몸을 빼려 했다.

"괜찮아, 그대로 있어. 진짜 하지는 않을게."

안토니는 참을 수 없어 딱딱하게 성난 자기 몸을 험하게 흔들어대며 밀착했다.

"아버지 말대로 지금은 우리 집 사정이 최악이잖아요. 제가 떠나면 남은 식구들은 어떻게 살겠어요. 그러니 좀 기다려 줘요."

"기다릴 수가 없어. 나는 곧 떠나야 해. 내가 일이 되도록 해볼 테니, 크라우디, 너는 나만 믿고 따라오면 돼."

"어떻게요?"

"두고 보라고." 하며 불같이 타오르는 성욕을 억지로 견디며 일어났다.

그날 오후 크라우디가 퇴근하기 전 안토니는 체크아웃 카운터에 가서 청소부가 자기의 금목걸이를 훔쳐갔다고 신고를 했다. 오늘 없어졌으니 크라우디가 퇴근하기 전에 그녀의 소지품을 조사해 자신의 목걸이를 찾아달라고 하며 이런 일이 생겼으니 다른 호텔로 옮겨야겠다고 소란을 피웠다. 호텔 매니저는 안토니가 크라우디를 정직한 직원이라며 칭찬한 적이 있는 데다, 작은 동네에서 안토니가 크라우디네 집을 들락거린 것이 벌써 사람들 입에 오르내렸기 때문에 손님과 크라우디가 보통 사이가 아닐 것이라고 눈치를 채고 있었다. 그런데 이런 일이 생기니 의아하게 생각했다. 그러나 사건이 도난 사건이다 보니 손님의 요구를 무시할 수가 없어 경찰의 입회하에 크라우디의 가방 안에서 봉투에 담긴 금목걸이를 찾아냈다. 크라우디는 자기가 훔친 것이 절대 아니라며 결백을 호소했지만, 물증이 나와 버렸으니 변명이 통할 리가 없었다. 크라우디는 그 자리에서 해고되었고 경찰에 연행되어 갔다. 일이 다 자기가 계획했던 대로 돼가자 신이 난 안토니는 경찰서로 찾아가 "뭐, 금목걸이야 그냥 줄 수도 있는 것인데…. 살다 보면 남의 물건이 탐나고 필요할 때도 있지, 안 그렇겠소? 난 젊은 아가씨가 단 한 번의 실수로 인생을 망치는 꼴은 절대 못 보는 선량한 시민이니 그녀를 그냥 풀어 주세요. 내가 없던 일로 하겠다는데 문제 될 것이 없지 않소." 하며 크라우디를 데리고 나왔다.

"안토니 씨, 당신이 그걸 제 가방에 넣은 것 맞지요? 왜 그랬어요? 왜 저한테 이런 억울한 누명을 씌웠어요? 이제 직장도 잃었으니 어쩌면 좋아요." 하며 크라우디가 흐느꼈다.

"크라우디, 내가 오죽했으면 이런 일까지 벌였겠어? 나만 믿고 따라오라고. 이제 이런 일까지 벌어졌으니 당신 가족들의 생계가 걱정이군. 내가 어떻게 도울 수 있을지 생각을 좀 해 봐야겠어. 내가 도울 테니 나를 믿으라고."

말은 그렇게 하면서 속으로는 모든 일이 자기의 계획대로 되어가는 게 너무나 흐뭇해서 터져 나오려는 웃음을 억지로 참았다.

'흐흐흐흐, 이제는 해고도 당했고 도둑질까지 하다 걸렸으니 망신스러워 이곳에서 어찌 계속 살겠어? 날 따라 나설 수밖에…. 흐

흐흐.'

그들은 크라우디네 집으로 갔다. 크라우디의 부모는 청천벽력 같은 소식에 제정신들이 아니었다.

"아이고. 이 일을 어쩌나. 해고를 당했다니, 이제 온 식구들이 어떻게 살아가나?"

"자, 자. 일이 이렇게 되었으니 일을 풀어나가야 할 것 아닙니까. 크라우디는 직장을 잃었고 이 작은 시골 마을에서 도둑질을 하다 걸렸으니 어디 가서 다시 취직을 하겠어요. 그러니 이제 가족의 생계도 챙길 수가 없게 되었으니… 어쩐다? 이렇게 하면 어떻겠습니까? 크라우디는 저와 시카고로 떠나고 남은 식구들은 제가 돈을 드릴 테니 집을 사 이사를 하면 월세를 낼 필요 없이 평생 편히 살 수 있지 않겠어요? 자, 제가 만 달러를 드릴 테니 집을 사서 이사하도록 하세요. 만 달러면 웬만한 집을 살 수 있을 거요. 여기 천 달러! 일단 가지고 있는 현찰로 천 달러를 드리고 구천 달러는 천 달러씩 개인 수표로 만들어 드리지요."

안토니가 현금과 수표로 만 달러를 내놓자 생전 처음 보는 큰돈에 크라우디의 부모는 눈이 뒤집히는 것만 같았다.

"이런 돈을 받아도 되겠나?"

"이 돈으로 일단 집을 사서 이사를 하시면 매달 생활비도 보내드릴게요."

"참으로 고맙구먼. 세상에, 크라우디가 우리 집 복덩어리야. 크라우디 덕에 집을 살 수 있게 되었구먼. 고맙네. 둘이 행복하게 오래오래 잘 살게. 그래도 혼인신고는 하고 떠나야 하네. 내일이라도 둘이 시청에 가서 혼인신고를 하고 떠나게."

크라우디의 아버지는 부자 사업가를 사위로 두게 되어 기쁘고 든든했지만 그래도 아직은 확실히 모르는 젊은이인데 혼인신고도 없이 보냈다가 나중에 버림이라도 당하면 어찌하나 걱정이 되어 혼인신고를 하기 전에는 절대 보낼 수 없노라 했다. 그들의 법적 부부 관계가 훗날 오히려 크라우디를 옥죄는 올가미가 되리라고는 아무도 상상하지 못했다.

안토니는 급했다. 그의 사기극이 발각 나기 전에 빨리 그곳을 떠나야 했다. 그래서 호텔도 옮긴 것이었다. 다음 날 서둘러 크라우디와 시청으로 가서 혼인신고를 하고 역으로 가 다음 날 새벽에 떠나는 기차표 두 장과 크라우디 식구들이 타고 갈 조지아 주 작은 마을 행 기차표를 샀다. 혼인신고를 했으니 사건이 터지고 나면 피해자들이 크라우디의 식구들에게 따라붙을 것이었다. 그러니 나머지 식구들은 정 반대쪽, 미 대륙의 제일 동쪽 끄트머리에 위치한 조지아 주 시골로 멀리 보내버릴 생각이었다.

안토니는 크라우디네로 가 혼인 신고서를 보여주며 둘은 내일 새벽에 떠나는 기차로 시카고로 돌아간다며 엉터리 주소를 연락처라고 주고 크라우디에게 서둘러 짐을 싸게 했다. 내일 새벽에 떠날 것이니 이 집에 다시 올 시간도 없을 것이고 피해자들이 어디까지 쫓아오고 있는지 알 수 없어 불안했다. 크라우디는 안토니가 사정없이 서두르는 것이 불안하기도 하고 식구들과 작별인사도 제대로 나누지 못하고 떠나는 것이 아쉽기도 했지만 돈 많은 안토니의 신부가 되어 함께 떠나는 새로운 삶에 대한 희망으로 마음이 벅찼다.

크라우디와 안토니는 집을 나서 호텔을 향해 잠시 걷다 안토니가 "아! 동생들에게 용돈을 주려고 했는데 깜박 잊었어. 잠시 여기서 기다려. 얼른 주고 올게." 하며 집으로 뛰어갔고 크라우디는 짐 가방이 무거워 길에서 안토니가 돌아오기를 기다렸다. 안토니는 집으로 돌아가 남은 식구들이 타고 갈 조지아 주행 기차표를 내놓았다.

"아니, 고향을 버리고 어째 조지아 주로 가라는 말인가? 자네가 있는 시카고라면 또 모를까…."

"조지아 주가 살기도 좋고 날씨도 좋고 집값도 여기보다는 싸니 그렇지요. 여기서 살고 싶으면 꼭 조지아 주로 가지 않으셔도 좋고요."

말은 그렇게 했지만, 조만간에 이곳에서 일이 벌어질 것이고 그렇게 되면 이곳을 떠나지 않고는 견딜 수 없을 것을 알고, 알아서 하라는 심정으로 막무가내로 기차표를 주고 떠났다.

크라우디와 안토니는 호텔 방에서 첫날밤을 급히 치르고 서둘러 역으로 나가 몇 시간을 기다리다 새벽 기차를 탔다. 안토니는 피해자들이 밤중에라도 호텔에 들이닥칠까 불안해 호텔 방에서 새벽까지 있을 수가 없었다. 행선지는 시카고가 아닌 엉뚱한 로스앤젤레스였다. 안토니는 피해자들과 크라우디 가족들이 따라 붙지 못하도록 자기가 돌아갈 곳이 시카고라고 철저하게 속이고 실제로는 로스앤젤레스로 튄 것이었다.

아침이 되자 한발 늦은 피해자들이 하나둘씩 안토니가 묵었던 호텔로 모여들었다가 이미 며칠 전에 다른 호텔로 옮긴 것을 알고는 우르르 다른 호텔로 몰려갔지만 안토니는 이미 줄행랑을 친 이후였다. 아침나절 내내 정보를 모아가던 피해자들은 안토니와 크라우디가 혼인을 하고 함께 떠난 것을 알아내어 이제는 크라우디네 집으로 몰려갔다. 사람들이 모여들어 웅성대자 그때야 안토니가 사기를 치고 달아난 것을 알게 된 크라우디의 부모는 땅을 치고 후회했지만 크라우디와 안토니는 이미 기차를 타고 떠났으니 어찌해볼 방법이 없었다.

"그 착한 것을 그런 놈과 같이 가게 했으니 이를 어쩌면 좋겠소. 아이고, 다 내 탓이야."

크라우디의 아버지는 능력 없고 가난한 자신이 원망스러웠다.

"크라우디야! 크라우디야! 이 일을 어쩌면 좋아요? 크라우디가 금목걸이를 훔쳤다는 것도 믿을 수 없었어요. 절대 그럴 리가 없는 아인데. 안토니가 꾸며 낸 일임이 틀림없어. 어쩌나, 크라우디를 사랑한다는 안토니의 말이 진실이어야 할 텐데."

엄마도 애가 타 가슴을 쳤다.

피해자들이 크라우디네 식구들을 편히 놔둘 리가 없었다. 시시때때로 찾아와 안토니의 연락처를 내놓으라고 윽박지르자 병든 아버지는 스트레스로 목숨이 위태로울 지경이 되었고, 아이들도 숨죽이고 떨어야 했다. 그래도 크라우디에게 불행이 닥칠까 봐 안토니의 엉터리 연락처만은 꼭꼭 숨겼고, 안토니에게서 받은 돈도 발각되면 자칫 공범자로 몰리며 빼앗길 것 같아 쉬쉬했다. 더욱이 작은 마을에서 안토니가 준 수표를 현찰로 찾았다간 삽시간에 소문이 날 것이므로 수표를 현찰로 바꾸지도 못했다. 이렇게 고향에서 집을 사 안주할 입장이 되지 못했고, 벌써 이웃들이나 친척들마저 곱지 않은 눈치를 보이기 시작하며 사기꾼의 가족이라는 꼬리표까지 따라붙게 되었다. 그러자 남은 식구들은 할 수 없이 고향을 버리고 안토니가 사준 기차표로 어딘지 알지도 못하는 조지아 주로 야반도주를 할 수밖에 없었다. 일주일을 기차로 달려 도착한 조지아 주에서 안토니가 준 수표를 현찰로 바꾸려 하자 안토니가 준 수표는 이미 수년 전에 계좌를 닫은 수표로 종잇조각에 지나지 않았다. 안토니가 다른 사람들에게 사기를 쳤다 해도 설마 장인·장모에게까지 사기를 치지는 않았을 것이라고 믿었던 크라우디의 부모는 천 달러에 집안의 기둥인 큰딸과 고향마저 잃어버린 것을 뒤늦게 알아차렸으나 속수무책이었다. 크라우디네 식구는 낯선 곳에서 그전보다도 못한 생활을 시작해야 했고 아버지와 어머니는 화병마저 얻게 되었다.

그런 와중에서도 크라우디의 부모는 안토니가 준 시카고 주소로 여러 번 편지를 보내 크라우디의 안부라도 확인하려 했지만 보낸 편지는 번번이 틀린 주소라는 도장이 찍혀 되돌아왔다.

크라우디의 부모는 큰딸 걱정에 혼이 빠졌고 혹시 크라우디가 안토니가 사기꾼이라는 걸 알고 나면 고향으로 돌아오지 않을까 하는 생각에 고향으로 돌아가 크라우디를 기다리고 싶었지만 온 식구들이 고향으로 돌아갈 기차표를 살 돈은커녕 당장 식구들의 굶주린 배를 채울 생활비도 수중에 남아있지 않았다.

4

크라우디의 부모는 교육을 받지 못해 제대로 글을 쓸 줄 모르는 사람들이었다. 그들은 첫딸을 낳고 '크라우디아(Claudia)'라는 예쁜 이름을 지었지만, 출생 신고서에는 'Claudy'라고 잘못 적었다. 그리하여 그들의 첫 딸은 '구름 낀'의 뜻을 가진 단어 'Cloudy'와 발음은 같고 스펠링은 약간 다른 'Claudy'가 되었다.

가난은 항상 그들에게 달라붙어 떨어지지 않았다. 끝나지 않는 가난의 고통에 치여 지친 부모는 안토니가 건넨 돈 천 달러에 속아 검증도 해보지 않고 안토니를 부자며 능력 있는 사업가로 알고 딸을 보냈다. 그러나 불행하게도 부자 사업가 행세를 하던 안토니는 사실은 사기꾼이며 거짓말쟁이였다. 성질은 매우 급하고 온정이라고는 눈곱만치도 없는 욕쟁이였다. 시도 때도 없이 달려들어 자신의 욕구만 채우는 짐승이었다.

크라우디와 안토니가 사흘간 기차로 달려 도착한 곳은 시카고가 아니라 로스앤젤레스였다.

"시카고로 가는 게 아니었어요?"

"시카고는 겨울에 눈도 많이 오고 추워. 난 우리의 달콤한 신혼을 그렇게 추운 데서 보내고 싶지 않아. 로스앤젤레스가 기후도 좋고 구경거리도 많고 얼마나 좋아? 우리 여기서 실컷 신혼여행을 즐기고 시카고에는 가고 싶을 때 가면 되지 않겠어? 다 사랑스러운 크라우디를 생각해서 로스앤젤레스로 온 거야. 시카고로 돌아갈 때까지는 사업도 접어두고 우리의 신혼만 즐기고 싶어. 그러니 당신도 아무에게도 연락하지 말고 우리 둘의 신혼만 즐기라고. 부모님께도 시카고에 돌아가서 연락하자고. 우리가 신혼을 맘껏 즐기려고 잠적했다고 나중에 말씀드리면 되는 거지. 부모님이 그런 거 이해 못 하겠어? 깜짝 놀라게 해 드리자고. 절대 연락하지 마!"

안토니는 아래층에 침실 하나와 이 층에 뾰족한 다락방이 있는 아담한 집을 계약해 이사했다. 크라우디는 호텔에서 지내는 것 보다는 집을 빌리는 게 경제적이니 그런가 보다 했다. 그리고 호텔에 있는 것보다 집이 살기가 훨씬 편해서 그녀를 위해서 이 집으로 이사한 것이라는 생각도 들었다. 그러나 안토니와 로스앤젤레스나 근교를 관광하러 다니는 일은 전혀 없었고 신혼여행을 온 것 같은 기분도 들지 않았다. 집으로 이사를 한 후부터는 안토니는 뭔지 모르지만 자기 일에 열중하고 있었다. 매일 아침이면 나갔고 늦은 밤이 돼서야 돌아오곤 했다. 안토니가 나가고 나면 크라우디는 뾰족한 다락방에 앉아 차를 마시며 한가하게 거리를 내려다보며 고향에 남겨둔 식구들이 안토니가 제공한 돈으로 근사한 집으로 이사해서 행복해하는 광경을 상상하며 흐뭇한 시간을 보내곤 했다.

밸런타인데이가 오자 크라우디는 직접 밀가루를 체에 내리고 계란을 거품 내가며 하트모양의 케이크를 굽고, 랍스터가 들어간 해물 스파게티를 만들었다. 달콤한 사랑 고백에 곁들일 와인도 한 병 핑크색 리본으로 장식해 준비했다. 그러나 안토니는 자정이 가깝도록 돌아오질 않았다. 크라우디는 걱정이 되어 다락방 창가에 서서 안토니가 돌아오기를 기다렸다. 길 끄트머리 가로등 아래에 드디어 안토니의 모습이 나타나자 크라우디의 가슴은 설레기 시작했다. 안토니가 길 끝에서 집 중간쯤까지 걸어왔을 때 갑자기 사방에서 보이지 않던 남자들 세 명이 뛰어나왔다. 그들은 잠시 안토니와 마주 섰다가 곧 안토니는 집 반대 방향으로 뛰어 달아나려는 것 같았다. 그러나 세 남자는 한꺼번에 안토니에게 달려들어 안토니를 때리기 시작했고 안토니는 바닥에 넘어졌다. 세 남자는 주먹질과 발길질을 멈추지 않았다. 크라우디는 너무 놀라 급히 계단을 두 개씩 뛰어 내려가 벽난로의 불 쑤시개를 들고 소리를 지르며 안토니에게 달려가자 한 남자가 달려오는 크라우디를 받아 쳐버렸다. 앞으로 나가는 속도에 반작용이 걸린 크라우디는 그대로 뒤로 넘어갔다. 세 남자는 한 번씩 다시 안토니에게 발길질을 하고는 하나는 크라우디를 향해 중지 손가락을 들어 올리고 침을 뱉으며 여유 있게 떠났다. 크라우디가 일어나려니 가슴에 심한 통증이 느껴졌지만 간신히 안토니를 부축해 집으로 들어왔다.

"안토니, 무슨 일이에요?"

안토니는 말이 없었다. 안토니의 입술은 터져 피가 흘렀다. 크라우디가 차가운 물수건으로 닦아 주다 보니 얻어맞는 코가 부풀어오르기 시작했다. 크라우디는 찬물 적신 수건으로 코를 덮어 주었고 안토니는 억울하다는 듯이 가르릉거리는 숨을 쉬었다. 크라우디도 어떤 이유로 이런 사건이 발생했는지는 알 수 없지만 폭행당한 안토니가 가여워 들리지 않는 한숨을 쉬었다.

크라우디는 식구들이 잘 있는지 궁금해 고향 집으로 편지를 보냈다. 여러 번 보냈으나 부모님으로부터 한 번도 답장이 오지 않았고 몇 개의 편지는 받을 사람이 없다거나 잘못된 주소라는 도장이 찍혀 돌아왔다. 그사이 집을 사서 이사를 했을지도 모른다. 그래도 편지가 새 주소로 전달이 될 텐데…. 식구들과 전혀 연락이 안 되자 어릴 적 친구에게 식구들의 안부를 묻는 편지를 보냈다. 돌아온 답장에는 크라우디가 떠나고 난 후 며칠이 되지 않아 온 식구들이 야반도주했고 아무도 그들이 어디로 갔는지 모른다는 소식이었다. 그리고 아직도 피해자들이 안토니를 찾고 있으니 조심하라는 우정 어린 충고도 있었다. 그 소식을 받고 크라우디는 안토니가 고향에서 사기를 치고 도망친 것을 처음 알게 되어 충격을 받았다. 도대체 왜 식구들이 야반도주를 해야 했는지, 부모님께 드렸던 수표들은 제대로 돈으로 찾을 수가 있었는지, 궁금해 묻지 않을 수가 없었다. 크라우디가 부모님에게 드린 수표는 다 지급이 됐는지를 묻자 안토니는 당연히 한참 전에 다 현찰로 찾아갔는데 왜 묻느냐고 했다. 편지에는 식구들이 야반도주를 했다는데 어찌된 일인지 아는 게 있느냐 묻자 오히려 크라우디가 식구들의 안부를 알기 위해 고향으로 편지를 보냈다는 것을 알고 길길이 뛰었다. 안토니는 불처럼 화를 내며 무쇠 같은 손으로 크라우디를 마구 때리기까지 했다.

"이 쌍년이! 네가 지금 누굴 잡으려고 지랄이야? 네가 제정신이냐. 편지질을 해서 이쪽 주소를 사방팔방에 알리고 다니다니, 너 미쳤냐? 이 쌍년! 인제 보니 다 네년 짓이었구나. 그것들이 어떻게 날 찾아왔나 했더니 다 네년이 알리고 다닌 것이었구나!"

아무 사연도 모르는 크라우디에게 폭언을 쏟아내며 주먹을 휘둘렀다. 그리고 피해자들이 또 들이닥칠까 불안해 서둘러 다른 아파트로 이사했다.

크라우디는 갑자기 변해버린 안토니에게 너무나 놀랐다. 안토니가 어떤 인간이라는 것을 알게 된 크라우디는 안토니를 따라나선 것이 큰 실수였음을 깨달았다. 그러나 이미 돌아갈 집마저 없어져버렸고 부모 형제를 찾을 수 없게 되었음에 더 서러워 흐느끼다 다시 죽도록 얻어맞았다. 안토니가 식구들에게 조지아 주행 기차표를 사 준 것을 모르는 크라우디는 식구들이 어디로 갔는지 짐작조차 할 수 없었다.

결혼 후 일 년도 되지 않아 안토니는 또 다른 사기극을 벌였다.

이번에도 만만치 않은 상대에게 덜미를 잡혔고, 피해자들을 피해 고양이가 지키고 앉은 쥐구멍을 들락거려야 하는 쥐처럼 신경을 예민하게 곤두세우고 도망을 다녔다. 크라우디에게는 누가 와도 절대 문을 열어서는 안 되고, 집안에는 사람이 전혀 없는 것처럼 아무 소리도 내지 말라고 했다. 먹는 것은 가열을 하지 않아도 되는 것으로 대충 먹고 변기 물은 낮에는 절대 내리지 못하게 했다.

모든 게 다 끝이 있기 마련, 그런 도주의 생활은 결국 피해자들이 소송을 시작하면서 끝이 났다. 안토니는 법원의 재판정을 들락거리더니 피해자들에게 물어 줄 돈 대신 일 년 반을 감옥에 들어가 몸으로 때우게 되었다.

'아니, 내가 사기를 치는 기술은 귀신한테도 먹혀들어가는 신의 한 수인데, 그놈이 어떻게 내 수법을 알아챘을까? 그놈이 뛰는 놈 위에 나는 놈, 나는 놈을 쫓는 헬리콥터였단 말이야?'

평생 갈고 닦은 사기 절도 9단의 사기극이 발각이 나 버렸으니, 안토니의 실망과 좌절이 엄청났고, 그 스트레스로 인한 안토니의 광기는 지옥의 불덩어리보다 더 뜨거웠다.

'지옥이 이보다 더 무서울까?' 크라우디는 공포 속에서 하루하루를 살아야 했다. 어느 날 그릇을 씻고 있는데 고함과 함께 느닷없이 손이 얼굴로 날아왔다. 크라우디의 눈에서는 별이 번쩍하더니 코가 간질거렸다. 이내 뜨거운 코피가 급류가 제 속도를 다스리지 못하는 것처럼 쏟아져 입술을 적시고 블라우스를 타고 치마로 신발로 떨어지며 바닥을 적셨다.

"쌍년! 재수 없는 년. 다 네년 때문이야. 빌어먹을 사기꾼, 네년 아비한테 속아 거금을 주고 눈치코치도 없는 네깟 년을 데려왔으니 집안 구석이 망할 수밖에 더 있어?"

안토니는 고삐 풀린 망아지처럼 대책 없이 날뛰었다. 변화무쌍한 감정의 고저, 예측할 수 없는 폭언과 폭력, 정말 고삐 풀린 망아지가 따로 없었고 언제 터질지 모르는 다이너마이트를 목에 걸고 사는 것 같았다.

크라우디는 너무 무섭고 불안하여 아무 데라도 도망치고 싶었지만 갈 데가 없었다. 안토니의 포악함을 모르는 사람이 없어 이웃에 사는 그 누구도 크라우디를 잠시 숨겨주려고도 하지 않았다. 길거리로 무작정 뛰어 나가 봐야 크라우디를 거들어 줄 사람 하나 없다는 것도 잘 알고 있었다. 친정식구들이 어디서 살고 있는지 알았다면 도망이라도 가 몸이라도 숨겼겠지만, 식구들의 행방도 알지 못했다. 식구들이 안토니가 건넨 수표를 돈으로 바꾸었는지, 그래서 그 돈으로 집을 사 제대로 안착은 한 것인지, 안토니가 하는 말 열에 아홉은 거짓이니 도무지 알 수가 없었다. 식구들 생각을 하다 보면 오히려 크라우디는 자신보다도 식구들의 걱정이 앞섰다.

'어머니 아버지는 내가 이렇게 겁에 질려 무서운 날들을 사는 건 알고 있을까? 아무리 내가 연락을 못 해도 그렇지, 어떻게 날 찾아 보지도 않으시나.'

이런 상황을 어떻게 풀어나가야 하는지 해결책을 찾을 수 없는 크라우디는 답답해 부모를 탓해 보기도 했다. 처음에는 이러한 자신의 신세가 가슴 아프기도 했지만, 시간이 갈수록 친정을 향한 애증조차도 사치가 되어 버렸다.

하루도 폭력 없이 지나가는 날이 없었다. 머리채를 갑자기 낚아채서 몸이 빙그르르 돌려지고 허리가 꺾였다. 하루에도 몇 번씩 발로 차이고 손으로 얻어맞고 주먹이 날아와 앞니가 흔들렸다. 얼굴은 못생긴 고릴라처럼 부어있었고 온몸은 멍으로 덮여있었다. 얼룩진 멍들은 마치 미인대회에 나온 미인들의 드레스 색처럼 덜 익은 호박색이거나 때론 잘 익은 검붉은 자두 빛으로 변해 멍든 순서를 말해주고 있었다.

그날도 안토니가 식탁에 앉아 술을 마시고 있다가 "개 같은 년! 이리 와. 썩 오지 못해? 술 따라. 어서, 잔이 비었잖아."라며 윽박질렀다. 크라우디는 또 어떤 일이 벌어질까 몹시 두려워 몸을 덜덜 떨면서 발이 떨어지지 않아 어정쩡하게 서 있었는데 안토니가 눈 깜짝할 사이에 다가와 어느새 크라우디의 팔을 잡고 벽으로 밀어붙였다. 무쇠 덩어리 같은 손으로 크라우디의 양 볼을 쥐어짜 잡고 다른 한 손에 들고 온 위스키 병을 기울여 크라우디의 입에 술을 부었다. 술이 입안을 채우고 넘쳐흘러 크라우디의 목을 타고내리며 옷을 적셨다. 크라우디가 머리를 가로저으며 술을 뱉어내려 하자 안토니가 거친 손으로 크라우디의 턱을 받쳐 입을 다물게 하였다. 지독한 알코올에 숨이 막혀버린 크라우디는 몸부림을 치며 술의 일부는 목으로 넘기면서 일부는 코로 뿜어냈다. 뜨거운 알코올로 식도에 사래가 들어 호흡을 이을 수 없었고 코를 통과한 알코올의 화끈거림에 정신을 잃을 지경이었다. 그때야 안토니의 아귀 같은 손이 풀리자 크라우디는 바닥에 털썩 무너져 내려 한참을 호흡을 이으려고 꺽꺽거리며 기침을 해댔고 코를 통과한 알코올의 뜨거움을 뿜어내느라 눈물, 콧물을 줄줄 흘려야 했다. 이건 술 고문이었다. 크라우디의 기침이 조금 잦아들자 안토니가 다가와 우악스럽게 크라우디를 바닥에 쓰러뜨리고 올라탔다.

"흐흐흐 시팔년, 꼴 보기 좋다. 제법 섹시해 보이는데? 어디 한번…"

크라우디는 버둥거리며 사력을 다해 안토니를 밀어냈지만, 힘도 없는 데다 안토니가 가슴이 터질 듯이 자신의 상체로 크라우디를 눌렀다. 한 손으로 머리채를 감아쥐고 한 손으론 가슴을 더듬으며 "네 짓이지? 내 돈 어디? 내 돈 내놔."라며 노래의 후렴이라도 부르듯 반복해 신음을 뱉으며 크라우디의 속옷을 내리고 아랫도리를 문지르며 파고들었다. 크라우디는 있는 힘을 다해 벗어나려 했으나 그럴수록 더 조여드는 몸을 어쩔 수 없었다. 몇 번 그렇게 문지르다 온몸이 거목처럼 빳빳해지더니 "끼익 끼익" 마치 고장 난 자동차 엔진 소리를 몇 번 지르고는 힘을 풀며 "시팔, 다 끝났어! 가서 오믈렛이나 만들어 와. 햄 넣고 올리브, 치즈, 양파 얹고 제일 맛있게 해 와. 쌍! 죽여 버리겠어." 하고 힘하게 소리치며 바지춤을 추슬러 올렸다.

크라우디는 온몸을 덜덜 떨며 오믈렛을 만드는데 양파를 썰다 손가락을 베었고, 그녀의 피와 살점이 양념으로 들어간 짭짤한 오믈렛을 만들어 안토니의 술잔 옆에 갖다 놓았다. 안토니에게서 멀리 떨어지기 위해 한 발짝 두 발짝 그리고 세 발짝을 띨 때 안토니는 다리를 크라우디의 발 사이로 끼었고 크라우디는 넘어지면서 식탁 모서리에 얼굴을 심하게 찧었다. 충격이 번개처럼 번쩍이는 그 순간, 드디어 크라우디의 자아가 피터팬의 팅커벨이 되어 다가와 요술봉으로 상쾌한 향기를 살살 뿌려대며 크라우디에게 속삭였다.

'여기까지야. 더 이상은 안 돼. 이게 끝이야. 어서 도망쳐!'

크라우디는 몸을 추스르며 일어나 욕실로 가서 문을 걸어 잠그고 흐느껴 울면서 상황을 수습하기 시작했다. 눈 바로 위 눈썹과 눈 사이 피부가 찢어져 피가 흐르고 있었고 상처 부위가 부어 왼쪽 눈이 거의 감겨 있었다. 얼굴 톤은 그 당시 항상 그랬듯이 멍이 들어 푸르죽죽했다. 크라우디는 단정하게 씻는데 피는 멈추지 않았고 반창고는 보이질 않았다. 크라우디는 제일 작은 생리대를 눈 위에 붙이고 머리카락과 머리핀으로 가능한 한 고정을 시키며 생각했다.

'그래, 이게 모두야. 여기까지야. 더 이상은 아니야. 더 이상 이런 폭력은 내가 참지 않겠어. 자, 이제 욕실 문을 조용히 열고 나가서 안토니가 날 잡기 전에 이 집을 급히 빠져나간다. 다시는 그를, 저 미치광이를 볼 일은 없을 것이다. 또 봐서는 안 된다. 난 거리로 나간다. 하나도 겁나지 않아. 어디든 저 미치광이와 함께 있는 것 보다는 나을 것이다. 용기를 내자. 한 번은, 정말 한 번만이라도 용기 있게 나가야 해.'

마음의 준비가 되었다. 잠시 마음을 가다듬고 행운의 순간을 점쳐 보았다.

"오, 신이시여. 절 보살펴 주소서!"

크라우디는 살짝 문을 열고 상황을 보았다. 안토니는 그대로 앉아 술과 오믈렛을 먹고 있다. 크라우디는 소리 죽이며 침실로 가 얼마 되지도 않는 돈, 전 재산을 챙기고 스웨터를 입었다. 살금살금 몇 발짝을 가다가 문까지 남은 다른 몇 발짝을 도망치는 다람쥐처럼 뛰어갔다.

"뭐하는 거야? 어딜 가? 이년이!"

안토니의 고함을 뒤로 따돌리고 현관문을 열고 뛰어 나가는 순간 다른 몸에 부딪혔다. 덩치 좋은 두 남자가 문 앞에 서 있었다.

"경찰입니다."

그들이 집으로 들어섰다.

"안토니 헬코너 씨를 연행하려 합니다. 안토니 헬코너 씨 집에 계십니까?"

재판이 끝나고 형무소로 갈 때가 되어서 형 집행 명령서를 가지고 온 것이었다. 경찰은 크라우디의 얼굴을 보고 물었다.

"무슨 일이 있었습니까? 얼굴에 온통 멍이 들고 상처투성이지 않습니까?"

크라우디는 안토니의 보복이 두려워 경찰이 묻는 말에 대답도 못 하고 숨죽이고 있었다. 경찰들은 집안으로 들어서며 혹시 다른 범죄의 흔적은 없는지 집안을 구석구석 둘러보았다.

"헬코너 씨, 부인이 다친 거는 알고 있었나요? 부인께서 많이 다친 거 같은데요."

"미친년이, 욕실에서 미끄러져서 그 모양이 됐다오. 항상 칠칠치 못한 게 탈이죠. 쯔쯔쯔…."

그때만 해도 지금과는 상당히 다르게 남성 중심의 사회였다. 지금 같았다면 안토니에게 또 다른 가정 폭력이라는 죄가 얹혀져 한 십 년은 더 감방에서 지내야 했을 것이다. 그런데 남자의 말이 법과 같았던 그 당시에는 크라우디가 욕실에서 미끄러져 다쳤다는 안토니의 설명이 곧이곧대로 먹혀들어갔다.

타성에 젖은 경찰은 크라우디와 부딪혔을 때 환한 대낮임에도 그녀에게서 술 냄새를 맡았으므로, 아마 그녀가 알코올 중독자이고 술에 취하면 욕실에서 자주 넘어지는가보다 생각했다.

'생리대를 이마에 턱 붙인 꼴이라니, 정말 미친 모양이야. 가임연령이라고 시위라도 하는 거야 뭐야?'

가정폭력이 밝혀질 수도 있었을 조그만 가능성이 여자에게서 술 냄새가 난다는 사실과 그로 인한 편견으로 안타깝게도 다른 의미로 치부되었다.

5

크라우디는 안토니가 끌려가고 나서 오랜만에 폭력과 저주가 없는 천국처럼 평화로운 며칠을 만끽했다.

"내가 나가려 했는데 저 인간이 잡혀갔네. 신이 날 도우신 거야."

오랫동안 억눌렸던 마음을 스스로 위로하며 쓸어내렸다. 언제 터질 줄 모르는 불발탄을 끼고 떨던 두려움도 잠시 내려놓았다. 그렇게 평화로운 날들이 며칠, 크라우디는 갑자기 마지막 생리가 언제였는지 달력을 확인했고 생리가 지연되고 있음을 알았다. 임신이었다. 남편도 없이, 있어 봐야 득이 될 턱이 없는 인간이지만, 수입도 없이 아이를 낳아야 한다는 것은 너무나 두려운 일이었다. 그러나 시간이 갈수록 배는 불러올 것이고 잉태된 아기는 때가 되면 싫어도 세상에 나와야 할 것이었다. 모든 탄생이 그러하듯 이 아이도 때가 되면 그동안 축적해둔 온 힘을 뽑아내며 엄마의 피부를 찢고 나와 전방에 배치된 사병처럼 세상이라는 싸움터를 마주할 것이다.

크라우디는 배가 더 불러오기 전에 아무 일이나 닥치는 대로 했다. 마켓에서 캐쉬어도 하고 봉제공장도 다녔다. 파출부, 청소부 마다치 않고 할 수 있는 일, 돈이 되는 일이라면 어디든지 달려가 아침부터 밤늦게까지 일을 했지만, 워낙 막일들이어서 큰돈을 모으지는 못했다. 그래도 출산에 조금이라도 보탬이 될 것이었다. 기회가 있을 때마다 새로 세상에 태어날 아이를 위하여 기저귀며 옷가지들을 준비는 했지만, 출산은 여전히 무척 두려운 일이었다.

그 당시 크라우디는 아침에는 마켓에서 일을 하고 저녁에는 로빈슨 씨 집에서 가정부로 일하고 있었다. 로빈슨 씨 집은 워낙 부자인데다가 로빈슨 부인은 마음이 천사와 같은 사람이었다. 로빈슨 부인은 크라우디의 배가 불러오는 것을 보고 크라우디가 별채의 자그마한 방에서 출산하고 아기와 함께 지낼 수 있도록 허락해 주었고 진통이 시작되자 산파도 불러 주었다. 그리하여 크라우디는 그 집에서 건강한 아들을 낳았다.

로빈슨 부인은 가까운 선조 중 건강하고 부유하게 백 세를 누렸던 증조부의 이름을 따 새로 탄생한 크라우디의 아들에게 '해리'라는 이름을 붙여주며 그녀의 증조부처럼 건강하고 행복한 인생을 누리며 장수하기를 기원해 주었다. 크라우디는 감사하게 생각하며 갓 태어난 아들을 '해리'라고 불렀다.

크라우디는 몸을 추스르자 로빈슨 가정의 살림을 도맡아 아침부터 밤늦게까지 열심히 일했다. 로빈슨가의 가족들은 친절했고 크라우디는 다시 따듯한 가족의 품에 돌아온 듯 마음이 편했다. 안토니와의 불행하고 무서웠던 지난날들도 이제는 다 잊고 아들 해리를 위해서라도 행복하고 즐거운 삶을 살리라 다짐했다. 어두운 과거가 혹시 구름 낀 듯한 이름 때문일지도 모른다는 생각에 이름도 '선샤인'으로 바꾸기로 했다. 로빈슨가에서는 모두 그녀를 선샤인이라 불렀다.

이른 아침부터 늦은 밤까지 쉴 사이 없는 집안일은 고됐지만, 해리와 함께하다 보니 힘들다고 생각할 틈도 없었다. 아들 해리와 거처할 수 있는 방 한 칸이 있다는 것만도 다행이고 감사한 일이었다. 크라우디는 아들 해리를 보면 새로운 힘이 솟아나 로빈슨가정의 어떤 일이라도 기꺼이 다 할 수 있었다.

로빈슨가에는 아흔 살의 노망난 할머니가 있었다. 이 노망난 할머니는 툭하면 사람들을 꼬집고 때렸다. 여자들만 보면 과거 자신의 남편과 바람을 피워 그녀의 속을 오랫동안 피멍 들고 썩게 했던 여자로 착각하고 욕을 해대며 이불에 질펀하게 퍼질러놓은 자신의 배설물을 먹으라고 하는 통에 누구도 가까이 가는 것조차 꺼리는 상황이었다. 그러나 크라우디는 할머니의 똥오줌 받는 것도 마다하지 않고 열심히 도맡아서 할머니를 시중들었다. 로빈슨 부인도 크라우디가 누구도 하기 싫어하는 일을 도맡아 해주니 세상에 다시없는 사람이라며 고맙게 생각했다. 크라우디가 아들과 함께 편히 지낼 수 있도록 여러 가지 배려를 해주었으며 해리가 자라면 교육도 시켜주고 평생 가족처럼 보살펴 주리라 생각했다.

그렇게 한 일 년이 되어 가던 어느 날, 안토니가 어떻게 수소문을 하였는지 그들을 찾아왔다. 그동안 잊고 살았고, 수감 중에도 면회 한 번 가지 않았는데, 다시 만나리라고는 꿈속에서라도 생각지 않았는데, 아들을 낳은 것도 알리지 않았고 이제 그와는 영원히 남남이라고 믿고 있었는데…. 크라우디는 그날 해리를 등에 업고 이불 빨래를 널고 있었다. 로빈슨가의 다른 가정부가 크라우디에게 집사가 찾고 있다고 알려주어 빨래를 마저 널고 집사 방으로 갔다. 안에서 남자들의 목소리가 들려 왔다.

"그럼, 당신들이 멀쩡히 남편이 있는 여자를 납치해 하녀로 쓰고 있는 게 아니고 뭐겠소?"

안토니의 목소리가 틀림없었다. 크라우디는 소름이 돋으며 그 자리에 얼어붙었다. 안토니가 감옥에 가기 전 그녀에게 한 구타와 저주받은 꼭두각시 인형처럼 당하고 살았던 일들이 한순간에 되살아났다.

'안 돼. 또 그렇게 짐승처럼 살긴 싫어. 어디에 숨어야 해. 지금 집사 방으로 들어가면 안 돼. 발을 움직여. 어서!'

발걸음을 떼려는데 처참한 과거의 기억들에 안토니의 목소리가 겹쳐지며 긴장한 탓에 두 다리가 엉키고 말았다. 크라우디가 그 자리에서 나무로 만든 피노키오 인형처럼 따각거리며 넘어지자 해리가 울기 시작했다. 아이의 울음소리를 들은 집사가 문을 열자 그 안에 안토니가 있었다.

"오, 내 새끼. 어디 좀 보자."

안토니는 손을 뻗으며 다가왔고 크라우디는 그의 손을 손바닥으로 후려쳤다.

"오! 이런. 내가 너무 늦게 찾아와서 화가 많이 났군."

그렇게 로빈슨가에서의 크라우디 모자의 생활은 끝이 났다. 로빈슨가에서도 법적으로 여전히 안토니와 부부 관계인 크라우디가 안토니를 따라나서지 못하게 할 수는 없었다. 다만 로빈슨 부인은 크라우디가 도살장에라도 끌려가듯이 가는 것이 맘이 아파 크라우디의 두 손을 힘주어 잡아주었다.

"선샤인, 언제라도 돌아오고 싶으면, 그럴 수 있으면 돌아와요. 가족처럼 환영하겠어요. 무슨 어려운 일이라도 있으면 꼭 알려줘요."

안토니가 감옥에 가기 전처럼 잔혹하게 폭력을 쓰면 아무 대책도 없었던 지난번과는 달리 이제 크라우디에게 다른 탈출구도 있다는 것을 로빈슨 부인에게서 확인할 수 있었다.

"푸하하하, 뭐? 선샤인? 놀고 있네. 태양이 웃다 자빠지겠다. 야! 요강에 밥 담아놓았다고 요강이 밥통 되냐? 푸하하하."

잔인한 안토니는 아기를 업고 길을 따라나선 크라우디의 뒤통수를 심심풀이 삼아 톡톡 쥐어박으며 크라우디를 몰고 갔다. 크라우디와 다시 살게 된 안토니는 며칠 후 로빈슨가에 가서 그들이 크라우디를 납치하고 하녀로 부렸으니 일한 값을 내놓으라고, 아니면 법정에 세우겠노라고 행패를 부려 그 집에서 돈을 뜯어 왔다. 크라우디는 은혜를 원수로 갚았다며 말다툼을 하다 흠씬 얻어맞았고,

누구 새끼인지도 모를 애를 달고 들어온 창녀 같은 년이라는 소릴 들어야 했다.

"창녀! 너 창녀지? 저 새낀 도대체 누구 새끼냐?"

로빈슨가를 대상으로 한 안토니의 협박은 한 번으로 끝나지 않았다. 술 냄새를 풍기며 딸꾹질 섞인 고함과 억지로 반복되는 달갑지 않은 안토니의 협박적인 방문에 로빈슨 부부는 위협을 느꼈다. 안토니는 크라우디가 이제까지 로빈슨가에서 받은 금액은 그녀가 일한 것에 비해서 턱없이 부족하다며 크라우디가 자신을 다시 보냈다고 거짓말을 했다. 그의 얼토당토않은 거짓말에 피곤해진 로빈슨 씨는 안토니를 쫓아 보내며 법원에 접근금지명령을 신청하겠노라고 으름장을 놓았다.

크라우디는 법원에서 우편으로 날아온 접근금지 명령서를 보고서야 안토니의 행각을 알아차리고 안토니를 향한 이글거리는 분노를 마른침과 함께 억지로 삼키며 참았다. 가슴에서 심장이 빠져 나가는듯한 허탈함을 느끼며 로빈슨가를 향한 미안한 마음과 부끄러움에 얼굴이 붉어졌다.

6

"여자들은 다 창녀야. 엄마서부터, 모두 다!"

안토니가 엄마와 남자들이 무엇을 하는지 알아채기 시작한 것은 아마 네다섯 살 정도 되었을 때일 것이다. 많은 남자들이 수시로 집으로 왔고, 그럴 때면 엄마는 안토니를 집 앞의 벤치에 앉히고는 "어디 가지 말고 엄마가 부를 때까지 그대로 앉아 있어야 해." 하고는 집으로 들어가 문을 닫고 한참 후에야 남자와 함께 나오곤 했다. 하루에도 여러 번 그런 일이 있기도 했다. 하루는 비바람이 심하게 불어 빗줄기가 벤치에 앉아있는 안토니를 적시자, 안토니는 비를 피해 집으로 들어가 의자에 앉아서 엄마가 부르기를 기다리고 있었다. 방안에서 신음소리가 새어나오자 안토니는 엄마가 걱정되어 살짝 방문을 열었다. 방안에서는 남자가 벌거벗은 채 엄마 위에서 격렬히 몸을 흔들고 있었다. 순간 안토니는 너무 겁이나 문을 닫고 부엌 구석에 쪼그리고 앉아 울음을 터뜨리고 말았다. 잠시 후 남자를 보내고 부엌 구석에 쪼그리고 앉아 울고 있는 안토니를 발견한 엄마는 매정하게 말했다.

"다, 네 아비 탓이야. 그 인간이 지 마누라랑 자식을 팽개치고 도망을 가버렸으니…. 남은 건 핏덩어리 아이와 내 몸뚱이 하나뿐인걸."

그 후부터 안토니는 엄마가 남자들과 무엇을 하는지 알기 시작했다. 남자가 밤을 지내고 가는 날이면 안토니는 거실의 간이침대에서 자야 했다. 낮에 남자가 오면 안토니는 집 앞에서 서성거리며 침울한 마음을 혼자 삭여야 했다. "다, 네 아비를 원망해라. 내가 가지고 있는 거라고는 내 몸뚱이 하나뿐."이라는 얘기를 지겹도록 들으며 자랐다.

그러던 안토니에게 학교친구 수다쟁이 마리아는 안토니가 이제까지 만나본 사람들과는 전혀 다른 종류의 사람이었다. 안토니는 유쾌하게 온종일 조잘대고 웃어대는 마리아가 좋아지기 시작했다. 마리아와 만나려고 마리아가 다니는 교회도 나가기 시작했다. 마리아의 부모는 안토니 엄마의 행실을 아는지라 딸이 안토니와 가깝게 지내는 것을 절대 좋아하지 않았지만, 그 마을에서 하나뿐인 학교를 같이 다니는 걸 막을 수 없었고, 교회에 나오는 것도 말릴 수 없었다. 그래도 아직은 어린 나이인지라 별일 없겠거니 방심을 한 것이 문제였다. 엄마의 행실을 네다섯 살 때부터 알아채기 시작했던 안토니는 마리아의 부모들이 생각하는 것보다는 훨씬 조숙했다. 11살이던 안토니와 마리아는 여름비가 시원하게 내리던 어느 날 교회에서 빠져나와 시원하게 비를 맞으며 뒷산으로 달려갔다. 둘은 비를 맞고 싶었다. 비를 맞으며 산을 뛰어다니니 그렇게 즐거울 수가 없었다. 한참을 뛰어다니다 둘은 허름한 창고를 발견하고 그곳까지 단숨에 달려 들어갔다. 흠뻑 젖은 서로의 모습이 우스워 깔깔거리다 머리를 흔들어 빗물을 털어내는 장난을 치며 한참 동안 호탕하게 웃었다. 그냥 이유 없이 즐거웠다. 웃음이 잦아들자 안토니가 마리아를 껴안고 입술을 맞추었다. 조숙한 안토니와는 다르게 아직도 솜털에 덮혀있는 마리아는 겁이 났다. 그러나 안토니가 부드럽게 이끌자 결국 마리아도 저항 없이 안토니가 하는 대로 따라가게 되었다. 아직 첫 월경도 시작하지 않은 마리아의 젖가슴엔 동그란 멍울이 맺혀있었고 젖꼭지는 작은 연분홍색 점 같았다. 국부에는 이제 막 솜털이 가벼운 색을 띠며 길이를 키우기 시작하고 있었다. 마리아의 벌거벗은 몸을 본 안토니의 성기는 빨갛고 딱딱하게 부풀었다. 둘은 조심스럽게 비밀스러운 행사를 치렀다. 그 후 그들의 비밀스러운 행사는 날이 갈수록 빈도가 잦아졌다. 빈도가 잦아질수록 안토니보다는 마리아가 더 원했다. 이제 마리아는 비밀스러운 행사를 맘껏 즐기게 되었다. 이보다 더 좋은 건 세상에 없을 것 같았다. 안토니도 마리아가 흥분할수록 같이 흥분의 수위를 높여갔다.

그들의 비밀스러운 행사는 4년이나 유지됐지만 결국 마리아의 임신으로 세상에 밝혀지게 되었다. 그 지방에서 최고 부자인 마리아의 부모는 당황스럽고 망신스러움에 격분하여 행실이 바르지 못한 안토니 엄마를 진작에 이 마을에서 쫓아내지 못한 것을 후회했다. 화가 난 마리아의 부모는 안토니 엄마를 찾아가 당장 이 마을에서 떠나라고 했다. 그러지 않으면 집을 불살라버리겠다고 엄포를 놓았다. 그러나 안토니 엄마와 비밀리에 교회의 지하방에서 정을 통하던 목사는 신의 섭리로 창조된 생명은 존중받아야 하고 안토니와 마리아는 좋은 부모가 될 수 있을 것이라며 중재를 하고 나섰다. 마리아의 부모는 상심한 마음에도 마을에서는 대법관의 말이나 다름없는 마을 목사의 권고를 뿌리칠 수 없었다. 목사의 권고대로 둘을 결혼시켜 가정을 이루게 하는 게 그들이 이제까지 쌓아 온 부와 권위를 지키면서 이 망신스러운 사건을 자연스럽게 포장하여 덮을 수 있는 최선의 방법이기도 했다. 마리아는 몇 달 후 그녀를 똑 닮은 예쁜 딸을 낳았다. 탐탁지 않은 안토니와의 사이에서 낳은 손녀지만 그래도 그들의 피붙이였기에 그들은 예쁜 손녀에 어울리게 '엘리자베스'라고 이름 지어 주었다.

엘리자베스의 세 번째 생일잔치가 있고 나흘 후였다. 온 가족은 봄가을이면 가족의 관행처럼 치르는 꿩 사냥을 하기 위해 사냥터로 떠났다. 사냥터는 마리아의 부모가 소유한 오백 에이커의 개인 소유지 산림이었다. 그곳엔 그들의 아름다운 통나무 캐빈이 있고 주변 산속에는 그들이 오래전 풀어놓은 꿩들이 해마다 개체 수를 늘리고 있었다. 캐빈 안 거실의 한쪽 벽에는 그동안 사냥한 꿩의 깃털로 만든 수많은 머리 장식들이 사냥한 날짜와 사냥자의 이름과 함께 벽을 장식하고 있었다. 다른 한쪽 벽에는 거대한 뿔을 간직한 사슴 머리 장식 아래에 여러 종류의 사냥총들이 크기 순서

대로 걸려있었다. 왼쪽으로 꺾어진 다른 쪽 벽에는 온갖 가지 술들이 벽 한 면을 차지한 거대한 랙을 가득 채우고 있었고, 랙이 끝나는 곳에는 여러 가지 다른 크기와 모양의 술잔들이 거꾸로 매달린 곳 아래에 아늑한 바가 이어져 있었다. 그들은 캐빈에 도착한 날 밤, 바비큐로 풍성한 저녁 식탁을 차려놓고 건배를 하며 마시고 즐겼다. 이제는 안토니도 마리아 가족의 곱지 않은 눈길을 무시할 수 있을 만큼 그들과 어울릴 수 있었다. 마리아의 가족은 사냥을 무척 즐겼다. 안토니도 여러 번 꿩 사냥을 해보니 서서히 흥미를 느끼기 시작했다. 그러나 도착한 날 밤부터 안토니는 열이 나고 몸살 기운을 느꼈다.

"안토니는 감기가 왔나 봐요. 어젯밤에 끙끙 앓았어요."

"지금은 좀 어떤가? 약은 먹었나?"

"약을 먹었는데도 몸이 으스스하고 열이 약간 있네요."

"감기몸살이 온 모양이군."

"그럼 자네는 엘리지베스와 집에서 쉬는 게 좋겠네."

"안토니, 아이리쉬 커피를 마시면 몸이 좀 훈훈해질 거야. 아침부터 알딸딸한 색다른 아침을 즐기는 것도 추억거리가 되겠네."

"그렇게 하지. 난 아이리쉬 커피로 몸을 좀 따뜻하게 하고 산속의 맑은 공기로 머리를 식히면서 우리 공주 엘리자베스와 도미노게임이나 할까?"

안토니는 아이리쉬 커피를 한 잔 만들어 창가에 앉았다. 커다란 유리창을 통해 티 없이 맑은 하늘이 통째로 집안으로 들어오고 있었다. 살랑살랑 부는 바람에 흔들리는 나뭇잎들이 적당히 고적함을 적셔주었다. 알코올이 함유된 고소하고 은은한 캐러멜을 듬뿍 섞은 아이리쉬 커피에 안토니는 은근하게 취기가 오르고 몸은 훈훈해졌다.

"아빠, 날 봐."

엘리자베스는 꿩의 깃털로 만든 머리 장식을 쓰고 머리를 흔들어대며 즐거워했다. 세 가닥의 꿩 깃털을 뒤집어쓴 엘리자베스는 인형처럼 귀여웠다.

"아빠, 저거 저거, 더 큰 거, 저걸 줘."

안토니는 벽에서 풍성한 깃털로 화려하게 만든 커다란 머리 장식을 내려 딸에게 씌워주고 볼에 뽀뽀를 해 주었다.

"우리 엘리자베스 정말 예쁘구나. 이걸 쓰니 정말 꿩 공주가 됐는걸."

안토니는 엘리자베스 손을 잡고 한 손에는 아이리쉬 커피를 들고 캐빈 앞 포치에 나가 앉았다. 덥지 않은 바람이 부드럽게 열 오른 얼굴을 감쌌다. 엘리자베스는 즐겁게 ABC 노래를 부르며 한 음절 음절마다 머리에 뒤집어쓴 꿩 깃털을 까딱까딱 흔들어 댔다.

"엘리자베스, 아빠가 커피 한 잔 더 만들어 올 테니 잠시 여기 앉아있어라."

"네, 아빠. 나는 꿩처럼 도망가지 않아."

안토니는 커피를 한 잔 더 만들려고 안으로 들어갔다. 물은 금방 끓었지만 솔티드 로스티드 캐러멜 술병은 비어 있었다. 안토니가 새 병을 찾으려고 바의 술병들을 일일이 확인하고 있을 때 여러 발의 총소리가 동시에 울렸다.

멀리서 할아버지, 할머니, 그리고 엄마가 말을 타고 집으로 돌아오는 것이 보였다.

"엄마다."

엘리자베스는 그쪽을 향해 달리기 시작했다. 엘리자베스가 수풀을 가르며 달리자 어린 엘리자베스의 몸은 수풀에 가려졌지만, 머리에 뒤집어쓴 풍성한 꿩의 깃털은 수풀 사이사이로 춤을 추었다.

"저기다. 여러 마리가 함께 간다."

"쏴요."

"방아쇠를 당겨요."

"좋았어. 오늘은 허탕인가 했더니, 드디어…"

그들은 꿩무리를 향해 일제히 방아쇠를 당겼다.

"그럼 그렇지. 꿩 한 마리도 못 잡고 그냥 돌아갈 수야 없지."

"꿩들이 다 어디로 갔나 했더니 집 근처에 와 있었군."

"꿩들이 줄어든 건 확실한 것 같아요."

그들은 꿩 대신 꿩 공주를 잡고야 말았다. 할아버지, 할머니, 그리고 엄마가 난사한 총알 중 7발이 꿩 공주의 몸을 꿰뚫었다.

"아니, 자네! 취했나?"

"도대체 애를 어쩐 건가?"

"뭐야? 안토니! 당신 제정신이야? 애에게서 한순간도 눈을 떼지 말았어야지!"

모든 비난의 화살이 안토니에게 꽂혔다.

마리아와의 결혼생활이 파경으로 끝나버리자 안토니는 상심한 마음에 이제까지 찾지도 않던 엄마를 찾아갔다. 그날도 손님을 치르는지 문은 잠겨 있었고 모자이크 창 너머로 아무렇게나 벗어 놓은 남자의 신발이 어른거렸다. 안토니는 집 앞 벤치에 앉아 술을 홀짝거리며 자신을 증오했다. 몸이나 파는 엄마를 증오하고 자신과 엄마를 버렸다는 아비를 증오했다. 본인의 존재 자체를 부정하고 싶었다. 세상이 혐오스럽고 이 혐오스러운 세상에 그를 태어나게 한 인간들을 죽이고 싶었다. 유순하게 그 벤치에 앉아 엄마가 부르기를 기다리며 우울하고 혼란스럽게 보낸 어린 시절을 떠올리니 분노로 열이 올랐다. 죽고 싶은 심정으로 독한 술을 벌컥벌컥 들이켰다. 벤치를 부숴버리고 싶었다. 벤치에 앉아 보낸 어린 시절의 일들은 그 벤치가 그곳에 있었기에 일어난 것 같았다. 다시는 아무도 이 벤치에 앉을 수 없도록 벤치를 없애야 한다는 생각이 들었다. 안토니는 술병으로 벤치를 내리쳤다. '퍽'하는 소리와 함께 유리파편들이 사방으로 튀었다. "악, 악, 악!" 소리를 지르며 내리치고 또 내리치기를 반복했다. 손에 유리가 박혀 피가 흐르기 시작했으나 상관할 바 아니었다. 그 소리에 놀란 남자가 서둘러 신발을 구겨 신고 나오다 술 취한 안토니를 보고 도망치듯 차로 달려갔다. 안토니는 손에 들고 있던 깨진 술병 조각을 남자를 향해 냅다 던졌다. 날카롭게 드러난 유리조각이 남자의 목을 살짝 스치며 상처를 내고 차에 부딪혀 떨어졌다. 남자는 겁에 질려 급히 차에 올라 문을 닫았다. 시동을 거는 남자의 목에서 피가 흐르고 있었다. 차가 급히 움직이자 안토니는 차를 따라잡기라도 할 듯이 발을 동동 구르며 몇 발짝 뛰어가다 멈췄다. 하늘이 파래서 싫었다. 구름은 하얘서 싫었다. 콧속으로 넘어가는 공기가 있는 게 싫었다. 뭔가가 필요했다. 이 상황을 비난할 핑곗거리가 되어줄 무엇인가가 필요했다. 가슴속에서 울컥하며 분노 덩어리가 올라오다 목에 막혔다.

"엄마! 도대체 언제까지 이렇게 살려는 거야?"

"그럼 내게 무슨 다른 방법이 있겠니? 다 네 아비 탓이지. 어쨌든 너를 굶겨 죽이지는 않았잖아. 나야 재미 보고 돈 버는 건데. 무슨 상관이니?"

특유의 쌀쌀함과 비꼬임이 섞인 어조로 말했다. 안토니는 순간 꼭지가 돌아가 버렸다.

"쌍! 시팔, 그럼 내가 돈을 주면 나와도 즐길 수 있겠네?"

안토니는 엄마를 거칠게 침대로 끌어와 밀쳐버렸다.

"뭐 하는 짓이야? 저리 비켜."

엄마가 안토니를 밀어버렸지만 다 큰 아들의 완력을 이길 수가 없었다.

"쌍! 내가 그 구멍에서 나왔는데 왜 다시 못 들어가?"

안토니는 엄마를 범해버리고 말았다. 증오와 분노를 참을 수 없어 엄마의 귀를 물어뜯었다. 야수와 같은 엄마의 비명에 귀가 막혔다. 물컹한 이물질과 함께 비릿한 피비린내가 입을 채웠다.

"헉!"

구역질을 느끼며 이물질과 피를 뱉어내자 자신이 무슨 일을 저질렀는지 인식이 되며 술기운이 싹 가셨다. 안토니는 뛰어 달아났다. 뒤에서 호랑이라도 쫓아오는 듯이 소름이 끼쳤다. 한참을 단거리 달리기를 하듯 뛰었다. 숨이 턱에 차고 가슴이 아파 호흡이 이어지지 않을 때까지 뛰어가다 호흡을 하려고 속도를 줄였다. 그러나 단 한 번도 뒤돌아보지 않았다. 지긋지긋하게 잘못되고 결과가 꼬일 수밖에 없었던 과거에서 도망치고 싶었다. 모든 원인을 제공한 부모에게도 이 정도면 복수 비슷하게라도 했다는 생각이 들었다. 낯선 남자의 목에서 흘러내리던 피가 눈앞에 번졌다. 도망치는 수밖에 없었다. 그는 앞만 보고 걸어 그가 성장기를 보낸 도시와 사람들을 책 페이지를 넘기듯 떠났다.

그 사건은 안토니에게 영원한 비밀로 남았다. 그 사건이 기억날 때마다 가슴의 열이 상기되어 안토니의 얼굴을 붉혔고, 가슴 속은 폭포가 쏟아지는 듯이 시려 왔다. 그래서 영원한 비밀일 수밖에 없는 사건이었다.

7

해리는 잘 자라 주었지만 제 아빠한테서 아들 대접은 받지 못하고 컸다.

"누구 새낀데 저따위야! 내 새끼라고? 어림없지. 닮은 데라고는 눈곱만큼도 없어. 너, 이 녀석, 커서 어떤 놈이 될는지 눈에 선하다! 없어져 버려. 내 눈에 띄지 않게 사라져버리라고!"

열여덟 살, 집을 떠나기 전까지 그런 가시 돋친 질책과 저주스런 소리를 반복해서 들어야 했다.

여러 번 저 사람이 네 아빠라고 크라우디가 심각하게 말해 주었지만, 그 말을 믿는지는 알 수 없었고 또 해리가 그 사실을 좋아하는 것 같지도 않았다. 아무튼, 안토니는 다른 사람의 마음을 꽈배기처럼 비비 꼬아놓고는 코요테처럼 음흉하게 기회를 엿보다 조금이라도 꼬여진 것이 풀어지려는 신호가 보이면 가차 없이 덤벼들어 다시 꼬이게 하고, 더 심하게 꼬일 때까지 잔인하게 꼬아대는 그런 인간이었다.

열세 살이 되어 이제 목소리도 굵어지고 몸집도 다부져지기 시
작하자 해리는 크라우디를 안토니로부터 보호하려고 노력했다. 어
느 날 크라우디가 일을 마치고 지친 몸으로 돌아와 저녁준비를 하
고 있을 때 술이 떨어진 안토니가 짜증을 부리기 시작했다.

"나가서 술부터 사와."

"돈 줄 테니 가서 사 오구려."

"돈만 벌면 다냐? 남편의 말을 어떻게 듣는 거냐? 어서 가서 술
부터 사오라니까."

"아이고, 날도 어두워지고 난 저녁을 만들어야 하는데, 술이 필
요하면 직접 가서 사 오구려."

"그럼 해리를 보내."

"왜 애한테 술 심부름을 시켜?"

"놀고먹는 놈이 술 심부름은 왜 못해? 밥값은 해야 할 것 아니
야?"

"흥, 진짜 놀고먹는 놈이 밥값이라도 하면 되겠네."

"뭐야? 너 입이 있다고, 말이라고 다해? 네가 지금 날 무시하는
거냐?"

이렇게 말다툼이 시작되었고 안토니는 크라우디의 뺨을 철썩철
썩 두 대나 때렸다. 그 바람에 크라우디가 젓고 있던 뜨거운 스프
가 냄비째 뒤집혀 크라우디의 다리로 쏟아졌다. 크라우디는 비명을

질렀다. 해리는 당장 달려가 안토니를 잡아 끌어내어 크라우디에게서 멀어지도록 밀쳐버렸다. 안토니는 뒷걸음질을 치며 넘어지지 않으려고 뒤뚱거리다 몸의 중심을 잃고 식탁 의자의 모서리에 엉덩이를 부딪치며 의자와 함께 넘어졌다. 화가 잔뜩 난 안토니는 잽싸게 일어나 의자를 집어 들고 해리를 의자로 때리려 했다. 해리는 두 손으로 의자를 잡아 안토니에게서 빼앗아 던져버리고 안토니에게 달려드니 안토니가 해리를 피하려고 몸을 구부렸다. 해리의 손에 안토니 바지의 허리춤이 잡혔고 해리는 잡히는 대로 잡아당겼다. 안토니는 바지가 벗겨지는 것을 막으려고 바지를 급히 잡아당기며 몸을 틀자 이제는 해리가 몸의 중심을 잃고 미끄러지듯 넘어지면서 안토니의 허리춤을 죽을힘을 다해 놓지 않고 잡고 늘어졌다. 그러느라 해리의 힘과, 넘어지면서 주체할 수 없이 들어간 체중까지 더해져 안토니의 바지는 속옷과 함께 홀라당 한 번에 당겨져 엉덩이 아래까지 내려왔다. 놀라서 빨리 바지를 추슬러 올린 안토니는 화가 머리끝까지 뻗쳤다.

"이 새끼가?"

해리도 지지 않았다.

"다시 한 번 엄마한테 손을 대면 내가 가만 놔두지 않을 거야."라고 소리치며 안토니를 노려보았다. 안토니는 매우 놀랐다. 어린아이로만 생각했던 해리가 이제는 힘도 세고 자기한테 반항을 한다는 사실에 겁이 났다. 아랫도리가 벗겨져 알몸뚱이가 노출된 것도 자존심 상했고 수치심과 동시에 노여움과 분노가 지렁이처럼 꿈틀

거리며 발바닥에서 머리끝까지 꿈틀꿈틀 올라왔다.

"이건 또 뭐야? 이제 네가 날 밀어? 이게 지금까지 키워준 은혜에 보답하는 거냐? 이 썩을 놈아!"

"당신이 나한테 뭘 해줬다고 그래? 저리 가! 난 엄마를 치료해야 해."

해리는 크라우디를 욕실로 데리고 가 욕조 가장자리에 앉히고 차가운 물로 화상을 입은 다리를 식혀주고 바세린거즈와 약을 사와 잘 싸매주었다.

"엄마, 이제부터는 내가 엄마를 지켜드릴게요." 하며 눈물을 흘렸다.

"엄마, 제가 어서 커서 엄마를 편하게 해 드릴게요. 고등학교만 졸업하면 일하면서 엄마를 모실게요. 조금만 기다려주세요."

크라우디의 눈에서도 진주 구슬 같은 눈물이 서러움과 분노를 녹여 품고 흘러내렸다.

"해리야, 고등학교를 졸업하면 대학을 가야지. 너는 엄마처럼 평생을 저소득층으로 살면 안 되지. 그러려면 대학교육을 받아야 해. 방법은 그거 하나뿐이야."

크라우디는 Claudia를 제대로 쓸 줄 몰라 자신의 이름을 Claudy로 만들어놓은 무식한 부모와, 가난 때문에 안토니를 따라나선 후 불행한 삶에서 벗어나지 못하는 현실을 원망하며 어떻게 해서든지 해리는 대학교육을 시키겠노라 다짐했다.

"엄마, 무슨 말인지 알아요. 그렇지만…."

"해리야, 길게 봐야 해. 너는 갈 길이 너무 멀잖니."

"엄마, 그렇지만 제가 엄마랑 같이 있어야지, 어떻게 혼자 떠나 겠어요? 안토니가 너무 위험하잖아요."

"너는 네 갈 길을 꿋꿋이 가면 된다. 엄마는 엄마대로 잘 지낼 것이고 네가 대학을 졸업하고 나면 그때는 지금과는 또 달라지겠 지."

'엄마, 차라리 이혼을 하지 그래요?'라는 소리가 해리의 혀끝까지 나오다 멈추었다. 해리는 엄마가 안토니와 이혼을 하면 어떨까 생각 해보았다.

'어차피 안토니는 나를 자신의 아들로 인정해 주지도 않고, 일도 안 하고 돈도 못 벌어오면서 거머리처럼 엄마에게 달라붙어 단맛 나는 피만 쪽쪽 빨아먹고 기름진 배를 흐뭇하게 쓰다듬는 기생충 같은 존재일 뿐이니 아무 도움도 안 될 텐데. 차라리 이혼을 하면 이런 폭력까지는 당하지 않아도 되지 않겠나? 엄마한테는 내가 모 르는 다른 이유가 있는 것일까? 부부라는 관계가 제삼자는 알 수 없는 무언가가 있고 그 사이에 끼어들 수 없어서 아들인 나도 엄마 한테 이혼을 강요할 수는 없는 건가?'

그러니 차마 크라우디에게 이혼 얘기까지는 할 수가 없었다. 해 리는 엄마를 치료하고 진정시키고는 안토니에게 다시 한 번 경고를 했다.

"안토니, 한 번만 더 엄마에게 폭력을 사용하거나 험한 말을 하 면 내가 가만두지 않을 거야." 해리가 안토니를 노려보며 이렇게 말하니 안토니는 기가 찼다.

"뭐라고? 이 호래자식 같은 놈아. 그게 네가 나한테 할 수 있는 소리냐? 미친개 같은 놈."

"못할 이유가 없지. 내 아비도 아니라면서. 앞으론 가만두지 않겠어. 한 번만 더 엄마를 괴롭히면 쫓아내 버리던지 우리가 떠나겠어."

"병신, 꼴값 떨고 있네. 살다 살다 이제는 자식 놈에게 별소릴 다 듣는구먼."

말로는 그렇게 받아쳤지만 안토니도 해리가 이제는 쉬운 어린아이가 아니라는 것을 위협적으로 느꼈다. 그리고 처음이자 마지막으로 스스로 자기가 해리의 친부임을 인정한 순간이기도 했다.

그 이후로 해리는 안토니에게 눈엣가시 같은 존재가 되었다. 안토니는 기회만 있으면 해리를 괴롭혔다. 도저히 인간적인 상식으로는 할 수 없는 일들을 벌이고, 어떻게 하면 해리를 괴롭힐까, 고민하는 것이 안토니의 일과이고 즐거움인 듯했다. 안토니는 해리만 보면 이제 이만큼 키워줬으니 네 아비나 찾아 떠나라고 빈정거리며 음흉하고 찌그러진 미소를 지었다.

"네가 나중에 어떤 칠칠치 못한 인간이 될지 점쟁이가 아니어도 알 수 있지. 흐흐흐."

징그러운 저주가 미끈거리는 독사처럼 안토니의 입에서 미끄러져 나왔다. 크라우디는 하나밖에 없는 아들 해리가 제대로 자라 대학교육을 받고 좋은 직장도 가지고 좋은 사람과 결혼하여 행복한 인생을 살기를 너무나 희망하고 있었다. 그러니 안토니가 해리더러 집을 나가라느니 네 아비나 찾아가라느니 그따위 말을 할 때마다 안토니가 죽이고 싶을 정도로 미웠다. 혹시 해리가 안토니의 말에 반항하여 행복한 미래를 포기하고 집을 뛰쳐나갈까 봐 걱정이었다.

"해리야, 네가 얼마나 힘든지 알고 있다. 그렇지만 몇 년만 참자. 고등학교만 졸업을 하면 너는 집을 떠나 대학을 가는 거야. 그때부터 너의 삶은 달라질 거야. 고등학교를 졸업할 때까지만 꾹 참고, 안토니의 말은 다 무시하고 너의 밝은 미래만 생각하여라."

크라우디는 해리에게 부탁에 부탁을 거듭했다.

8

멜리는 엄마와 엄마의 남편, 그러니까 의붓아버지 그리고 그들 사이에서 태어난 열여섯 살 아래 여동생 앨리스와 함께 산다.

본인의 생물학적 아버지에 대해서는 아는 게 별로 없다. 멜리는 엄마의 결혼 전 라스트네임을 쓰고 있기에 친부의 성이 무엇인지, 이름이 무엇인지도 모른다. 사진도 한 번 본 적이 없기에 어떻게 생겼는지, 아직 살아있기는 한 것인지조차도 모른다. 본인이 어떻게 둘 사이에서 태어났는지 궁금했지만, 출생에 대한 물음은 과거를 상기시켜 엄마를 괴롭힐지 모른다는 생각에 물어보지 못했다. 혹시라도 엄마가 고통스러워하거나 당황해 할까 봐, 또 그런 본인의 시도가 엄마와 의붓아버지와의 관계를 해치지는 않을까 하는 기우에 물어보기가 힘들었다. 스스로 자제하며 본인을 잉태시킨 사람에 대하여 궁금하지도 않다고, 누구였든 이제 와 무슨 상관이겠느냐며 강짜를 부려보고 자신을 타일러보기도 했다. 그러다 가끔은 정말로 자신의 출생에 대해서 알고 싶은 생각이 강바닥 같은 멜리의 깊은 구석에서 치어밀고 올라왔고, 한번 머릿속에 자리 잡은 그 생각은 오랜 시간 머리에서 떠나질 않고 멜리를 외롭고 우울하게 만들곤 했다.

솔직히 많이, 아주 많이 궁금하지만 물어보았다가 무슨 대답이 돌아올지 모른다는 두려움이 또 멜리를 괴롭혔다. 둘이 사랑하던 중 멜리를 갖게 되었다는, 그러니까 멜리가 사랑 속에서 잉태된 생명이라는 그 한 마디가 사실은 듣고 싶은 것인데…. 그 한마디만 듣는다면, '많은 다른 사람들처럼 엄마에게도 과거가 있을 수도 있지.' 하며 가뿐한 기분으로 넘어가겠는데, 원하지 않는 대답이 돌아와 자신을 아프게 할까 봐 물어볼 용기가 나지 않는 것도 사실이었다. 만일에라도 멜리의 출생이 엄마한테 상처이고 아픈 기억이라면 이제는 거의 아물어질 수 있는 세월이 흘렀는데 멜리의 궁금증 때문에 그 아프던 생채기에 두껍게 앉은 딱지를 뜯어내는 것처럼 엄마를 아프고 힘들게 할 것 같아 참아야 했다.

엄마가 지금의 남편과 행복하게 잘 살면 그것으로 만족하자, 자신은 그저 엄마의 행복을 빌어주는 게 딸로서 마땅히 해야 할 일이라고 생각하며 엄마한테도 그럴만한 이유가 있었을 것이라는 생각으로 궁금증이 일어날 때마다 참아오고 있었다. 그냥 하룻밤 스쳐 간 사람인지도 모르겠다. 뺄셈을 해보면 엄마 나이 열여덟에 그녀가 태어났으니까. 만일 그런 경우라면 본인을 낳아서 지금까지 키워준 은혜에 끝없이 감사해야 할 것이다.

의붓아버지에게서는 가족애를 느끼지 못한다. 교류는 있어도 서로 의견의 일치가 없다고 할까? 매사에 서로 생각하는 방법이 다르고 방향도 달라서 시간이 가면 갈수록 이질감을 느낀다. 이질감이라기보다도 더 정확하게 말하자면 기쁠 때 함께 기뻐하지 못하고 슬플 때 함께 슬픔을 나누지 못하는 그런 존재이다. 동질감이 없다는 게 맞을지도 모르겠다. 아니면 서로에 대한 관심과 신뢰가 턱없이 부족한 관계라고 하면 좀 더 설명되려나? 그저 엄마와 함께 사는 사람, 뭐 이 정도. 그리고 그녀의 의붓아버지는 매사에 멜리에게 호의적이지도 않다.

엄마는 모든 일을 공정하게 처리하려고 노력하지만 가끔은 멜리와 의붓아버지 사이의 엇갈린 이해관계 때문에 힘들어하는 것 같기도 했다. 그래서 멜리는 될 수 있으면 엄마가 힘들지 않게 본인이 그 가족구성원에서 멀리 떨어져 있으려고 노력한다. 제일 좋은 방법은 멜리가 따로 독립을 해서 나가주는 것이라고 생각했다. 물론 엄마와 동생 앨리스 그리고 의붓아버지, 셋은 완벽한 가족구성원의 구조와 분위기를 유지하고 있고 각자의 역할도 서로 충실히 하고 있는 공동체였다. 오랜 시간 그런 가족관계 속에서 살아왔기 때문에 셋이 완전한 가족 분위기를 연출하며 맬리가 어긋나도 별로 예민하게 생각하지도 않았다. 그저 언젠가는 따로 떨어져 나갈 것이라고 생각하며 그런 날이 빨리 오기를 바랄 뿐이었다. 그러나 멜리는 동생 앨리스만은 무척 사랑하고 아낀다. 동생 앨리스는 정말 사랑스럽고 정다운 아이다.

지금껏 별 신통한 직장이라고는 가져 보지도 못했고 고등학교를 졸업한 후 꿀벌이 이 꽃 저 꽃 옮겨 다니듯 이리저리 짧게 짧게 옮겨 다니다 보니 젊음이란 풋풋한 인생의 맛이 전혀 즐겁지도 달갑지도 않았다. 어느 세월에 안정된 직장을 갖고 독립을 할 수 있을지, 그런 날이 올 것 같지 않다는 생각에 빠져가고 있었다.

　사촌 크리스는 일찌감치 직업학교에서 약국 테크니션 과정을 마치고 약국에 취직해서 일 년 넘게 잘 다니고 있다고 엄마는 부러움을 가득 담아 얘기하셨다.

　'나도 그걸 해 볼까? 도대체 별다른 미래가 없으니…'

　멜리는 어렵게 의붓아버지의 돈을 빌려 약국 테크니션 과정을 시작했다. 취직을 하면 나누어 갚겠다고 새아버지에게 단단히 약속했다. 그 과정도 쉽지는 않았다. 약 이름들을 다 알아야 하는데 이름들이 어찌 그리 생소한지. 보통 때 우리가 쓰는 단어가 아니고 이상한 조합들로 이루어진 약 이름들. 혀끝에 매끄럽게 말려 따라붙지 못하는, 전혀 세상에 존재할 것 같지도 않은 꼬부랑 나부랭이는 정말로 외우기 힘들었다. 읽고 나면 모래알처럼 흩어져 잊어버리고, 다시 보면 꼭 외계인의 언어 같은 요상스러운 단어들. 그러나 멜리는 외우고 또 외웠다. 잘 안 되는 건 종이에 적어 주머니에 넣고 다니면서 짬이 날 때마다 꺼내보며 외웠다. 그녀 인생의 마지막 기회라 여기며 마치 하늘로부터 내려온 마지막 동아줄에라도 매달리듯 약국 테크니션 과정에 전념했다.

　'내가 일찍이 정신 차려서 이렇게 열심히 공부했다면 난 장학생으로 UCLA도 갈 수 있었을 거야.' 그런 생각이 들 정도로 동아줄을 부여 쥐고 매달렸다.

'약사가 되기 위해서 약사들도 거의 십 년을 공부해야 한다잖아.'

열심히 배우고, 외우고 익히다 보니 이제는 약 이름들도 제법 많이 알게 되었다. 약 이름뿐이 아니었다. 처방이 많이 나오는 약들은 어디에 쓰는 약인지도 대충은 알고 있어야 한단다.

'난 취직 할 수 있을 거야. 난 훌륭한 테크니션이 될 수 있을 거야.'

드디어 교육과정이 끝나갈 즈음, 가뭄에 콩 나는 듯이 나오는 인턴도 시작할 수 있었다. 여러 시간 운전을 해서 가야 하는 먼 곳이어서 아침저녁으로 꼬리에 꼬리를 문 차들의 행렬이 수많은 레고 조각처럼 맞춰진 프리웨이에서 살뜰한 시간을 죽여 가며, 얄팍한 주머니에서 그 비싼 기름값이 줄줄 길바닥으로 새어나가는 것에 안타까운 마음을 달래야 했지만, 이것저것 따져가면서 할 입장이 아니었다. 직업학교에서 교육과정이 끝나는 기간마다 졸업생들은 수없이 다닥다닥 붙은 엉겅퀴 씨처럼 곧 바람에 날아갈 준비가 되었지만, 인턴 자리는 씨를 다 털어버린 엉겅퀴 가지처럼 한정됐으니 아무리 먼 곳이라도 마다할 입장이 아니었다. 엄마한테 용돈이랑 기름값을 받아쓰기도 힘들고 싫었지만 이제 곧 취직할 수 있으리라는 기대에 마지막으로 도움을 받는다 생각하며 버텼고 엄마도 마지막으로 도와준다 생각하며 남편 모르게 생활비에서 멜리를 지원해 주었다. 둘 다 멜리가 어서 취직해서 수입이 생기기를 기대하면서.

운 좋게 인턴도 두 달째 하면서 테크니션 라이센스 시험도 무난히 합격할 수 있었다. 거기에다 더 운 좋은 것은 집에서 가까운 체인 약국에 들어갈 수 있었던 것이었다. 약국은 집에서 가까운 쇼핑 플라자에 자리 잡고 있어서 오가다가 우연히 들렸던 것인데 마침 테크니션을 구한다는 광고가 스토아 앞에 붙어 있는 것을 보았다.

가슴이 희망으로 콩콩 뛰었다. 멜리는 곧바로 약국으로 가서 테크니션 자리가 아직 남아있는지 확인했다. 친절하고 인상적인 약사는 이력서를 가져오면 약국 매니저가 리뷰를 해보고 인터뷰가 필요하면 연락을 할 거라고 말해 주었다. 멜리는 뛸 듯이 기뻐하며 당장 집으로 돌아와 번개처럼 이력서를 준비해 다시 한걸음에 약국에 가서 전달했다.

'아, 제발 저기에 취직할 수 있으면 정말 좋겠다. 제발, 제발. 집에서도 가깝고 딱인데…'

그러나 2주가 지나도 연락이 없어 멜리는 초조하게 2주를 기다리다 다시 찾아갔다. 다행히 약국 매니저를 만날 수 있었고 약국 매니저는 즉석에서 멜리를 짧게 인터뷰하고는 나중에 결과를 알려주겠노라고 했다. 또 다른 2주가 흘러 거의 포기하고 다른 데를 알아봐야겠다고 생각할 때쯤 드디어 일을 시작하라는 연락을 받았다.

이제는 약국 테크니션으로 취직해서 온전한 성인으로서 안정된 생활을 할 수 있기를 꿈꾼다. 돈을 벌고 독립을 하겠다는 그녀가 가장 소망했던 꿈이 가까워져 오고 있는 것이다. 여배우 못지않게 반듯하게 생긴 외모와 늘씬한 몸매, 몇 마디 대화를 하고 나면 사람들에게 호감을 주는 서글서글한 성격이 취직하는 데 도움이 됐을 것이다. 회사 차원에서 직원이 될 사람에게 필요한 교육을 마치고 나면 약국에서 일을 시작한단다. 필요한 교육을 받느라 거의 한 달이 흘렀다. 다음 주부터는 테크니션은 아니더라도 캐쉬어로 시작해서 열심히 하다 보면 테크니션으로 승진이 될 것이다.

멜리는 교육을 마치고 약국을 나섰다. 약국이 있는 쇼핑몰은 제법 크다. 서쪽 끝에서부터 시외버스 정류장이 있고 약국, 클리닉, 보석상, 식당들, 99센트 스토아와 슈퍼마켓, 그리고 은행까지. 멜리는 99센트 스토아로 걸어가고 있었다. 뜨거운 한여름 캘리포니아의 햇빛 밑을 걷자니 프라이팬처럼 뜨겁게 달구어진 아스팔트에서 올라오는 열기로 숨이 턱 막힐 것 같았다.

'차를 몰고 올 걸 그랬나 봐. 이미 반도 더 왔는데 할 수 없지.'

선글라스를 제대로 올려 쓰고 두 손으로 이마로 떨어지는 해를 가리며 천천히 걷는다. 그 뜨거운 열기를 즐기기라도 하는 듯. 세상을 태워 버릴 것 같은 이 뜨거운 열기도 희망에 부푼 멜리를 괴롭히지는 못했다. 마음은 바람에 춤추듯 날리는 머리카락처럼 가볍고 여유로웠다. 이제 곧 일을 시작하고, 쓰고 넘칠 만한 돈은 아니더라도 월급으로 그럭저럭 엄마의 도움 없이 생활은 될 것이다. 그러다 보면 월세로 싸게 나온, 차고를 개조해서 만든 불편한 방이라도 한 칸 얻어 독립해서 나올 수 있을 것이라 생각하니 천하를 얻은 것같이 흐뭇했다.

막 99센트 스토아를 들어서는데, 누군가 맬리를 불렀다.

"어! 멜리 아니야?"

옆으로 돌아보니 고등학교를 같이 다녔던 데이비드였다.

"어? 너? 데이비드? 와, 오랜만이네. 잘 지냈니?"

학창시절 여학생들에게 조금은 인기도 있었고, 공부도 꽤 잘해서 몇 개의 주립대학과 사립대학에 합격하여 많은 친구의 부러움을 샀던 데이비드. 이 동네 휴이튼 고교 졸업생들의 대학 진학률은 전국에서 꼴찌 중의 꼴찌였다. 그 정도로 하위였고 졸업 후 사 년제 대학을 가는 졸업생은 몇 안 되었다. 대부분의 졸업생들은 커뮤니티 칼리지에서 뭘 좀 해보려고, 꿈 좀 키워보려고 들락날락하다 용돈이나 데이트 비용을 벌기 위해 파트타임을 하는 정도였다. 이 가난한 동네의 부모들의 도움도 별 기대할 것이 못되다 보니 이럭저럭 제풀에 지쳐 어정쩡한 인생을 시작하는 게 그들이 다녔던 고등학교 졸업생들의 보통의 경우였다.

"반갑다. 엄청 덥네, 저기 가서 시원한 거나 한 잔 마시자."

"그래, 가자. 대학생활은 어떤지 궁금하기도 하고."

시원한 보바타임에 들어가 보바 하나씩 들고 구석진 자리에 앉는다.

"데이비드, 너 졸업하고 대학에 가지 않았니?"

"응, 갔었지. 그런데 일 년 반 만에 휴학하고 집으로 와야 했어. 아버지가 사업을 접으셔야 했거든."

"어머, 그랬구나. 너의 아버지도 많이 힘드셨겠다."

"가족 모두가 힘들었지. 엄마도 아빠도 나도."

"어느 대학 갔었는데?"

"난 정말로 H대를 가고 싶었는데 사립대는 학비가 너무 비싸서 엄두를 낼 수가 있어야지. 그래서 주립대학을 갔어. 계속 다녔으면 올해 끝낼 수 있었을 텐데⋯. 너무 불경기여서 많은 사람이 힘들었잖아. 그 통에 아버지가 하시던 가구점도 문을 닫아야 했고."

"그랬구나. 정말 불경기였다더라. 나는 경제에 별 관심도 없고 상관도 없어서 직접 느끼지는 못했지만 집을 은행에 빼앗기는 사람들이 정말 많다고, 뭐 그런 소리는 많이 들었어."

"집값이 곤두박질을 쳐서 은행융자금이 집 시세보다 더 많아지는 거야. 그러니 그냥 은행융자를 안 갚고 집을 버리는 사람들도 있었고, 하던 사업이 안 되니 융자금을 못 갚아 집을 압류당하는 사람들도 있었고. 뭐, 그런 거지. 우리 집도 그런 경우였고."

"그랬구나. 그래서 지금은 어떻게 지내?"

"응, 엄마가 학사학위를 너무 원해서 커뮤니티 칼리지에서 계속하고 있는데 언제 끝낼 수 있을지 끝이 안 보이네."

"나도 커뮤니티 칼리지에 거의 이 년을 다녔는데 그 끝이 안 보이더라. 4년제 대학으로 편입을 해야 하는데 거기까지 갈 수 있을지도 모르겠고. 그래서 직업학교에서 약국 테크니션 과정을 마쳤어. 다행히 직장도 구했어. 저 약국에서 곧 일을 시작할 거야."

"그래? 잘됐네. 축하한다. 요즘은 대학을 졸업해도 취직하기가 너무 힘들잖아. 학비며 주거비며 돈은 엄청 들어가고. 도대체 대학교육을 받는다는 게 남는 장산지 밑지는 장산지 모르겠어."

"그래도 학사학위가 있으면 뭐든지 꿈이 정해지면 이어서 할 수 있을 텐데. 커뮤니티 칼리지에서 시작을 하면 학사학위를 받기도 너무 힘든 것 같아. 나는 그냥 약국 테크니션으로 만족해야 할까 봐."

"야, 너 약국 테크니션도 좋아. 돈도 다른 프렌차이즈에서 일하는 것보다는 많이 받지 않니? 그리고 그것도 전문성이 있는 일 아니야?"

"그래, 그렇긴 해. 약국 테크니션 자격증을 받느라고 공부 좀 심하게 해야 했었거든. 약 이름을 외우는 게 쉽지 않더라."

"그랬구나. 아무튼 자격증도 따고 취직도 했다니 축하한다. 월급 받으면 맛있는 거 사주라."

"하하하하!"

서로 마주 보며 크게 웃었다.

"넌 어떤데? 학교만 다녀?"

"아니지. 우리도 이제는 부모한테만 매달릴 나이는 아니잖아. 용돈이라도 벌어야지. 나는 페트스토아(pet store)에서 시간 되는대로 일하고 학교 가서 공부하고 그래. 엄마가 워낙 학사학위까지는 원하셔서 하긴 하는데, 모르겠어."

"너 스테파니 알지? 걔는 다음 학기에 사 년제 대학으로 편입한다더라. 그래서 이 년 정도 더 공부하면 졸업할 수 있을 거래. 걔, 아기 낳았거든. 지난번에 우연히 쇼핑몰에서 만났는데, 아기가 너무 예쁜 거 있지. 난 그렇게 예쁜 아기는 처음 봤어. 정말 예뻐. 커서 미스 USA 감이라고 했어. 야, 근데 걔 남자친구가 놀스 코링턴 대 학생이래. 되게 똑똑한가 봐. 시부모님 되실 분들이 둘이 결혼하려면 학비는 지원해줄 테니 대학은 나와야 한다고 하셨대. 남자 친구가 이번에 졸업한대. 졸업식 마치고 텍사스로 같이 간다더라. 남자 친구네 집이 텍사스인가 봐. 그래서 거기서 학교 다니기로 했대."

"와우, 스테파니가? 그랬구나."

"잘됐지 뭐. 똑똑한 신랑에 예쁜 아기에 공부하라고 돈 대주는 시부모님에. 그 정도면 넘쳐흐르는 거 아니야?"

"그러네. 둘이 정말 좋은가 보지?"

"그런가 봐. 그러니까 남자 친구 따라 텍사스까지 가겠지. 텍사스에 가서 결혼식도 하기로 했대. 지금은 둘이 남자 친구 아파트에서 같이 산대. 스테파니 부모님도 남자 친구를 아주 맘에 들어 하신대. 아기까지 낳았는데 어떻게 하겠어? 걘 잘 풀렸어. 시집이 꽤 부자래. 하기야 부자 아니면 어떻게 며느리 될 사람 학비까지 감당하겠어?"

9

"왜 이렇게 굼떠? 빨리빨리 가져오지 않고 뭐 하냐? 콜록콜록."

"뭐? 뭘 갖다 줘? 뭘 갖다 달라는 거야?"

"기침약, 모~올ㄹㄹ라서 무르르어? 콜록콜록, 저런 새대가리! 굼벵이! 아이고 콜록콜록."

안토니는 소파에 누운 채 소리를 질러댔다.

밤마다 도지는 안토니의 기침은 오늘도 그림자처럼 빛을 등지고 달라붙어 빛 따라 덩실대다 비눗방울 같은 기침의 원인을 마구 뿜어대며 새벽까지 이어질 장거리 달리기를 시작했다.

"콜록콜록…, 약은 도대체…, 콜콜콜록, 내년 여름에나 가져올 거냐? 콜록콜록."

안토니는 잠시도 기다리지 못하고 크라우디를 닦달했다.

"아이고. 가. 가져간다고!"

'빌어먹을, 치질 좌약을 입에 넣어 버릴까 보다. 입에 치질약을?

똥 같은 말만 하는 입에 치질약이라, 그거 제격이겠네.'

크라우디는 부글부글 끓어오르는 가마솥 같은 속을 가라앉히며 '내가 급할 게 뭐 있어. 기침에 숨이 넘어가 버리든 말든.' 하고 생각했지만 안토니가 숨이 넘어갈 것처럼 재촉해 대니 가슴에 커다란 알사탕이라도 박힌 것 같이 아파오며 숨쉬기가 힘들어졌다. 크라우디는 기침약 병을 들고 급히 걸어가서 대충 계량컵에 따라 안토니의 입에다 부어버렸다.

'몇 스푼을 먹었는지 알게 뭐야. 급하다니 용량도 재지 못하고 주었을 뿐이지.'

증오를 삼키며 급히 돌아서는 순간 크라우디는 "악!" 하는 비명과 함께 넘어지며 머리를 그대로 옷장 모서리에 찍고 말았다. 나비한 마리, 날개를 펼 만한 공간도 없는 이 좁은 까치집에서 안토니가 내지른 발길에 걸려 넘어진 것이었다.

정신이 가물가물, 버드나무 가지 마냥 축 늘어진 몸뚱이는 땅속으로 꺼지며 겨울잠을 자는 구렁이처럼 편안해졌다. 아물아물 거리는 의식은 영혼이라도 빠져나간 것처럼 아무 느낌도 없이 홀가분했다. 이대로 축 늘어져 저항 없이 편안히 누워 쉬다가 죽는다 해도 원망할 아무것도 없을 것 같았다. 반목과 증오로 반복되는 이 짜증스럽고 견딜 수 없는 삶을 산다는 게 너무 피곤할 뿐이니까.

크라우디가 성의 없이 입에 털어 넣어준 기침약에 발광하듯 뿜어대는 안토니의 사래 긴 기침 소리가 멀찍이서 죽어가는 꽹과리의 소리처럼 웅웅거린다.

'아, 이제 나는 죽는가보다. 이대로 삶이 끝난다 해도 지금처럼 편안한 기분으로 끝이 난다면 모르는 척, 져주는 척하며 가겠는데…. 희망이나 즐거움도 없는 삶에 무슨 미련이 있겠는가? 개 같은 인생, 처음부터 지금까지, 앞으로도 그럴 것 같은 개 같은 인생….'

안토니의 사래 낀 기침 사이로 이년, 저년, 도둑년, 쌍년, 죽을 년 등등 욕질이 삐져나오자 저승사자도 비위가 뒤집혀 넌더리 치며 도망갔는지 서서히 차오르는 의식을 느꼈다. 평생 노동으로 마디가 굵어진 손가락을 꼼지락거려 보았다. 손가락이 움직이니 죽은 건 아닌가 싶었다. 크라우디는 맥 빠진 가느다란 숨을 쉬며 다시 불행한 그녀의 삶의 자리로 돌아왔다.

크라우디도 나이 70이 넘고부터는 몸이 그전 같지가 않다. 자신을 위해 움직이는 것도 만만치 않게 힘이 들었다. 그럼에도 여전히 고약하고 잔인한 안토니의 손에 끈을 빼앗긴 인형극의 주인공처럼 그의 고함과 신경질에 장단 맞춰야 하고, 그의 생각대로 움직여야 하는 노예이자 몸종처럼 살고 있다. 즐겁다는 것은 꿈에서도 느껴보지 못하는 생지옥 같은 하루하루가 그녀의 일상이었다.

아들 해리는 뉴욕에서 택시기사를 하며 산다는데 소식이 끊긴 지 오래다. 해리가 뉴욕에서 택시기사를 한다는 것도 그저 풍문으로 듣고 크라우디가 추측하는 것일 뿐이었다. 하루하루를 사는 게 너무 힘들고 짜증스러우니 멀리 있어 만날 수도, 찾을 수도 없는 아들 걱정은 오히려 사치스러운 일이다. 최고의 행복한 환경 속에서 키우진 못 했지만, 열여덟 살에 집을 떠나기 전까지 크라우디는 항상 해리를 사랑했고, 그 아이가 그녀의 모든 것이었고 희망이었다. 아직도 아들을 향한 미련과 연민을 접지 못하고 있었다.

크라우디와 안토니 부부에게는 매달 저소득층에게 지급되는 카운티의 연금과 주거 보조금이 그들 수입의 전부이다. 특히 아파트 주거보조는 크라우디가 포기할 수 없는 마지막 생명줄 같은 것이었다. 몸을 누일 수 있고 음식을 만들어 먹을 수 있는 집이라는 공간은 인간이 인간답게 살기 위한 최소의 필수 조건이니까. 카운티가 제공해주는 주거 보조금 덕분에 아주 저렴한 월세로 주거를 해결할 수 있는 것은 다행한 일이다. 그렇지 않으면 요즘처럼 주거비가 하늘 높은 줄 모르고 올라가는 세상에 그들이 받는 연금을 다 갖다 바쳐도 이런 제비집처럼 작고 초라한 방 하나 구하지 못할 것이기 때문이다. 더군다나 마켓도 약국도 걸어서 다닐 수 있는 조건이 갖추어진 번화가에 있는 이런 아파트는 카운티에서 나오는 보조가 없다면 꿈도 못 꿀 것이었다. 크라우디에게 이 성질 더러운 미치광이 남편이 살아 있기 때문에 누릴 수 있는 눈곱만한 이득이라는 것은 딱 한 가지, 두 사람분의 연금이 나온다는 것이다. 평생을 여유 있게 살아 본 기억이라고는 없다. 지지리도 못살고 어려운 삶이 평생을 등에 업힌 원숭이처럼 따라다녔다.

오늘은 연금이 들어오는 날이다. 이날을 기다리며 한 달을 마치 구렁이가 똬리를 틀고 땅속에 처박혀 겨울을 보내는 것처럼 버티었다. 오늘은 안토니를 휠체어에 태워 밀고, 장도 보고 약국에 가서 약도 사와야 하는 바쁘고 힘든 날이지만, 한 달에 한 번이나마 돈을 만지고 쓸 수 있는 여유가 있는, 사람 사는 기분이 드는 참을만한 날이기도 하다.

안토니는 관절염과 척추협착증 때문에 거의 휠체어를 타고 다닌다. 돈 있는 사람들은 모터가 달린 휠체어를 타고 운전하듯 거리를 다니지만, 그들은 모터가 달린 휠체어를 살 여유가 없다. 혹시라도 크라우디가 꿈꾸었던 대로 안토니가 해리를 아들로 인정해주어 해리가 잘되었더라면 모를까. 해리가 떠난 지 삼십 년도 넘었지만 크라우디는 아직도 아들에 대한 연민에 가슴이 아렸다. 그럴 때마다 눈 쌓인 나뭇가지가 쌓인 눈의 무게를 버티지 못하고 뚝 부러져버리는 것 같은 좌절감이 가슴을 치곤 했다.

아직은 휠체어를 밀고 걸을 만하다. 안토니를 차에 태우고 휠체어를 싣고 내리는 법석을 부리느니 차라리 휠체어를 밀면서 따뜻한 햇볕이라도 받으며 걸어가는 게 나았다. 밝은 햇살 아래 천천히 걸으며 오가는 사람들을 스치다가 가끔은 미소를 보내주는 사람이라도 만나면 자신이 아직은 사회에 속해 살아있다는 생각이 들기도 했다.

안토니는 여러 가지 약들이 필요하다. 진통제, 혈압약, 당뇨약, 천식약, 통풍억제제, 기침약, 수면제 등등. 온갖 가지 증상들이 많다 보니 하루에 먹는 약만 해도 엄청 많다. 그 지랄 같은 성격에 약을 먹는 것만큼은 짜증 내지 않고 하나하나 다 챙겨 먹는 게 신기할 따름이다. 그 많은 약들만 먹어도 배부를 것 같은데, 그래도 식사를 따로 찾는 것도 크라우디에겐 신기했다.

크라우디는 머리를 옷장에 찍고 난 후부터는 편두통이 생겼고 왼쪽 다리가 저려와 약을 먹고 있지만 그래도 대체로 건강한 편이었다.

집을 나서서 휠체어를 밀며 한 블록을 걸어가 횡단보도를 하나 건너고 다시 한 블록을 가다 또 하나의 횡단보도를 건너면 그들이 다니는 은행과 약국이 있다. 그들은 은행에 들러 볼일을 보고 약국에서 필요한 약들을 산 후 다시 집 쪽으로 횡단보도를 건너가 마켓에서 장을 본다. 자주 조금씩 사러 나오기도 귀찮고, 며칠 안 되어 돈도 다 떨어질 것이니 필요한 건 오늘 살 수 있는 만큼 사는 것이 나았다. 그리고 다음 연금 날까지 한 달은 있으면 있는 대로, 없으면 없는 대로 버티며 살아간다. 항상 그랬듯이.

크라우디는 마켓에서 산 식료품들을 안토니의 엉덩이가 차지하고 남은 휠체어 의자 구석구석에 끼워 넣고 나머지는 비닐봉지에 니누어 담아 무게 균형이 맞도록 휠체어 양쪽 손잡이에 걸고 집으로 향했다. 휠체어에 앉은 안토니는 자신이 마셔야 하는 1.75리터짜리 싸구려 위스키 네 병과 큰 콜라 두 병을 담은 비닐봉지를 끌어

안고 그 위에 약을 담은 봉투를 턱밑에까지 올려놓아 휠체어는 금방이라도 주저앉을 것만 같았다. 장바구니의 무게가 더 얹히니 휠체어의 바퀴가 조그만 복병에도 거칠게 저항하며 크라우디를 더 힘들게 만든다. 인도에 깔린 블록들은 여기저기 깨져있어 휠체어 바퀴가 깨진 틈새로 빠지고 비틀대는 바람에 크라우디가 감당하기에는 여간 힘든 일이 아니었다. 크라우디는 비지땀을 흘리며 아파트 앞까지는 그런대로 사고 없이 도착할 수 있었다. 아파트 건물 입구는 인도에서 몇 계단 올라가 있고 옆으로는 장애인용 경사진 통로가 있었다. 웬만한 중량이면 휠체어를 밀고 장애인용 경사진 통로를 올라가기는 그렇게 힘들진 않았다. 그러나 오늘은 휠체어가 중량 오버인 데다 거리가 아무리 짧다 해도 경사진 길이다 보니 자꾸만 무게가 뒤로 쏠려 크라우디가 아무리 애를 써도 힘에 부쳤다. 이럴 땐 휠체어를 고정하고 안토니를 내리게 한 후 짐들만 싣고 아파트 안에 부리고 돌아와 안토니를 싣고 갔는데 오늘은 안토니가 고집을 부렸다.

"맨날 처먹기만 하고 빈둥거리는 년이 이깟 힘도 못 쓰냐? 밥이 아깝다, 밥이 아까워. 죽을힘을 다해서 밀어! 쌍년아!"라며 고함을 쳤다. 안토니의 고함에 마켓 봉지도 놀랐는지 경기라도 하듯 옆구리가 터져버렸다. 순간 크라우디는 본능적으로 쏟아지는 물건들을 잡으려 손을 뻗는 바람에 휠체어가 균형을 잃고 뒤로 벌렁 넘어가며 안토니가 안고 있던 무시무시하게 무거운 위스키와 콜라병들이 안토니의 얼굴을 덮쳤다. 크라우디도 바닥에 나동그라졌다. 안토니

턱밑에 있던 약들을 담은 종이봉투도 찢어져 약병들은 사방으로 제각기 굴러갔다.

"이런 제기랄 년!"

휠체어에 실린 채 뒤로 넘어가 버린 안토니가 고함을 질렀다. 마침 길을 가던 한 젊은이가 놀라 뛰어왔다. 젊은이는 휠체어를 바로 세우고 안토니를 부축해 앉힌 다음 크라우디를 일으켜 계단에 앉혔다.

"괜찮으세요? 다친 데는 없으세요? 911을 부를까요?"

"아냐. 난 괜찮은데…. 염병할! 저, 저 약병들이…."

"걱정 마세요. 제가 주워올 테니 잠깐 앉아 계세요."

데굴데굴 굴러 사방으로 흩어진 약병들을 주우러 갔다. 그 사이 크라우디도 여기저기 흩어져 있는 식료품들을 주워 모아 한쪽으로 옮겼다.

데이비드는 약병들을 줍다가 우연히 약병 하나에서 옥시코돈 (oxycodone)이라는 글자를 보았다. 잠시 멈칫하더니 안토니와 크라우디가 있는 쪽을 흘긋 훔쳐보았다. 크라우디는 식료품들을 주워 모으고 있었고 안토니는 뒤로 넘어가며 위스키 병이 덮친 코에서 코피가 흐르는지 한 손으로 코를 싸잡고 고개를 숙이고 있었다. 데이비드는 약병 하나를 자기 주머니 속에 넣었다. 그리고 양손으로 가득하게 주워 온 약병들을 마켓 봉지에 넣어주었다.

"아이고, 큰일 날 뻔하셨어요. 조심하셔야지요. 제가 집까지 밀어 드릴게요. 앞장서세요. 몇 호에 사세요?"

"아유 젊은이 고마워요. 젊은이 아니었으면 아주 낭패를 볼 뻔 했지 뭐야. 정말 고마워. 우리 집은 바로 요기에요. 104호니까 바로 세 집 넘어서야. 정말 고마워요."

"무슨 말씀을요. 당연히 도와드려야지요. 제가 밀어드릴게요. 가 세요."

데이비드는 집 앞까지 휠체어를 밀어주었고 크라우디는 아파트 문을 열었다. 데이비드가 아파트 안으로 휠체어를 밀어 넣는다. 아 주 아담한 아파트다. 들어서자마자 바로 오른쪽으로 조그만 부엌이 있고, 부엌에는 개수대와 붙박이장 몇 개, 한 사람 서면 꽉 찰 공간 에 돌아서면 반대편으로 가스 오븐과 냉장고가 있다. 개수대 쪽에 서 이어지는 거실에는 식탁이 개수대에 바짝 붙어 놓여있고 왼쪽 벽을 따라 작은 소파 하나, 그리고 두 발짝을 떼기 어려운 좁은 공 간을 사이에 두고 싱글사이즈 매트리스 하나가 바닥에 놓여있다. 정면으로는 베란다로 나가는 유리 슬라이드 문을 통해 다른 아파 트 건물의 옆면이 보였다. 식탁 위에는 온갖 약병들이 가득하다.

크라우디는 고맙다고 다시 인사를 했다. 데이비드는 누구라도 도와드렸을 거라며 나이 드신 분들을 보면 자신의 부모님이 생각난 다며 떠났다.

"참, 고맙기도 하지. 좋은 젊은이야."

10

데이비드는 주머니 속의 약병을 만지작거리며 아파트를 나왔다. 한 블록을 걸어가서 건물과 건물 사이 후미진 곳에 서서 살짝 약병을 꺼내 보았다.

환자: 안토니 헬코너

Percocet 5: 옥시코돈/아세트아미노펜 5/325 밀리그램, # 240

얼른 주위를 돌아보았다. 아무도 그를 주시해보는 이는 없었다. 약병을 슬쩍 다시 주머니에 넣고 걸으며 생각한다.

'맞아, 옥시코돈이야. 길거리에서 잘 팔리는 바로 그 옥시코돈이야. 제프가 팔고 다니는 것과 같은 거야. 제프한테 넘겨야지.'

데이비드는 지난번 우연히 만난 제프가 그에게 "헤이 데이비드, 나 옥시코돈 있는데 너 필요해?"라며 물었던 것을 떠올렸다.

"내가 옥시코돈이 왜 필요해? 어디 아픈 데도 없는데. 코카인이라면 모를까."

그는 비아냥거리며 맞장구를 쳤었다.

'제프와 그 패거리들, 중고등학교 근처를 서성이며 어린아이들을 중독되게 만들고 아이들 푼돈을 착취하는 인간쓰레기들, 너희는 정말 벌 받을 거야. 돈이 필요하면 젊고 건강한 몸을 써서 막노동이라도 할 것이지, 어디 네 동생 같은 어린것들을 그 몹쓸 곳으로 몰아갈 수가 있는 거야?'

데이비드는 제프와 그 패거리들을 혐오했다. 그러던 어느 날 아침, 페트스토아에서 일을 하다 쓰레기를 처리하기 위해 쓰레기봉지를 들고 주차장 구석의 쓰레기 버리는 곳으로 갔는데, 누가 오물 옆에 앉아있었다. 제프였다. 눈에는 초점이 없었고 몸과 손은 가늘게 떨리고 있었다. 자세히 보지 않아도 뭔가 한 것을 알 수 있었다. 고양이에게 쫓기는 날개 부러진 새처럼 완전 무방비 상태였다. 바람이 부는 대로 구르다가 발길에 밟히는 대로 부서져 버리는 가을 낙엽처럼, 본인의 의지는 도저히 행사할 수 없는 온몸이 밧줄에 묶인 채 팔려가는 노예 같은 모습이었다. 알 수 없는 눈빛에는 지독한 처량함, 두려움이 가득했다. 그러고 있다가 누군가 원한이라도 있어 죽여 버리면 완전범죄라도 될 것 같았다.

'맛이 완전히 갔군. 파는 것만이 일이 아니고 스스로 재고를 처리하는 것도 업무 지침에 들어있는 모양이지?'

속으로 온갖 야유를 퍼부으며 쓰레기를 처리하고 돌아갔다.

'어린아이들에게 그 나쁜 짓을 하더니 결국 지가 중독된 거로군. 그런 약을 먹으면 저렇게 되는구나!'

무섭고 끔찍한 생각을 따라 불쌍하다는 생각도 들었다. 초점 없는 눈으로 몸을 덜덜 떨어대면서 일어서지도 못하고 쭈그리고 앉아 있던 모습은 그 후에도 자주 머릿속에 떠올라 본인은 절대로 불법 마약은 손대지 않겠다고 생각했다. 그러나 지금 이 순간, 제프에게 약을 넘기려고 찾아가는 데이비드에게는 그런 생각들은 이제는 아무래도 좋은, 쓸데없는 옛일일 뿐이고 그의 주머니 안에 있는 약만이 중요할 뿐이다. 돈이 될 테니까. 얼마가 될지는 모르겠지만.

'한 알에 얼마라더라? 십 달러? 십오 달러? 이백사십 알이니… 음, 얼마나 받을 수 있을까? 일단 그 패거리들이 다니는 거리로 가서 찾아볼까? 아니지, 오늘은 학교를 가야 하니까 학교 끝난 후에 찾아보자. 아니야, 오늘은 수업을 제치는 거야. 뭐 한 번 안 들어도 괜찮겠지!'

끝이 보이지 않는 커뮤니티 칼리지 과정. 데이비드의 엄마는 힘들고 지루해도 커뮤니티 칼리지에서 필요한 과목을 이수하고 4년제 대학으로 편입해서 학자금융자를 얻어 학사를 마친 후 일을 하면서 갚아나가면 되지 않겠느냐고 하지만 그것도 욕심일 뿐이었다. 아버지 사업까지 끝장난 마당에 무슨 돈으로 4년제 대학엘 다니겠는가. 융자를 받는다 해도 언제 그걸 다 갚을 수 있을 것이며….

데이비드의 아버지는 가족과 사업밖에 모르는 분이었다. 장사

수완도 있어 한때는 사업을 꽤 큰 규모로 키웠고, 데이비드의 가족은 예쁜 정원이 있는 아늑한 집에서 평화롭게 살았다. 엄마가 좋아하는 꽃을 사다 마당에 심을 정도의 여유, 주말이면 마당에서 바비큐 파티를 할 정도의 여유는 있었는데…. 2008년 서브프라임 융자 사태가 터지면서 미국 경제가 바닥을 치며 떨어졌고 사회경제에 가장 예민한 사업인 가구점의 매출은 즉시 극도로 악화되었다. 가구업계의 매출이 줄어들면 가장 문제가 되는 것이 매장의 임대비용이었다. 매장을 아무리 작게 쓴다 해도 다른 업체들의 열 배 이상의 넓이가 요구되는 것이 가구매장이기 때문에 매출이 줄어도 매장을 유지하자니 임대료는 계속 나가고 다달이 빚만 늘어갔다. 데이비드의 아버지는 몇 되지도 않는 직원들마저 정리해고하고 필요할 때만 날품을 파는 파트타임 직원을 써가며 버텼다.

데이비드도 방학을 맞아 집에 돌아와 있을 때에는 가구점에 나가 가구를 옮기는 일이나 배달을 도왔다. 하루는 일거리가 없어 앉아 있는데 한 중년여성이 가구를 보러 들어왔다. 아버지는 아주 친절하게 손님을 맞았다. 손님은 소파에 앉아보고, 가죽을 눌러보고, 몇 발짝 걸어가서 리크라인 췌어에도 누워보고, 티 테이블을 손으로 톡톡 쳐보며 한참을 구경하다 그냥 떠나려 하자 아버지는 그녀의 옷자락이라도 잡을 것처럼 쫓아갔다.

"그냥 가져가세요. 돈은 지금 다 안 주셔도 됩니다. 개인 수표로 여섯 달에 나누어 주셔도 되고요. 이 리크라인 췌어가 맘에 드시는 것 같은데…. 그냥 삼백 달러에 드릴게요. 아, 이 티 테이블은 그냥 얹어 드리겠습니다.”

데이비드의 아버지는 손님을 그냥 보내지 않으려고 필사의 노력을 했다. 아버지의 눈에는 물기까지 서려 있었고 손님께 무릎이라도 꿇고 손님의 손등에 키스라도 할 것 같아 보였다. 그 손님도 보았을 것이다. 아버지의 눈에 서린 물기를. 느꼈을 것이다. 생존의 마지막 호흡을 내뿜지 않으려는 간절함을. 그 손님이 떨어져서는 안 될 마지막 잎새라도 되는 듯했다. 그 손님이 아버지의 긴박한 상황을, 간절한 소망을 도저히 외면하지 못하고 가구를 주문하는 것을 데이비드는 썰렁한 가슴으로 보았다.

지금 생각해도 아버지가 처량하게 느껴진다. 자기 자신도 엄마도, 모두가 바퀴벌레가족처럼 느껴진다.

날이 갈수록 그런 정도의 손님의 발길도 끊기었다. 이런 식으로 이 년을 버티다 보니 빚은 과일나무에 열매 열리듯 주렁주렁 따라 붙었다. 아버지는 마지막 방법으로 이십 년 넘게 해 오던 비즈니스를 팔아서 약간의 돈이라도 건져보려 했지만, 그 불경기에 제일 타격이 큰 가구점 사업을 누가, 어떤 바보가 떠맡으려 하겠는가. 불 속에 뛰어드는 나방도 아니고. 더 이상 도저히 버틸 수 없게 되자 한 달분 임대료라도 아끼려고 서둘러 모든 재고 가구들을 원가도 안 되는 가격에 폐업 처리하고 가구점을 닫았다. 집도 융자금 상환이 안 되자 은행에 넘어갈 수밖에 없었다. 부모님은 데이비드를 일단 대학에는 보냈지만 더는 뒷감당을 할 수 없어서 세 학기 만에 그만두어야 했다.

그 후 아버지는 여기저기 아는 분들을 통해 일을 부탁해 보았지만, 아버지의 이력이나 연령대에 무경험자의 일자리는 나서지 않았다. 최근 들어 다행히 장의사에서 이런저런 잡다한 일들을 처리하면서 묘지도 파는 일을 하게 되었다. 장의사 주인이 아버지의 친구이기에 그나마도 할 수 있는 것이었다.

데이비드는 커뮤니티 칼리지에 다니며 애완동물 용품을 파는 체인 페트스토아에서 파트타임으로 일을 한다. 이곳은 수업시간에 따라 일하는 시간을 조절하기 쉬운 게 좋다. 그러나 보수는 시원치 않다. 몰고 다니는 도요타에 제때 기름을 넣지 못해 기름이 떨어진 차를 월급날까지 며칠 동안 길거리에 세워 놓았다가 주차위반 벌금을 내느라고 월급을 다 쓴 적도 있었다.

'돈이 필요하다. 돈은 내가 무엇인가를 할 수 있는 권리와도 같은 것이다. 돈은 내 차에 기름을 넣어주고, 사랑스러운 멜리를 만날 때는 커피 값이나 아이스크림 값을 지급해 준다. 언제라도, 어디서라도 필요한 것을 살 수 있게 해 준다. 그렇다. 돈이 필요하다. 한두 블록을 걸어가면 제프가 자주 다니는 지역이다. 그를 만나러 간다. 돈을 만들러 간다. 내가 필요한 것을 가지러 가는 것이다.'

'아니지, 지금은 약을 가지고 갈 필요가 없어. 그를 먼저 만나 거래를 확정 지은 다음 약을 갖다 줘야지. 혹시 그냥 빼앗길 수도 있지 않을까?'

데이비드는 일단 그가 일하는 페트스토아로 가서 약을 그의 개인 물품 보관함에 두고 나왔다.

데이비드는 뒷길로 들어섰다. 거래는 주로 뒷길처럼 후미진 곳에서 이루어질 것 같아서였다. 뒷길로 걷다 보니 지린내 때문에 숨쉬기가 고통스러웠다. 이 지역, 놀스 코링턴은 홈리스들이 많기로도 유명한 곳이다. 혹시 멀리서라도 제프가 보일까 봐 멀리까지 두리번거리며 걷다 뭔가 물컹한 것을 밟으며 미끄러질 뻔했다. 민첩하게 중심을 잡지 않았으면 똥 범벅이 될 뻔했다. 신발에 묻은 똥을 바닥에 비벼 닦았다. 인분이다. 개똥이 아니고 사람 똥. 홈리스가 급하니 아무 데서나 실례를 했나 보다. 누군가가 급하면 아무 데서나 실례를 할 수 있는 후미진 곳을 찾아간다는 것은 웬만한 배포 없이는 하기 힘든 일이라고 생각하자 저절로 헛웃음이 나왔다.

다시 걸으며 보니 그리 멀지 않은 곳, 건물과 건물 사이로 난 좁은 골목 안쪽에서 제프가 누군가와 서서 얘기를 하고 있었다. 데이비드는 제프가 거래를 다 마칠 때까지 기다렸다. 제프가 흥얼흥얼 콧노래를 부르며 데이비드 쪽으로 걸어 나오고 있었다. 데이비드는 건물의 다른 각 쪽으로 몸을 살짝 돌려 숨었다. 약간 흥분이 되며 심장이 자분자분 뛰었다. 제프가 가까이 걸어와 데이비드를 지나칠 때 "헤이, 제프!" 하고 불렀다. 긴장해서 목소리가 갈라져 나왔다.

"어라, 너! 네 이름이 뭐더라. 잊어버렸네."

"뭐, 이름 같은 거야 잊어버릴 수도 있지. 별로 중요한 것도 아니니까."

"뭐 필요하니? 말해봐. 좋은 가격으로 해주지."

"네가 필요할 만한 걸 가져왔어."

"내가 필요할 만한 거? 그게 뭘까?"

제프는 무슨 개뼈다귀 같은 알 수 없는 얘기를 하느냐는 듯이 입술을 한쪽으로 비틀며 어릿광대 같은 비열한 웃음을 지었다.

"아주 후레쉬한 옥시코돈이 있거든. 지금 가지고 있는 건 아니지만, 거래가 잘되면 갖다 주지. 살래?"

"어디서 났지?"

"주웠어. 아니, 주운 건 아니고. 어떤 노인을 도와주다가 어찌어찌해서 내게 남게 됐어."

"정확하게 뭔데? 이름과 용량이?"

"옥시코돈/아세트아미노펜, 5/325 밀리그램이야. 나한테 살래?"

"몇 알이지?"

"240알. 살래?"

"물건을 보여 줘. 봐야 결정을 하지."

"정품이야. 노인이 약국에서 오늘 사온 거야."

"가져와 봐."

"아니, 가격을 말해. 물건은 확실한 거야."

"물건만 확실하다면 돈 좀 될 거다. 언제 가져올래? 오늘 밤 어때?"

오늘 밤엔 멜리와 데이트 약속이 있긴 하지만, 잠깐이면 될 테니까. 둘은 약속 시각을 정하고 헤어졌다.

11

멜리와 데이비드는 서로 사귀는 사이로 발전했다. 말을 하다 보니 서로 비슷한 처지인 데다가 고등학교를 같이 다녔기에 우연히 마주쳤을 때부터 하나도 낯설지 않았다. 멜리는 데이비드의 말쑥한 용모도 괜찮았지만, 데이비드가 멜리의 말을 성실하게, 인내로 끝까지 들어주는 게 특히 좋았다. 멜리는 평소에 전혀 말이 많은 사람이 아닌데, 데이비드만 만나면 갑자기 어디서 그 말들이 생겨나는지, 어디에 숨어 있다가 터져 나오는지 알 수가 없었다. 왜 데이비드만 만나면 그렇게 할 말이 많은지 종달새처럼 재잘대는 자신이 놀라웠다. 숨김없이 스스로의 허물까지 얘기를 해도 데이비드는 들으면서 전혀 멜리의 잘잘못을 따지거나 판단하려 하지 않고 항상 멜리의 편에서 얘기를 들어주었다. 멜리는 그런 데이비드에게는 무슨 얘기든지 다 할 수 있었고 영원한 동지와 함께하는 듯한 편안한 느낌이었다. 어떤 경우에도 절대 조력자가 되어줄 것 같아 든든하게 느껴졌으며 이제까지 살아오면서 이런 느낌을 가져본 사람은 데이비드가 처음이었다.

데이비드도 멜리의 늘씬한 용모와 서글서글한 성격이 좋아 자주 만났고, 만나면 그냥 편하게 느껴졌다. 둘 다 돈은 그리 많지 않아 그들은 커피숍에서 커피 한 잔씩 시켜놓고 오랜 시간을 함께 보내거나 날씨가 너무 덥지 않은 날은 공원의 벤치나 잔디에 앉아 여유롭게 시간을 보내곤 했다.

멜리는 체인 약국에서 일을 시작했다.

"멜리, 약국 일은 좀 어때? 할 만해? 이제 좀 익숙해졌니?"

"응. 조금씩 익숙해지고 있어. 지금은 캐쉬어만 하거든. 손님들 약 찾아서 캐시레지스터에 스캔해서 돈 받고 내주는 거 말이야. 약을 찾는 게 쉽지가 않아. 약들이 하도 많아서 어떨 때는 약 찾는 데도 한참 걸려. 약들이 준비된 시간대로 백에 담겨 픽업대에 걸리기 때문에 한 환자의 약이 여러 개의 백에 나뉘어 있는 경우도 많아. 약이 빨리 보이지 않으면 마음이 급해져. 찾는 시간이 길어지면 손님들 줄도 길어질까 봐 마구 긴장이 돼. 그러다 왜 그렇게 못하냐는 소리라도 약국 매니저한테 들을까 봐 눈치도 보이고. 매일 조금씩 익숙해지기는 하는데, 워낙 일이 많고 바빠서… 캐시레지스터도 기능이 워낙 많은 데다, 또 돈은 중요하잖아. 한 푼이라도 비면 안 되니까. 신경이 많이 쓰여."

"테크니션 포지션으로 들어간 거잖아."

"빨라도 삼 개월은 지나야 회사에서 테크니션으로 올려 준대. 지금은 캐쉬어급으로 급료를 받아. 그런데 그것도 엄청 운이 좋아야 그렇게 빨리 테크니션이 되는 거래. 보통의 경우에는 테크니션 자리가 비어야만 테크니션으로 올라간대. 다들 처음엔 그렇게 시작했대. 약국 매니저가 보통 깐깐한 여자가 아니야. 처음에는 풀타임도 안주고 밤에 클로즈하는 스케줄만 줘. 클로즈하는 스케줄은 그나마 다행이야. 어떤 날은 아침에 오픈하고 집에가 쉬다가 클로즈하는 시간에 다시 나와야 할 때도 있어. 인내로 기회가 있을 때까지 기다려야 한대. 보통 일 년도 더 넘게 캐쉬어만 하는 경우도 허다하다고 그래. 그러면서 어깨너머로 컴퓨터도 배우고 눈치껏 일을 배워 놓아야 기회가 왔을 때 꽉 잡는 거래. 배울 게 너무 많아. 컴퓨터 프로그램도 굉장히 복잡하고 어려워. 매뉴얼이라도 있으면 읽어보고 공부라도 하겠는데, 수시로 업데이트가 되니 매뉴얼도 만들 수가 없나 봐. 그리고 항상 정신 바짝 차리고 일해야지 큰일 나. 실수? 그런 거 있으면 절대 안 되고 돈도 조금만 틀리면 난리가 나지."

"쉽지 않겠다. 시간이 지나면서 점점 익숙해지기야 하겠지만 말이야. 일은 많이 바빠?"

"엄청 바빠. 개인 전화는 받을 수도 없어. 항상 앞에는 손님들이 있지, 전화는 계속 울려대지. 손님들 줄은 파세아까지 늘어섰지."

멜리가 손님들이 기다리는 줄이 10마일은 떨어진 도시 파세아까지 늘어섰다고 하자 데이비드는 큰 소리로 웃었다.

"손님들은 어때? 유난히 까다로운 사람은 없어야 일하기가 쉬울 텐데."

"좀 힘든 손님들도 있어. 아프니까 힘들고 짜증도 많이 나겠지. 그런데 약국에서 일하다 보니 어쩌면 그렇게 아픈 사람들이 많은지, 정말 많아. 그리고 아프면 그렇게 많은 약이 필요한가 봐. 어떤 사람은 한 삼십 가지 약을 먹나 봐. 그 많은 약을 매일 매일 어떻게 먹을까? 아마 온종일 약 먹을 시간만 재며 살아야 할 거야. 약만 먹어도 배부를 거야."

"같이 일하는 동료들은 어때? 친절하게 잘 대해 줘?"

"응. 그런대로 괜찮아. 시어머니처럼 잔소리하는 안드레아만 빼고는. 안드레아는 정말 못 말려. 출근하면서부터 꼭 불평을 한마디씩 하면서 들어와야 해. 그러지 않으면 병이라도 날 것 같고, 아침에 해가 안 뜰까 밤에 해가 안 질까 불안한가 봐. 어쩌면 그렇게 남의 잘못을 빠트리지 않고 찾아내고 그걸 꼭 불만스럽게 모두에게 속삭이고 돌아다녀야 하는지…. 그렇게 남이 뭘 했나 뭘 잘못 했나 따지고 다니는 게 피곤하지도 않은 모양이야. 정말 '너나 잘하세요.'라고 해주고 싶을 지경이라니까. 눈치는 또 얼마나 빠른지 남들은 생각도 못 하는 상상을 해요. 아마 그게 안드레아의 생존법인지도 모르겠어. 다섯 아이를 키웠는데 막내 아이가 갓난아이였을 때 남편이 사고로 사망했대. 그래서 아이들을 혼자 키우느라고 고생을 많이 했대. 아이들이 학교를 졸업할 때까지 두 군데 직장을 다니면서 개처럼 일하며 살았다고 본인이 얘기하더라고. 갓난아이를 포함해서 다섯 아이를 혼자서 키웠으니 얼마나 힘들었겠어. 애들도 잘 키웠더라고. 하나는 의사고 하나는 변호사래. 대단한 사람이야. 그래서 그런지 사람이 좀 삐딱해. 어떨 때는 손님들에게도 너무 무례하게 굴어. 어디까지가 적당한 것인지를 몰라. 한번 나가기 시작하면 막 나가. 그럴 땐 아무도 못 말려. 한번은 영어 못하는 손님 뒤에다 대고 학교로 돌아가서 영어 좀 배우고 오라고 말하면서 재미있어 죽겠는지 그 말을 여러 번 반복까지 하면서 신 나게 웃는 거야. 손님하고 같이 왔던 사람이 그러는 안드레아를 보고는 뭐 저렇게 무례하고 건방진 직원이 있느냐고 난리를 쳤어. 본사에 전화해서 알리겠다, 인터넷에 올리겠다, 난리가 났었어. 약국 매니저가 정중하게 사과하고 앞으로는 절대 이런 일 없도록 교육을 잘하겠다고 싹싹 빌고, 스토어 매니저도 와서 사과하고 난리가 났다니까."

"멜리, 그건 정말 웃긴다. 학교에 가서 영어 배우고 오라, 그랬단 말이야?"

"응. 정말 그랬다니까? 어디서 그런 생각이 났는지. 참말로 황당했어."

"안드레아라는 사람 정말 웃기는 사람이구나."

"어제는 또 얼마나 분위기를 썰렁하게 만들었는데. 글쎄 테크니션이 약사를 쥐고 흔들려 하니 되겠어? 어제는 다른 약국에서 일하는 약사가 왔었어. 그 약사가 이 처방은 too soon이라고 하자 안드레아가 우리 약국 단골손님인데, 그냥 주지 그러냐는 식으로 나갔어. 그러니까 그 약사가 뭐라 했게? 그 약사가 안드레아한테 약사 면허가 있느냐고 물었어. 안드레아가 당연히 없다고 했지. 그러니까 그 약사가 그러면 네 자리로 돌아가서 네 일이나 하라고 크게

화를 내며 소리를 쳤어. 약사가 too soon이라는데, 자기가 박힌 돌이라고 그렇게 설쳐대니 참. 그런데 그 약사도 좀 심했던 것도 같아. 모든 사람 앞에서 그렇게까지 무안을 줘야 했을까. 하기야 그 정도로 안 했으면 안드레아가 꼬리를 내릴 사람도 아니지. 안드레아도 얼마나 무안했는지 얼굴이 다 붉어지더라고. 좀 안 됐기도 하고, 한 편으로는 고소하기도 하고. 호호호. 글쎄 또 어떤 일이 있었는지 알아? 이건 정말 황당한 사건이었어. 어느 날 병원에서 퇴원 환자의 처방이 팩스로 세 페이지쯤 들어왔어. 처방이 엄청나게 많더라고. 그중에 인슐린이 보험으로 커버가 안 돼서 약사가 다른 인슐린으로 바꿔달라고 의사한테 메시지를 남겼어. 드디어 그 환자가 약을 가지러 왔어. 그때 안드레아가 캐쉬어를 하고 있었어. 그 환자한테 안드레아가 '약이 한 보따리 필요하신 환자분이 드디어 나타나셨네.' 그런 거야. 그러니까 환자가 불쾌한 표정을 짓더라고. 불쾌했겠지. 그러고는 약사가 환자한테 가서 인슐린이 보험으로 커버가 되지 않아 커버가 되는 다른 인슐린으로 바꿔달라고 의사에게 연락을 했다고 설명을 했어. 현찰로 사려면 200달러가 넘으니 의사가 바꿔주는 대로 준비를 해주겠노라 했어. 환자가 그만한 돈은 낼 수가 없고, 인슐린은 오늘부터 당장 필요하니 빨리 준비해 달라고 약사에게 부탁한다고 고맙다고 했지. 안드레아가 약을 담아주면서 또 쓸데없는 농담을 한 거야. '인슐린을 쓰려면 로또라도 맞아야겠네요. 로또를 사셔야겠어요. 로또를 사세요.' 그러니까 그 환자 얼굴이 완전 울상이 되어버렸어. 거기다 대고 또 안드레아가 완전 결정타를 날린 거야. 그 환자의 얼굴빛이 완전 샛노란 색이었거든. 간의 기능이 떨어지면 생기는 황달이라는 거 있잖아. 나도 사람 안색이 그런 건 처음 봤어. 안드레아가 '아이고, 안색이…. 쯔쯔쯔….' 그러더니 '아이고, 아직 핼러윈도 아닌데….' 그런 거야. 환자의 인상이 괴로운 듯 심하게 구겨지더니 더 참지를 못하고 폭발한 거야. 울면서 소리를 지르면서 '몸 아픈 것도 속상해 죽겠는데 약국에서 얼마나 많은 약이 필요한지 소리를 들으며 망신을 당하고, 뭐? 핼러윈도 아닌데 어떻다고? 내가 귀신같이 보인다고? 인슐린을 사려면 로또에 맞아야겠다고?' 안드레아한테 마구 퍼붓는 거야. 약국 매니저가 놀라서 진정하시라고 달래고 안드레아에게 정중히 사과하라고 했어. 안드레아가 '별 뜻은 없었어요, 그냥 농담이었는데…. 그렇게 들으셨다면 정말 미안해요.' 그랬더니 환자분이 '당신이 나라면 그게 농담으로 들리겠어? 들어서 즐거운 게 농담이지, 그건 악담이야!' 라고 소리 소릴 지르다 쓰러져버렸어. 약국 매니저가 놀라서 '911을 불러!' 소리치고 쓰러진 환자의 어깨를 툭툭 치며 불러보다 반응이 없자 목을 만져보더니 막 심폐소생술을 하는 거야. 모두들 얼마나 놀랐는지. 911이 올 때까지 혼자서 심폐소생술을 하는데 얼마나 힘든지 얼굴이 새빨개지고 땀을 뚝뚝 흘리더라고. 그래도 911이 올 때까지 심폐소생술을 멈출 수가 없잖아. 사람을 살려야 하니. 금방 911이 왔으니 다행이지. 환자를 병원으로 실어 보내고 약국 매니저가 긴 안도의 숨을 쉬더니 안드레아를 엄청 심하게 나무랐어. 그러고는 인시던트 리포트를 하고 빅보스에게 전화로 알리고 난리가 났었어. 인시던트 리포트를 해 놓아야 혹시 환자가 잘못되거나 소송이라도 걸었을 때 회사에서 가지고 있는 보험으로 방어가 된대. 아마 일이 커지면 안드레아도 무사하지 못할 것 같아."

"와우, 그 사람은 정말 말조심해야겠다."

"그렇지 않아도 약국 매니저가 안드레아한테 함구령을 내렸어. 일과 관련되지 않은 말은 아무 말도 하지 말라고. 썰렁한 농담 같은 거 절대 하지 말라고. 그런데 그게 며칠 가겠어? 그 빅마우스가."

데이비드는 제프와 만나기로 한 장소에 도착했다.

"멜리, 지금 잠깐 누구 좀 만나야 하는데 잠깐이면 돼. 너는 그냥 차 안에 앉아있어."

데이비드가 내리고 멜리는 데이비드가 걸어가는 걸 바라본다. 데이비드가 누구와 만난다. 데이비드는 멜리에게 등이 보이게 돌아서 있고 다른 남자는 멜리쪽을 보고 섰다. 데이비드가 무엇인가 그에게 주자 그가 불빛에 대고 유심히 보더니 씽긋 웃는다.

"아주 후레쉬한 정품이군. 아주 좋았어."

"틀림없는 거라고 했잖아."

"어디서 났니?"

"말했잖아. 어떻게 우연히 갖게 됐다고."

"또 가져올 수 있어?"

"글쎄? 그건 좀 힘들 거야."

"또 있으면 연락해."

제프는 백 달러짜리 지폐들을 보여주었다.

"어때? 괜찮지?"

"그래."

멜리가 가만히 보니 아는 얼굴이다. 제프 같았다. 고등학교 동창 제프. 데이비드는 주머니에 손을 집어넣고 돌아온다. 손쉬운 돈벌이의 아찔한 유혹. 평소에 드럭 딜링을 하는 족속들을 그렇게 혐오하던 데이비드에게도 방법이야 어떻든 돈은 좋은 것이고 필요한 것이었다.

'한 번인데 뭐. 또 이런 짓 할 일이 있겠어?'라고 생각했다.

"저 애? 제프 아니야?"

"어? 제프, 알아?"

"그럼, 알지. 고등학교 같이 다녔잖아. 시험지 훔치다 걸려서 졸업도 못 할 뻔한 유명한 애잖아."

"그래? 그런 일이 있었어? 우리 어디 가서 근사하게 저녁 먹자. 스시 먹으러 갈까?"

"스시? 좋지. 스시랑 롤 같이 나오는 스페셜 메뉴. 그런 거 맛있지."

"가자. 내가 살게."

멜리와 데이비드는 가까운 스시 집으로 갔다. 데이비드는 주머니가 두둑하니 아주 날 것 같은 기분이다.

"아, 이거 맛있다. 먹어봐."

멜리는 맛있는 것을 데이비드 입에 넣어 주었다.

"정말 맛있네. 우리는 아버지 사업이 잘될 땐 이 집에 자주 왔었어. 여긴 주인이 직접 요리를 해서 사이드디시가 다양하고 맛있어. 그리고 음식도 항상 후레쉬하고."

"나는 이런 데 올 기회가 거의 없어. 친구들을 만나거나 다른 사람과 약속이 있어야 다니는데 그런 일이 많지가 않아."

"그럼 앞으로는 우리 둘이 여기도 자주 오고 다른 맛집에도 자주 먹으러 다니자."

"좋지. 다음 주에 가자. 다음 주에 월급 받거든. 그때는 내가 살게. 어디로 갈까? 어디 특별히 가고 싶은 데 있으면 말해."

"코리아타운으로 'All you can eat' 먹으러 가면 어때? 친구들이 한번 갔다 와서는 아주 환상적이었다고 하더라고. 한국식 양념 소고기, '불고기'가 정말 맛있고, 돼지고기도 베이컨처럼 생겼는데 구워서 채소에 싸서 양념을 살짝 바르고 마늘이랑 김치랑 같이 먹는데 정말 맛있다. 일정 금액을 내고는 뭐든지 진열된 것들은 다 무제한으로 갖다 먹을 수 있대. 특히 고기는 직접 구워 먹는 맛이 죽여준다고들 그래."

"좋아, 좋아. 호호호. 나도 한번 그런 집에 가서 먹고 싶었는데. 잘됐네. 그럼 다음 주는 코리아타운 All you can eat 레스토랑으로!"

"식사 끝나고는 가라오케도 갔었대. 돌아가면서 노래 부르고 춤추고, 너무 신 나게 놀았대. 광란의 밤을 보냈다 하더라고. 흐흐흐흐."

"하하하하. 광란의 밤?"

"그만큼 재미있었다는 거지. 보통 친구들 오래간만에 만나서 같이 저녁 먹고 나면 별로 할 일 없으니 영화나 하나 보고 그러고 나면 오늘은 늦었네, 그럼 다음에 또 보자며 헤어지잖아. 그날은 가라오케에서 한 사람이 노래 부르면 모두 일어나 탬버린을 흔들어대면서 춤추고, 너무 재미있었다더라고."

"정말 그랬겠다. 모든 스트레스가 한방에 날아갔겠는걸."

"코리아타운에는 식당도 엄청 많고, 가라오케도 많대. 정말 한번 가볼 만하대."

"그래, 정말 재미있겠다. 와우, 기대되는데."

"우리도 식사하고 가라오케 가서 노래도 불러볼까?"

"노래도? 난 아는 노래 별로 없는데. 노래 불러본 지가 한 십 년도 더 된 거 같은데."

"나도 그렇긴 해. 그건 그날 기분 봐서 하면 되고. 내가 어디가 평점이 좋은지 찾아볼게."

데이비드와 멜리는 오랜 시간을 함께 지내온 오누이처럼 한층 더 친밀함을 느꼈다. 그들은 훌륭한 저녁 식사를 마치고 집으로 돌아가다 헤어져야 하는 아쉬움에 어두운 골목길에 차를 세웠다. 좌석등받이를 뒤로 젖히고 편히 앉아 하늘을 보니 별들이 가득하다.

"와우, 하늘의 별들 좀 봐. 참 오랜만이야. 하늘에 별이 있다는 걸 까맣게 잊고 살았던 것 같아."

"나도 그러네. 요즘 밤하늘에서 별을 본 기억이 없네. 별들이 그동안 휴가라도 갔다 왔나? 하하하, 큰 회사의 CEO를 하는 것도 아니면서, 하루하루가 뭐가 그렇게 바쁘고, 뭐에 이렇게 쫓기는지 하늘의 별들을 올려다볼 생각도 못 하고 사네."

"요즘 사람들은 인터넷에서, 휴대폰에서 종일 벗어나질 못하잖아. 온 세상 사람들과 거미줄처럼 연결되어 자신의 시간을 사는 건지 남의 인생을 쫓아가는 건지. 그러면서 막상 진심을 소통할 상대는 없는 고독한 시대를 사는 세대잖아."

"맞아. 과학이 발달해서 사람들의 생활은 엄청나게 편해졌지만, 과학의 발전이 자연을 향한 관심이나 인간성의 성숙에는 반대로 작용하는 것 같아."

"그러게. 아름다운 밤하늘의 별을 보고 싶으면 인터넷으로 최고로 아름다운 사진을 찾아보면 되는 세상이 되었으니…."

"컴퓨터와 인터넷이 발전하면 할수록 인간의 가능성이 그만큼 줄어드는 것 같아. 우리 부모 세대에는 그래도 희망이라는 게 있고 낭만도 있었던 것 같은데 말이야. 우리 세대가 참 힘든 세대야. 미래는 별 희망이 보이지 않고. 한참 젊은 나이인데, 낭만도 모르고 재미도 모르고, 왜 이러고 살까?"

"그래도 데이비드, 난 너를 만난 게 행운인 것 같아. 네가 항상 나를 이해해주고 내 편인 것 같아 천군만마를 거느린 것처럼 맘이 든든해."

"사랑해. 멜리, 평생 너를 이해하고 감싸줄게."

데이비드는 슬그머니 멜리의 얼굴을 감싸 쥐고 이마에 키스를 했다. 상큼하고 독특한 멜리의 냄새가 느껴졌다.

"멜리, 사랑해. 이렇게 너를 안고 밤이 새도록 있고 싶다."

"데이비드, 나도 네가 좋아. 한 평생 같이 있어도 후회하지 않을 것 같아."

"아. 멜리, 사랑해. 키스하고 싶어. 해도 될까?"

"응."

멜리가 신음처럼 속삭였다.

데이비드는 조심스럽게 멜리의 입술을 더듬었다. 천천히 입술을 한번 핥아보았다. 멜리의 입술이 열렸다. 아~아, 가슴속에서 뭉클한 사랑의 느낌이 아지랑이처럼 피어나와 둘을 감싸고돌았다. 멜리의 심장이 콩당거리며 두근댔고 황홀했다.

둘은 긴장이 되면서도 편안한, 알 수 없는 기분으로 뜨겁게 키스를 나누며 황홀경에 빠져 허우적댔다. 사랑하는 느낌, 사랑의 기쁨, 서로를 깊이 안고 싶고 자신의 모든 것을 주고 싶은 생각 말고 다른 생각은 들지 않았다. 데이비드의 손이 멜리의 가슴을 더듬자 멜리는 데이비드의 손이 부드럽게 닿는 곳마다 전율이 일며 몸은 점점 뜨거워졌다. 데이비드가 멜리의 상체를 끌어안으며 블라우스 단추를 하나하나 풀 때, 멜리는 떨리는 손가락으로 도와주었다.

데이비드의 손이 멜리의 가슴을 부드럽게 스치며 등 뒤의 브래지어 훅을 풀려고 하자 멜리는 상체를 일으켜 데이비드의 가슴에 얼굴을 묻었다. 뜨거운 멜리의 호흡이 데이비드의 가슴을 뚫고 들어갔다. 데이비드는 자유로워진 멜리의 유방과 유두를 부드러운 물결처럼 만져주며 황홀함에 떠는 멜리의 호흡을 그대로 빨아 마셨다. 부드럽게 유두를 애무하니 멜리는 황홀함에 몸을 떨었다.

데이비드가 유두를 살살 핥으니 유두가 딱딱하게 팽창된다. 멜리는 이제 너무 흥분해서 아랫도리가 짜릿함을 느낀다. 데이비드도 아랫배 안에서 무엇인가가 불끈해져 올라오는 것 같다. 멜리는 턱에 받치는 숨으로 데이비드의 머리를 감싸 안고 신음소리를 발라댔다. 데이비드도 아래쪽에서 올라오는 뜨거운 힘이 감당할 수 없게 불끈거렸다. 데이비드의 손이 멜리의 팬티 속으로 파고들었다. 부드럽게 운율을 따르듯 데이비드의 손이 지나가는 곳마다 모든 신경이 선인장의 수많은 미세한 가시들처럼 촉각을 세우며 일어섰다. 이제 멜리는 그 황홀함을 더 이상 참을 수 없어 하체를 비틀었다. 데이비드의 손이 결정적인 깊이로 파고들자 무언가가 축축하게 질척거렸다. 멜리는 하체를 열어 더욱 깊이 데이비드의 유희를 받아들였다. 유희를 즐긴다거나 즐겁다는 것으로는 다 표현할 수가 없었다. 그러면 그럴수록 깊이는 바닥이 없이 한없이 깊어졌다. 한참을 서로 즐겼다. 밤이 새도록 즐기고 싶었다. 끝내고 싶지 않았다. 그러나 차 안에서 끝까지는 갈 수가 없었다. 끝장을 보지 못한 두 젊은 남녀의 가슴과 몸은 불꽃보다 더 뜨겁게 타오르기만 했다. 차라리 끝까지 간 것보다 바로 끝자락 앞에서 멈추어야 했던 그들은 숨이 넘어갈 듯한 고비를 몇 번씩 치루며 미칠 것 같았다.

서로를 갖고 싶은 설렘은 서로를 갖기 전에는 식힐 수 없을 것이었다. 둘 다 그 황홀함을 식히느라 등받이에 몸을 맡긴 채 한참을 기다려야 했다.

"멜리, 사랑해."

"나도."

"같이 있고 싶다. 영원히."

"나도."

"우리 집을 얻어 함께 살까?"

"아, 그러고 싶어. 그럴 수 있을까? 정말 그랬으면 좋겠어."

둘 다 부모에게서 가장 떨어져 나오고 싶은 나이였다. 나이로는 어엿한 성인이 되었기에 부모로부터 독립하여 자신의 생활을 시작하는 게 제대로 성인으로 성장하였음을 증명하는 것이기도 했다.

"나도 집에서 나와 독립을 하고 싶었어. 안정된 직장만 있으면 그러려고 항상 생각하고 있었어."

"내가 풀타임으로 일을 하면 우리 둘 수입이 얼마나 될까?"

계산해본다.

'투타임을 뛰나? 돈을 더 벌어야겠는데….' 데이비드는 정말 멜리와 함께 살고 싶었다. 멜리도 이렇게 자기 말을 잘 들어주고 항상 자기편인 데이비드와 함께라면 평생을 같이하고 싶은 상대를 제대로 만났다는 느낌에 빠졌다.

"우리 계획을 세우자. 돈도 모으고 양쪽 부모님한테도 알려야 하지 않겠어?"

"그래. 그러자."

멜리도 데이비드와 함께 살면 너무 행복할 것 같다. 둘은 손을 꼭 마주 잡고 행복한 미래를 꿈꾸었다.

12

크라우디는 도저히 약을 찾을 수가 없었다. 다른 약은 다 있는데 진통제만은 보이지가 않았다.

"아니, 약이 도대체 어디로 간 거야?"

"썩을 것. 빨리 밖에 나가서 찾아봐. 아까 길에 떨어뜨렸을 때 미처 줍지 못한 모양이지. 빨리 나가 봐!"

크라우디는 밖으로 나가서 아파트 주변을 샅샅이 둘러보았지만 약은 보이지 않았다.

"아무 데도 없네. 어쩌지?"

"칠칠치 못한 것. 어쩌긴 뭘 어째? 약은 꼭 필요하니 의사한테 가서 다시 처방을 받아다 사야지. 약 없이 어떻게 살아?"

그들은 닥터를 찾아가 약을 잃어버린 사정을 이야기하고 처방전을 다시 받아 약국에 가져갔지만, 약사는 too soon이라며 주려 하지 않는다.

"이 약은 마약성 진통제고요, 스케줄2에 해당하는 약이거든요. DEA(Drug Enforcement Administration)에서 관리 감독을 하는 약이기 때문에 다른 처방전을 가져오셔도 전에 가져가신 약을 다 드시기 전에는 다시 드릴 수가 없어요."

"약을 잃어버렸다고. 넘어지는 바람에 봉투가 찢어져 약들이 마구 길거리로 다 굴러갔다고. 도대체 약국에서 주는 봉투, 그 품질이 왜 그 모양이야? 좀 튼튼한 봉투에 담아주었으면 이런 일도 없었을 거 아니야? 조금만 건드려도 찢어지는 봉투에 약을 담아주니 이런 일이 생긴 거 아니냐고?" 안토니는 약국 봉투 탓을 했다.

"정 그러시면 경찰에 신고하시고 분실했다는 폴리스리포트라도 가져오세요. 그렇지 않고는 이렇게 빨리는 절대 드릴 수 없습니다. 약사법이 그렇고 회사방침도 그래요."

"나는 당신네 약사법이니, 회사 방침이니, 스케줄이니 하는 따위는 상관없어. 아픈 사람한테 당장 필요한 것은 약이야. 이런 경우가 어디 있어?"

안토니가 아무리 따져도 약을 다시 살 수가 없었다.

폴리스리포트는 집에 도둑이 든 것도 아니고 길거리에서 잃어버린 걸 증명할 수도 없을 것 같아 생각도 할 수 없었다. 무엇보다도 안토니에게는 경찰이라면 돌아보기도 싫은 존재여서 별수 없이 빈손으로 돌아올 수밖에 없었다.

밤이 되면 허리부터 발끝까지, 마치 뼈를 깎아대는 것만 같은 통증이 더 심해지는 데다 사막성 기후 때문에 밤이면 기온이 많이 떨어져 기침까지 심해지는지라 약을 먹고도 술까지 한두 잔 마셔야 했다. 그래도 잠을 잘 수가 없으면 수면제까지 먹어야 겨우 서너 시간 정도 잠을 잘 수가 있는데, 그날 밤은 약이 없으니 인사불성이 되도록 술을 마실 수밖에 없었다. 그래도 통증이 너무 심해 거의 밤을 새우다시피 하니 몸은 침대에 배기고 몸을 뒤집으려니 아파서 움직일 수도 없었고 기침을 할 때마다 통증이 온몸을 흔들며 타고 다녔다. 안토니는 그렇게 하룻밤을 통증과 기침으로 꼬박 새우고 나니 한 십 년은 늙은 것처럼 얼굴에 주름이 깊이 파이고 손가락 하나 움직일 힘마저 다 빠져버렸다.

안토니는 다시 그런 밤을 보낸다는 게 너무나 끔찍해서 아침 일찍 다시 의사를 찾아가, 새 처방전을 가져갔으나 약사가 too soon 이라며 약을 주지 않더라고 말했다. 다른 방법이 없겠는지 통증 때문에 견딜 수가 없다고 하소연을 했다. 의사는 다른 비마약성 진통제 처방을 삼십일 분을 처방해주었다. 비마약성 진통제만으로 안 될 경우에만 밤에 자기 전에 한두 알씩 먹을 수 있게 이번엔 평소에 먹던 마약성 진통제와는 다른 성분의 Norco(Hydrocodone+Acetaminophene) 처방을 삼십일 분을 해주었다.

안토니와 크라우디는 다시 약국에 갔다. 이번에는 다른 종류의 약 처방전을 가지고 갔으므로 다행히도 약을 살 수 있었다. 새로 받아온 하이드로코돈이라는 약이 전에 먹던 옥시코돈 제제보다 좀 더 잘 듣는 것 같기도 했다.

삼 주가 지나고 다시 약을 살 때가 되자 안토니는 닥터에게 하이드로코돈 제제와 옥시코돈 제제 두 약을 모두 처방해 달라고 말했다.

"하이드로코돈인지 하는 거, 그게 더 잘 듣는 것 같아요. 하이드로코돈도 처방해 주시고 평소에 먹던 옥시코돈도 처방해 줘요. 내가 잘 알아서 먹을 테니까요. 어떤 때는 옥시코돈 제재가 잘 안 들을 때도 있거든요."

닥터도 환자가 심한 통증으로 고생하는 걸 알고 있기에 두 가지 모두 처방해주며 과잉 복용 시에 관한 주의를 단단히 주었다.

13

데이비드는 페트스토아로 일하러 가고 있었다. 안토니네 아파트 앞을 지나가며 '흐흐흐. 노친네, 약 찾느라 고생 좀 했겠네.'라는 생각이 들자 피식 웃음이 나왔다. '필요하면 가서 다시 사겠지. 아마 진통제가 항상 필요할 거야. 그렇게 생겼잖아. 또 가져올 방법이 없을까? 분명히 항상 약을 먹을 텐데. 찾아가서 뭘 도와주다가 슬쩍 가져온다? 아니야, 너무 단순해. 좋은 방법이 없을까? 뭔가 좋은 방법이 떠오를 거야. 가자, 가서 일이나 하면서 생각해 보자.'라며 또 가져올 방법을 생각했다.

매니저가 인터콤으로 데이비드를 오피스로 호출했을 때 데이비드는 다른 두 명의 캐쉬어와 함께 일하고 있었다. 데이비드는 계산대에 '클로즈' 사인을 올려놓고 마지막 손님을 끝낸 후 오피스로 갔다.

'무슨 일이야? 별일 아니겠지. 난 잘못한 게 없으니까. 뭘 훔쳐간 것도 없고.'

오피스에 들어가니 회사 보안팀장 브라이언과 스토아 매니저 알이 앉아있었다. 데이비드가 다니는 이 페트스토아는 온갖 크고 작은 애완동물 용품을 파는 체인스토아로 회사 자체에서 보안팀을 갖고 있었다. 직원들은 큰 가방을 갖고 출근할 수 없고 무엇이라도 스토아에 가지고 들어왔으면 근무 중에는 항상 개인 물품 보관함에 보관해야 했다. 보안팀은 언제라도 개인 물품 보관함을 검사할 수 있는 권한이 있었다. 물론 직원들은 자신의 개인 물품 보관함에 자물쇠를 채워 놓을 수도 있었지만, 보안팀 팀장 브라이언에게는 어떤 자물쇠라도 열 수 있는 만능열쇠가 있었다. 번호를 돌려 열어야 하는 자물쇠를 청진기를 대고 여는 그의 능력은 가히 신의 경지였다.

가끔은 직원들이 스토아 물건을 슬쩍하다 걸려 해고를 당하는 경우도 있었다.

"하이, 브라이언."

데이비드가 인사를 했다. 브라이언을 보면 아무 잘못한 일이 없어도 브라이언의 직책이 직책인지라 항상 긴장이 되었다.

"잘 있었나? 뭐 하나 물어볼 것이 있어서 불렀네."

"네. 뭡니까?"

"어제 개인 물품 보관함을 조사했는데 자네 보관함에 이상한 것이 있더군. 거기에 대해서 말해주겠나?"

"이상한 거라니요? 뭐가요?"

데이비드는 미쳐 약에 대해서는 생각을 못하고 고개를 갸우뚱했다.

"약이 있더군."

데이비드는 가슴이 철렁 내려앉았다.

"그것도 보통 약이 아니고 마약성 진통제더라고."

데이비드는 적당한 대답을 찾으려고 빠르게 머리를 굴렸다.

"아아, 그거요. 우리 할아버지 약이에요. 할아버지가 우리 집에 놓고 가셔서 제가 갖다 드리려고 가지고 있었던 거에요. 통증 때문에 약 없이는 힘들어하시거든요."

"할아버지? 할아버지 성함이 뭐지?"

"안토니, 안토니요."

정말 다행이었다. 약병을 만지작거리며 여러 번 봐두었기에 영감의 이름을 정확히 기억할 수 있었다.

"안토니 헬코너요."

브라이언이 종이에 메모를 했다.

"할아버지 주소는 알고 있나?"

"그럼요. 번지수까지는 기억을 못 하지만 윌콕 스트리트에 사시죠. 자주 다니니까 건물을 보면 알아요."

"알겠네. 자네가 대답을 확실히 해 주어서 다행이구먼. 다음부터는 그런 약 회사 내로 가지고 들어오지 말게. 괜한 의심을 받을 뻔했지 않았나? 그런 마약성 진통제는 여러 가지 문제를 일으킬 수 있거든."

"네. 제가 생각이 짧았네요. 약이라 뜨거운 차 안에 두는 게 걱
정스러웠거든요."

"그랬겠군. 그게 어제는 있더니 오늘은 없더군."

"어제 학교 끝나고 와서 가져갔어요. 어젯밤 할아버지께 갖다 드
렸거든요."

"그랬군. 가보게."

데이비드가 나가고 브라이언은 다시 꼼꼼하게 모든 대화 내용을
적었다.

"음, 어제 데이비드 근무시간이 언제였지?"

스토아 매니저 알은 벽에 붙어있는 직원들 시간표를 보면서 말
했다.

"데이비드는 어제 쉬는 날이었는데, 스케줄이 없었다고."

"그런데 왜 스토아엘 두 번이나 왔다 갔을까?"

"응? 데이비드가? 어제, 쉬는 날 여기를 두 번이나 왔다 갔다
고?"

"그렇다니까. 알, 보안카메라를 확인해보니 데이비드가 두 시에
와서 개인 물품 보관실에 들렸고 오후 여섯 시 경에 다시 돌아와
개인 물품 보관실에 들렸더군. 왜 쉬는 날 두 번이나 왔을까?"

보안팀장 브라이언이 스토아 매니저 알에게 낮은 목소리로 물었
다. 알은 알 수 없다는 뜻으로 어깨를 으쓱 올려 보였다.

"어떤 일이라도 마약과 관련된 문제가 생기면 골치가 엄청 아프

거든. 아무리 조그만 사건일지라도 제대로 처리하지 않으면 우리도 일 그만둘 생각해야 할 거야. 앞으로도 잘 지켜보게. 조금이라도 의심이 가는 일이 있으면 바로 알려주게."

브라이언이 부탁했다.

보안팀장 브라이언은 데이비드의 대답이 모두 사실이라 해도 마약과 관련된 일이기에 마약단속반에 리포트를 해야 한다고 결론을 내렸다. 아무리 사소한 일일지라도 마약이 관련된 일을 개인적인 판단으로 덮어두었다가 혹시 나중에라도 문제가 되면 자신의 안위를 해칠 수 있으므로 자신의 안전을 위해서라도 리포트를 하기로 했다. 스토아 매니저 알도 자기가 관리하는 스토아에서 마약과 관련된 일이 있었으면 데이비드의 진술이 사실이건 아니건 상관없이 당연히 마약단속반에 리포트를 해야 한다고 동의했다. 자신과 가족의 삶이 제일 중요한 일이니까. 보안팀장 브라이언은 자신의 리포트와 휴대폰으로 찍은 약 바이알 사진을 마약단속반에게 이메일로 보냈다.

데이비드는 오피스를 나오면서 가슴을 쓸어내렸다. 다리까지 후들후들 떨렸다.

'오 마이 갓! 가는 날이 장날이라고, 하필이면 어제! 큰일 날 뻔했어. 제대로 대답을 못 했으면 잘렸을 거야. 이런 이유로 잘리면 어디 가서 다시 취직하기도 힘들 뻔했잖아. 어휴 다행이야. 그래도 대답을 다 제대로 했으니 다행이야. 세상에, 그래도 머리는 좋단 말이야. 어떻게 그런 자연스러운 대답이 생각났을까? 휴우. 정말 운이 좋았어. 개인 물품 보관함 조사가 어제 있었던 건 그냥 우연일 거야. 하필이면 어제.'

데이비드는 마음이 조금 찜찜하긴 했지만, 계산대로 돌아가 다시 일을 시작했다.

데이비드는 일을 마치고 운전석에 앉았다. 평소에는 쫓기는 닭처럼 차를 타면 다음 행선지로 떠나기 바쁘고 다음 행선지에 도착하면 내리기 바빴는데 오늘은 멜리 생각에 시동도 안 키고 우두커니 앉아있었다. 멜리를 안을 걸 생각하니 가슴이 설레고 금세 황홀해졌다.

'그냥 끝까지 갈 걸 그랬나 봐.' 어젯밤의 여운이 사라지질 않았다. '오늘 멜리는 늦게 끝나는 날이랬지? 어디서 기다리다가 밤에 만날까? 잠깐 만나 잘 자라고 얘기해주고 집에 갈까?' 온통 멜리 생각뿐이었다. 데이비드는 멜리에게 일을 끝내고 나오는 시간에 맞춰 약국 앞에서 기다리겠다는 문자를 보내고 주차장을 빠져나왔다.

데이비드는 자신도 모르는 사이에 안토니네 아파트 근처에 와있었다. 어떻게 약을 좀 더 뺏어올 수 없을까 생각했다. 쉽게 버는 돈의 유혹은 묻어버리기가 쉽지 않았다. 던져버려도 부메랑이 되어 다시 돌아와서 자꾸 데이비드의 마음을 살살 긁어댔다.

우중충한 회색빛의 아파트건물을 물끄러미 쳐다보았다. 지는 해가 안간힘을 쓰며 버티는 듯이 붉은 노을을 건물 뒤쪽으로 드리우며 지루하게 몸을 사리는 동안 데이비드도 지루하게 한참을 쳐다 보다 차에서 내려 아파트 건물 가까이 걸어갔다. 노을이 완전히 내려앉고 어둠이 시작되자 여기저기서 하나둘씩 실내등이 켜지고 있었다.

'그 집이 저쯤 되겠군. 입구를 들어가서 왼쪽으로 네 번째 집이니. 하나, 둘, 셋, 넷, 저쯤이야.'

옆 아파트와의 사이로 길이 쭉 나 있고 이쪽에도, 건물이 끝나는 저쪽 길 입구에도 게이트는 없었다. 그 길로 걸어 들어가 안토니네 아파트 아래에 서서 올려다보았다. 베란다는 땅에서 그리 높지 않아 뛰어올라 난간을 잡고 다리를 걸어 충분히 넘어갈 수 있을 것 같았다. 집으로 통하는 슬라이드 문은 당연히 잠겨있겠지만…. 실내에는 불이 켜져 있었고 사람은 보이지 않았다.

'아이, 그만하자. 이제는 도둑질까지 하려는 거야?' 데이비드는 혼자 킥킥 웃으며 스스로 자제하라고 타이르며 멜리가 일하는 약국으로 차를 몰았다. 데이비드는 차 안에 앉아 멜리를 기다리고 있었다. 잠시 후 멜리가 스토어 문을 밀고 나오자 상향등을 깜박깜박하며 신호를 보냈다. 멜리는 서둘러 동료들과 인사하고 데이비드의 차에 올라탔다. 뒤에 남은 안드레아는 옆의 동료에게 한쪽 눈을 찡긋하더니, 손을 입술 가까이에 대고 두 손가락을 번갈아 움직이며 물이 흘러가는듯한 모양을 만들어 보였으나 다른 동료는 도무지 상상력이 뛰어난 안드레아가 전하려는 뜻이 무엇인지 알 수 없었다.

어두운 길에 차를 세우고 데이비드와 멜리는 차 안에서 서로를 애무했다. 이것보다 더 좋은 것은 없었다. 너무나 흥분했고 끝을 볼 수 없는 애무는 괴물같이 그 둘의 이성을 마비시켰다.

멜리도 어젯밤 황홀했던 데이비드와의 사랑놀이를 잊지 못해 한 잠도 못 잤다. 자다 보면 데이비드를 생각하고 있었고 또 자려 하면 데이비드가 그리웠다. 차라리 갈 수 있는 끝까지 갔었다면 이렇게 마음에 남지는 않을 텐데. 끝까지 가 보지 못한 사랑놀이의 미련에 서 벗어날 수가 없었다. 몸과 마음이 모두 그 생각에 예민하게 반응하고 있었다.

"우리 월세로 나온 집들 좀 알아볼까? 적당한 집이 있으면 어떻게, 어떻게 해서 얻으면 될 거 아니야? 한 걸음을 떼어야 두 걸음을 내딛지." 데이비드가 말했다.

"싸만타가 부동산 사무실에서 일하잖아. 싸만타에게 싸게 나온 거 있는지 알아봐 달라 할까?"

"그래, 한번 알아봐."

"우리 둘이 버는 걸로 생활은 되지 않겠어? 좀 모자라면 아껴 쓰면 되지 뭐?"

"내가 막노동이라도 하면 되지. 젊고 건강한데 멜리를 굶겨 죽일까 봐? 사랑해. 멜리."

둘은 행복한 미래를 꿈꾸었다. 미래란 상상할수록 더욱 황홀한 꿈이 되어주었다. 같이 있을 수만 있다면, 사랑놀이도 끝까지 할 수 있다면 얼마나 좋을까 하는 생각뿐이었다.

멜리와 데이비드는 월세방을 보러 돌아다니기 시작하니 곧 그들의 꿈이 이루어질 것 같았다. 그러나 문제는 돈이었다. 월세야 둘이 벌어 다달이 낸다 해도 이사를 들어갈 때 한 번에 내야 하는 보증금과 첫 달과 마지막 달 월세를 합친 금액은 그들에게 큰돈이었다.

데이비드는 다시 안토니를 생각했다.

'한 번 더 약을 빼내 와 제프한테 넘겨서 보태면, 그리고 거기다 내 월급 그리고 멜리의 월급까지 합치면 거의 될 것 같은데…. 그 집엘 어떻게 들어간다? 뭐, 좋은 수가 없을까? 집이 비었을 때 베란다를 타고 넘어간다? 슬라이드 문이 잠겨 있을 텐데. 유리를 깨면 소리가 이웃까지 다 들릴 것이고…'

14

그날은 햇볕이 아주 좋아서 크라우디는 이불들을 내다 베란다 난간에 널어 햇볕을 쬐었다. 아파트 건물 사이로 낮 시간에 잠깐 와 닿는 햇볕을 맞으려니 부지런히 이불들을 뒤집어 가며 널어야 했다.

이런 날은 기분전환도 할 겸 하다못해 마켓이라도 혼자서 나갔다 오고 싶었다. 오후가 되면 저녁준비도 해야 하고…. 하긴 필요한 식품도 몇 가지 있으니까. 크라우디는 지갑을 들고 집을 나설 참이었다.

"잠깐 집에 있어요. 얼른 마켓에 다녀올 테니."

"아냐, 나도 갈 거야. 날씨도 좋은데 슬슬 같이 갔다 오자고. 오면서 오랜만에 치킨 타코도 몇 개 사고. 오늘은 싸게 파는 날이잖아."

"치킨 타코는 사올 테니 그냥 집에 있으라고요."

"너! 밖에 나가서 누구 만날 놈이라도 있는 게냐?"

"만나긴 누굴 만나. 혼자서 후딱 갔다 오려고 그러는 거지."

"네 몰골을 보고 사람들이 비명을 쳐대며 도망가지 않는 것만도 다행인 건 알겠는데, 너 왜 혼자서 나돌아 다니려고 지랄이야?"

"아이고, 말도 안 되는 소리 좀 작작해. 그래, 알았어. 그럼 날씨도 좋으니까 오늘은 워커로 좀 걷는 게 어때? 가끔은 다리도 써 줘야 한다잖아."

크라우디는 워커를 안토니 앞에 갖다놓고 겨드랑이 사이로 팔을 집어넣어 의자에서 그가 일어나는 걸 도와주려 하자 안토니가 크라우디의 어깨를 밀쳤고, 크라우디는 엉덩방아를 찧으며 넘어졌다.

"왜 이래? 또!"

"워커는 왜 갑자기 워커? 휠체어 타고 후딱 갔다 오면 되지. 새대가리! 네 꾀에 내가 속아 넘어가겠냐? 덜 되먹은 것. 휠체어 미는 게 뭐가 그리 힘들다고. 어서 휠체어나 가져와."

얼마 전까지 만해도 워커를 끌고 다녔는데 한 번 휠체어에 앉기 시작한 후로는 도무지 워커를 밀고 외출을 하려 하지 않는다.

'휠체어가 편하겠지. 밖에서 남들에게 흉한 모습도 안 보이려면 휠체어를 타는 게 낫겠지. 재활 운동은 집에서 하면 되지 온 동네 돌아다니며 할 필요는 또 뭐 있겠어.'

크라우디는 억울하고 속상한 마음에 커다란 알사탕이라도 박힌 것 같은 쓰린 가슴을 달래며 평소처럼 안토니를 휠체어에 태우고 집을 나섰다.

데이비드는 자주 안토니네 아파트 주변을 배회하며 시간을 보냈다. 요행을 바라며 쥐구멍을 지키고 앉은 허기진 고양이처럼 기회를 노렸다. 그러던 어느 화창한 날 드디어 안토니와 크라우디가 외출하는 걸 볼 수 있었다. 데이비드는 숨어서 크라우디가 안토니의 휠체어를 밀며 집을 나서서 블록 하나를 거의 지나갈 때까지 지켜보며 '어디를 갔다 오든 휠체어를 밀고 걸어갔다 오려면 시간이 좀 걸리겠군. 잘 됐어. 기회가 왔어. 기회가!'라고 생각하며 모자를 다시 눌러쓰고 주위를 살폈다. 도로 건너편에 누군가가 차를 세우고 건물로 들어가는 것 외에는 다른 오가는 사람들은 보이지 않았다. 데이비드는 크라우디와 안토니가 블록을 돌아서 더 이상 보이지 않자 조심스러운 걸음으로 안토니네 아파트로 걸어갔다. 아파트 주변을 살피며 두 노인네 아파트가 어느 것인지 가늠해본다. 옆에 있는 아파트 건물과의 사이의 좁은 길을 따라 네 번째 집. 길에서 제법 안쪽으로 들어가 있어 큰길로부터 시야에서 가려져 있고, 옆에 있는 아파트 옆면에는 조그만 욕실 창문들이 규칙적으로 나 있었다. 대부분의 욕실 창문들은 닫혀있었다. 아파트와 아파트 사이로 걸어 들어가서 두 노인네 아파트를 보니 운 좋게도 베란다엔 이불이 널려있었고 슬라이드도어는 조금 열려있었다.

'빙고!' 그리고는 잠깐, '도둑질까지 한다? 이러면 안 되는데…'라는 양심의 가책이 들었지만 이런 좋은 기회를 놓칠 수는 없었다. '딱 한 번 이러지 두 번이야 하겠어?'라고 스스로를 달래며 생각해왔던 대로 베란다를 타고 넘어갔다.

'흐흐흐, 아주 좋았어.'

젊은 청년이 점프해 베란다 난간에 매달렸다가 다리를 걸어 올라가기엔 그리 어렵지 않았다. 약간 열려있는 슬라이드도어를 살짝 밀어 열고 그 틈으로 날씬한 몸을 옆으로 돌려 쉽게 집 안으로 들어갈 수 있었다. 지난번에 봐둔 약이 가득한 식탁 위의 상자에서 약병들을 확인한다. 옥시코돈, 그리고 하이드로코돈 제제와 코데인이 함유된 기침약(phenergan with codein)을 서둘러 비닐봉지에 담아 들고 아파트 현관문을 열고 유유히 걸어 나왔다. 억세게 운 좋은 날이었다.

'이걸 보태면 멜리와 이사할 수 있을 거야. 빨리 이사를 할 수 있으면 정말 좋겠어. 멜리, 아! 멜리. 조금만 기다려. 잘 돼가고 있잖아. 빨리 멜리를 안고 싶어서 참을 수가 없어.'

데이비드는 멜리와 살림을 차릴 생각만 해도 가슴이 벅찼다. 다른 일은 모두 멜리와 이사를 하는 것보다는 중요하지 않았다.

'요즘 애들은 코데인이 함유된 기침약을 술에 섞어 칵테일을 즐긴다지? 히히히히 썩을 것들…, 이번엔 메뉴가 다양하군.'

안토니의 마약성 진통제로 한 번 재미를 본 데이비드는 죄책감 하나 없이 이제는 가정집에 침입해서 약을 훔쳐내는 강심장이 되었다. 일확천금은 아니어도 멜리와 이사하는 데 도움이 될 것이다. 도움이 된다면 이보다 더한 일이라도 해낼 자신도 생겼다.

* * *

안토니와 크라우디는 집에 돌아와 열쇠로 현관문을 열다 문이 잠겨 있지 않은 것을 알았다.

"어? 어? 이상하다. 문을 분명히 잠그고 나갔는데…, 분명히 잠갔는데…."라며 크라우디가 중얼거리자 안토니는 짜증을 냈다.

"염병할! 정신을 어디에 두고 사냐? 칠칠치 못한 년! 빨리 문이나 열어."

소리를 버럭 질렀다. 화장실이 급했다.

"기다려. 인정머리라곤 파리 눈곱만큼도 없지. 내가 돕지 않으면 하루도 못 살 주제에 성질은 개떡 같아가지고. 정떨어지게 굴면 정말 후회하게 만들 거야."

크라우디가 한바탕 받아쳤다. 집에 들어와서 아무런 이상한 낌새를 알아채지 못한 채 몇 시간이 지난 뒤 안토니가 진통제를 찾자 통증약이 보이지 않았다.

"뭘 갔다 줘? 옥시코돈? 아니면 하이드란 뭔가 하는 거?"

"옥시코돈 가져와."

안토니가 짜증을 있는 대로 실어 대꾸했다. 크라우디는 약을 찾는데, 아무리 찾아도 보이질 않는다.

"바닥에 떨어졌나? 방에 갔다 두었나? 아까 나가기 전에 분명히 약을 주고 병을 제자리에 놓았는데? 이상하네."

여기저기 찾아보아도 약이 보이지 않았다.

"그 약은 안 보이네. 다른 것을 갖다 줄까?"

"아무거나 가져와. 빨리 가져와. 쌍년! 통증이 왔잖아."

'쌍년이라고? 하, 정말 더러워서. 내가 쌍년이면 너는 미친 개새끼다!'

크라우디는 욕을 듣고 나니 또 가슴이 답답해지며 딱딱한 알사탕이라도 박힌 것 같은 가슴 통증이 시작되었다. 억울해도 조용히 넘어가며 가슴 통증이나 가라앉히는 게 나을 것 같은 생각에 굼뜨게 움직였다. 무디어진 마음이 우울해져 약을 찾는 것인지 우울을 견디고 있는 것인지, 아니면 우울한 기분을 즐기고 있는 것인지 알 수 없었다. 뭘 하는 건지도 잊어버리고 천천히 찾는 시늉만 내고 있었다. 평생을 들어온 욕인데도 가끔은 욕이 크라우디를 완전히 마비시키도록 서럽게 와 닿는 게 신기하기만 했다. 쌍년이라는 욕이 가슴에 전해지자 저항하지 못한 채 그동안 찌그러져 구겨졌던 마음에 반발심이 일더니 무엇인가가 마치 발랄한 꿀벌처럼 날아다니며 크라우디를 꾀고 있었다. 크라우디는 그 발랄한 꿀벌에 마음을 빼앗겨 멍하니 쫓아다니는 중이었다.

'쌍년이 아니고 '허니'였으면 얼마나 좋았을까? 그랬으면 저나 나나 살아온 인생이 180도 달라졌을 텐데…'

"뭐해? 빨리 가져와. 아무 진통제나 빨리 가져오라고. 이 굼벵이 같은 썩을 것아."

"입 좀 다물고 욕 좀 그만해."

반발심에 고함이 터져 나왔고 그 네거티브 한 에너지가 크라우디의 정신을 풀럭거리며 혈압을 머리끝까지 치고 오르게 했다. 크게 한숨을 내뱉으며 다시 약을 찾는데 도무지 찾는 약이 보이질 않았다. 하이드로코돈이 들어간 것도 옥시코돈이 들어간 것도 두 종류 모두 보이질 않았다.

'아니 이것들이 왜 없어? 아무리 봐도 없네. 방에도 없고. 도대체 어딜 갖다 두었나?'

아무리 찾아도 없자 슬그머니 다른 생각이 들기 시작했다.

'무슨 일이 있었던 거 아니야? 뭐야? 누군가 들어와서 약을 훔쳐 갔나? 그래도 설마하니 누가 약을 훔쳐 갔겠어? 아니겠지. 약이라 는 건 아픈 사람한테나 필요한 건데.'

다시 꼼꼼하게 구석구석을 살펴보았다. 여기저기를 아무리 뒤져 보아도 없었다. 정말 뭔 일이 있었던 모양이었다. 안토니가 다시 소 리를 질렀다.

"뭐하고 있는 거냐? 왜 이리도 굼떠? 빨리 약 가져오지 못해!"

"약이 없는데 어떻게 가져가? 만들어 가져가? 그럴 재간이라도 있으면 좋겠네. 아무리 봐도 없단 말이야. 아무래도 누가 와서 훔쳐 간 것 같아. 들어올 때 현관문이 잠겨있지 않았잖아."

"뭐야? 현관문을 안 잠그고 나갔으니 그렇지. 문은 도대체 왜 안 잠그고 다니냐? 세 살 먹은 어린애냐?"

"아니야. 분명히 잠그고 나갔단 말이야."

"약이 없으면 어쩌란 말이야? 당장 찾아와."

"없어진 약을 어디 가서 찾는데?"

약을 다시 사려면 3주는 기다려야 하는데 안토니는 몇 안 되는 머리카락이 곤두설 정도로 화가 났다.

"어느 개새끼가 훔쳐간 거야?"

안토니가 소릴 지른다. 크라우디는 제대로 움직이지도 못하는 병신 같은 남편이지만 안토니가 소릴 지르니 가슴이 뛰고 가슴에 박힌 커다란 알사탕이 요동을 치는 것처럼 쓰려 왔다.

"낸들 아나?"

"아파트 매니저한테 전화해."

"그래서, 뭐라고 하게?"

"도둑이 들었다고 해."

"우리 살림에 뭐 잃어버릴 게 있느냐고 묻겠네. 비아냥거리나 되라고?"

"이 쌍년아. 약이 없어졌잖아."

'아, 그렇지. 내가 필요한 약이 아니니, 내게 중요한 건 아니지만. 그렇겠지. 그에게는 황금보다 더 중요한 것이니까.' 크라우디는 아픈 가슴 때문에 손으로 식탁을 짚고 서서 멍한 머리로 생각했다.

"전화해서 뭐라 그러게?"

"아파트 보안에 문제가 있어서 도둑이 들었다고 해. 내 약 다 찾아내라고 해."

"그게 말이 되나?"

"보험이라도 있을 거 아냐? 보험이라도 써서 내 약 다 물어내고 해."

"그럴 수가 있으려나?"

"쌍년아! 빨리 전화해서 따지지 않고 뭐라는 거야?" 안토니는 자기가 도대체 말이 되는 소릴 하는 건지 말도 안 되는 소릴 하는 건지도 모른 채 크라우디에게 온갖 폭언을 뱉었다. 크라우디는 할 수 없이 아파트 매니저한테 전화를 걸었다.

"네. 여기 104호 크라우디인데요. 우리 집에 도둑이 들었어요."

"네에? 문단속을 잘하셔야지요. 쯔쯔쯔…, 어쩌다 도둑이…, 문마다 창마다 다 잠금장치가 있는데 본인의 안전뿐 아니라 이웃의 안전을 위해서도 문단속을 잘하셨어야지요. 한 번 이런 일이 일어나면 다른 이웃들도 불안해지잖아요."

"문은 분명히 잠그고 외출했는데, 돌아와 보니 문이 안 잠긴 상태였어요."

"아니, 어떻게 잠그고 나간 문이 돌아와 보니 열려있었다는 겁니까? 그래, 무엇을 도난당했나요?"

"약들이요. 약들이 없어졌어요."

"약이요? 무슨 약이죠?"

"진통제들이요. 진통제 두 가지가 없어졌어요. 다시 사려면 3주는 기다려야 하는데. 안토니가 진통제 없이는 아주 힘들어하거든요. 빨리 주지도 않는 약들인데…."

"다른 것은 없어진 게 없나요?"

"아직은 모르겠어요."

"크라우디, 각 유닛의 보안은 각자의 책임이에요. 안전장치가 다

되어있는데 도둑이 들어왔다면 문단속을 제대로 못 한 거주자의 책임이라고요. 이런 일이 생겨 정말 유감이네요. 약은 의사나 약사와 상의해서 다시 타시고요. 이런 게 알려지면 다른 가정에서도 불안해하니 다른 댁에는 말씀 안 하시는 게 좋을 것 같네요. 문을 잠그고 나갔는데 어떻게 들어왔겠어요?"

"베란다 문이 열려 있었던 거 같아요. 오늘 날이 좋아서 이불들을 베란다에 펼쳐 말렸거든요."

"아, 그러면 그렇지. 특히 일 층에 사시면서 베란다 문을 열어 놓고 외출을 하시다니…, 일 층은 베란다가 열려있는 게 보이면 그냥 지나가던 사람도 호기심에 들어가 보고 싶은 거에요."

"혹시 이런 경우를 대비해서 들어 둔 보험 같은 건 없나요?"

"뭐라고요? 보험이요? 아니 입주자 잘못으로 도둑이 들었는데 무슨 보험 얘기를 하는 겁니까? 입주하실 때 계약서를 자세히 읽어보시지 않았거나 너무 오래전이어서 잊으신 모양인데, 계약서에 그런 조항들이 명시되어 있어요. 입주자 잘못으로 분실사고가 있으면 입주자 본인의 책임이라고요. 너무 안전에 대한 인식이 부족해서 다른 입주자들에게 피해가 갈 수 있으면 그것도 퇴거사유가 될 수 있다는 것도요. 일 년에 한 번씩은 법적으로 다 문과 창문의 잠금장치를 점검해드리고, 수시로 고장신고가 들어오면 곧바로 고쳐 드리잖아요. 괜히 그러는 게 아니에요. 다 안전 때문에 그러는 것이거든요. 입주자들의 안전이 제일 중요한 것이니까요."

크라우디는 괜한 보험 얘기를 꺼내서 듣지 않아도 좋을 퇴거 얘기까지 듣자 갑자기 기분이 확 가라앉으며 쫓겨 가는 며느리처럼 기가 죽고 맥이 풀려 전화기를 들고 있기도 힘들어졌다. 정말 퇴거라도 당하면 어쩌나 하는 걱정에 두피에서 맥이 뜨끔거리며 가슴이 심하게 뛰었다.

카운티에서 보조해 주는 이 아파트는 크라우디에게는 절대 없어서도, 포기할 수도 없는 것이어서 주거지 보조에 대해서 크라우디는 아주 예민했다.

"혹시 해서 물어본 거에요. 안토니가 약 없이는 아주 힘들어하고 또 약들이 쉽게 아무 때나 살 수 있는 것들이 아니어서요."

"혹시 마약 종류인가요?"

'오 마이 갓. 내가 실수했나 봐. 약 얘기를 괜히 꺼낸 거 아냐? 아무 도움도 안 되고 오히려 일만 키운 거 아냐?' 싶은 게 매니저한테 전화한 것 자체가 후회스러운 생각이 들며 대답하기가 편치 않았다. 마약이라고 대답하면 매니저가 방방 뜨며 일을 더 크게 부풀릴까 봐 걱정이 되기 시작했다.

"그런 건 잘 모르겠어요."

"약 이름이 뭔데요?"

"난 몰라요. 약 이름도 하도 길고 엉뚱해서요. 내가 먹는 약도 아니지. 약 이름까지는 기억을 못 하죠."

"오늘은 늦었고 내일 보안회사에 연락해서 보안카메라를 확인해 달라고 부탁할게요. 몇 시부터 몇 시 사이에 외출하셨나요?"

크라우디는 시간을 알려 주고 전화를 끊었다.

"젠장, 아무 도움이 안 되는군. 자기 책임만 회피하려고 발악을 하고 있잖아. 왜 쓸데없이 전화는 하라 해서 일을 더 어렵게 만들어. 전화를 하고 싶으면 직접 할 것이지. 왜 날 이렇게 괴롭히느냐고?"

"그러기에 왜 베란다 문을 열어 놓고 나갔느냐고? 이 썩을 것아. 다 네년이 잘못 한 거잖아."

"그거 말고 다른 진통제도 있잖아. 술을 퍼마시고 뻗어 자던지."

"밤에는 그 약이 필요하단 말이야. 썩을 년아. 콜록콜록. 기침약이나 가져와. 어서."

저녁이 되니 항상 그랬듯이 안토니의 기침이 시작되었다. 크라우디는 기침약을 찾는데 보이질 않는다.

"어라! 기침약도 없잖아. 기침약도 가져갔나 보네."

"뭐? 뭐야? 기침약도 없단 말이야? 아이고, 이를 어째? 어느 놈이야? 먹으면 졸린 약들만 깡그리 가져갔네. 어느 불면증 지독한 놈이야? 제기랄. 다 너 싸가지 때문이야."

'정말 재수야.'라고 생각하며 크라우디는 입을 다물었다. 말을 해봐야 좋은 말이 나올 리도 없고 서로 썩어 뭉그러질 때까지 반목과 증오로 이어지는 이 생활이 빨리 끝나기만 바랄 뿐이다.

'죽지도 않나? 빨리 좀 죽어버리면 얼마나 좋을까? 질기기도 한 저 목숨. 확 죽여 버리는 수는 없을까?'

그날 밤에도 안토니는 거머리처럼 따라붙는 통증을 떼어내질 못하고 온 밤을 헤매었다. 머리카락이 완전히 세어 버리고 주름이 갈

라진 논바닥같이 패인 늙고 초췌한 모습으로 다음 날 아침 다시 닥터한테 가서 상황을 설명하고 처방을 다시 달라니, 닥터가 어쩌다 또 약을 도난당했는지 믿을 수가 없다며 "안토니, 이런 약은요 마약성 진통제이기 때문에 자꾸 처방을 드릴 수가 없어요. 다 DEA 관리 대상 약이거든요." 하며 망설였다.

"그러면 저는 어떻게 합니까? 아픈 걸 어찌합니까? 확 그냥 죽어버렸으면 좋겠소. 의사 선생, 내 꼭 필요할 때만 먹게 조금이라도 해 줘요. 밤에는 너무 아파 잠을 잘 수가 없어요."

의사는 환자의 통증을 안다. MRI 결과가 통증이 심하다는 걸 보여주니까. 할 수 없이 소량의 옥시코돈 제제를 처방해 주며 "경찰에 신고를 하시고 사본을 보내 주세요. 저도 다시 처방을 해 드리는 이유를 근거로 가지고 있어야 하니까요. 약국에 가서도 약을 살 수 있을지는 모르겠네요. 요즘은 전문인들이 어느 환자가 어느 닥터에게서 무슨 약을 몇 개 처방을 받았는지, 어느 약국에서 약을 사갔는지 모든 자료를 다 공유하거든요. 컴퓨터 한 번 쳐보면 다 떠요."라고 말했다.

처방전을 받아들고 약국으로 갔다. 처방과 아이디를 같이 내놓자 약국 테크니션이 약사한테 갖다 주고 기다리란다. 잠시 후 약사가 와서 "too soon 이예요. 일주일 전에 30일 치를 가져가셨군요. 삼 주 후에 오세요."라고 했다.

"약을 도둑맞았다오. 집에 도둑이 들어서 진통제 종류와 기침약까지 다 가져갔어. 그래서 의사 선생님이 다시 처방을 해주신 거에요. 약이 꼭 필요해요. 밤에는 약 없이 잘 수도 없어요."

"이 약은 빨리 못 드려요. 꼭 날짜를 계산해서 드려야 해요." 하며 돌아서 갔다.

"어쩌지?"

"뭘 어쩌긴 어째. 빨리 밀어. 길 건너 약국으로 가."

크라우디는 휠체어를 빌고 다음 약국으로 갔다. 다음 약국에서도 약사가 컴퓨터로 확인을 해보더니 또 똑같은 소릴 했다.

"다른 약국에서 일주일 전에 같은 약을 한 달분 가져가셨군요. too soon입니다."

안토니와 크라우디는 통 사정을 했다. "약을 도둑맞아서 그래요. 약 없이는 잘 수가 없어."라며 아무리 통 사정을 해도 약사는 약을 주지 않았다.

"이런 마약성 진통제는 빨리는 절대 드릴 수 없어요. 제가 조사를 받아요. 제 약사면허도 취소될 수도 있다고요."

안토니와 크라우디는 오후 늦게까지 다섯 곳의 약국을 돌아다녔지만 약을 구할 수 없었다. 안토니는 약 없이는 견딜 수 없는 자신의 몸뚱이가 저주스러워 쇳덩이 같은 울분을 삼키며 삶의 끝자락을 놓아버리고 싶은 심정이었다. 크라우디는 장시간 휠체어를 밀고 다니느라 너무 힘들어서 지옥을 다녀온 것처럼 피곤해 쓰러질 지경이었다.

다른 방법이 없었다. 폴리스리포트를 하고 그것을 가져가서 약을 사는 수밖에. 둘은 집으로 돌아왔다.

아파트 매니저의 메시지가 남아있어 크라우디가 전화를 했다. 보안카메라에 모자를 눌러 쓴 남자가 베란다 난간을 넘어 들어가는 장면과 잠시 후 그가 비닐봉지를 들고 아파트 문을 나와 복도를 걸어 나가는 것이 찍혔단다. 모자를 눌러쓰고 고개를 숙이고 있어서 얼굴은 보이지 않지만, 장면들을 보려면 보안회사로 찾아가 보라 했다.

"얼굴도 보이지 않는다는데 가서 봐야 뭘 하겠어?"

크라우디는 지칠 대로 지쳐서 다시 외출을 할 수 없었다.

"그래도 몸매라도 봐야 하지 않겠어? 젊은 놈인지 늙은 놈인지."

"그 정도 식별이 되면 보안회사에서 말했겠지. 안 했을까 봐?"

"약만 없어진 걸 보니 그걸 노리고 들어 온 거 아니야? 특히 그 두 약은 빨리 주지도 않는 약들이잖아."

"다른 건 가져갈 게 영 없었나 보지. 하기야 이 집에서 뭐 가져갈 것이 있겠어? 다 쓰레기 수준인데. 아마 보태주고 싶었을 거야."

"시끄러워! 약들이 없어졌잖아. 왜 약들만 없어졌겠어? 그것도 진통제들만. 아니지 기침약까지. 모두 마약 성분이라는 것들만 없어졌잖아? 어라? 이건 또 뭐야? 정말로 약들을 노리고 온 것 같은데?"

"뭐야? 아니 그럼 또 오는 거 아니야? 약을 훔치러 또 오는 거 아니냐고. 가만, 지난달에는 약을 잃어버리고 이번에는 약을 도둑맞고. 다음 달에 또 약을 훔치러 오는 거 아냐? 이상하잖아. 두 번 계속해서, 지금까지 평생 살면서 한 번도 일어나지 않았던 일들이 두 번 계속 일어났다고."

"그러게 왜 문단속을 제대로 못 해? 네가 베란다 문만 잠그고 나갔으면 못 들어 왔을 거 아냐?"

"정말 알다가도 모를 일이네. 우리가 약을 사오는 걸 누가 알아? 어떻게 알겠어?"

"아무래도 폴리스리포트는 해야겠다. 일단은 약이 필요하고. 지난번에도 약을 잃어버렸을 때 약사가 그랬잖아. 폴리스리포트가 있으면 모를까 약을 빨리 줄 수 없다고."

"그러게."

"이번엔 폴리스리포트를 해야 하나? 아유 정말 귀찮아 죽겠네."

안토니는 경찰서에 전화를 했다.

"폴리스리포트를 해야겠는데 갈 수가 없다오. 나는 장애인이고 휠체어를 타고 다녀야 하거든요. 집에 도둑이 들었는데 약들을 훔쳐 갔어요. 진통제 없이는 살 수가 없는데 약국에서 too soon이라며 약을 주질 않아요. 혹시 경찰을 보내줄 수는 없나?"

"무슨 약들을 잃어버리셨나요?"

"응, 하이드로코돈하고 옥시코돈이 들어간 진통제들하고 코데인이 들어간 기침약을 가져갔어요."

경찰은 필요한 정보를 모두 받은 후 담당 경찰을 보내 드리겠단다. 안토니의 전화 요청은 서류로 말끔하게 정리되어 마약단속반의 캐니 경관에게 넘겨졌다.

15

캐니 경관은 삼 년 차 이곳 마약단속반에서 일하고 있었다. 성실하고 꼼꼼한 그는 언제라도 작은 단서 하나가 큰 사건을 푸는 열쇠가 될 수 있다는 신념으로 아주 사소한 사건일지라도 샅샅이 뒤져보고 파일로 보관했다. 조금이라도 의심이 가면 꼼꼼하게 메모하고 확인했다. 그런 그의 성격은 인물들과 사건들을 정리·분석하고 범죄의 공통점과 범죄자들을 퍼즐 맞추기처럼 연관 짓는데 탁월한 능력을 발휘했다. 거기에 뛰어난 추리력과 추진력까지 더해져, 복잡하고 어려운 마약범죄를 다루는데 십수 년씩 몸 받쳐온 베테랑 선배들을 앞서는 입지의 신예였다. 그는 마약단속반에 온 지 얼마 되지 않아 길거리 마약 판매책 조무래기들을 따라다니다 윗선을 확인해가며 우두머리를 색출했다. 그리고 그들 주변에 감시망을 쳐놓고 인내심을 갖고 기다리다가 마침내 길거리 마약을 공급하는 갱단까지 일망타진하는 성과를 거두기도 했다. 그 일로 한 계급 승진을 하며 더 넓은 지역을 담당하게 되었다.

그렇게 능력을 발휘하다 보니 예상치 못했던 부작용이 따라오기도 했다. 그 부작용이라는 것은 암암리에 형성된 선배들의 질투로 경찰로서의 자질과 경험이 한참 부족한 신참 미키와 파트너로 일을 하게 된 것이었다. 주관도, 추리력도, 추진력도 없는 미키는 레스토랑에서 웨이터나 하면 딱 어울릴 것 같았다. 손님들의 비위를 최고로 잘 맞춰 세계에서 팁을 제일 많이 받는 웨이터로 기네스북에 오를 정도로 성공할 수 있을 것 같았다. 미키가 도대체 왜 경찰이 되었는지, 어떻게 경찰로 뽑혔는지 캐니 경관은 도무지 알 수 없었고 이해할 수도 없었다. 그러나 이미 미키가 파트너로 결정이 된 이상, 상사의 명령에 따라야 했고, 본인의 리더십과 카리스마로 미키를 본인에게 오로지 충성하고, 작전에 사력을 다하는 파트너로 만들 것이라 다짐했다.

요즈음 캐니 경관이 계획하는 일은 다른 여러 지역에서 가짜 처방전으로 약을 사들여, 마약 수요가 엄청나게 불어나고 있는 이곳 놀스 코링턴에 뿌려대려고 몰려드는 여러 다른 지역의 갱단조직들을 일망타진하는 것이었다. 그러기 위해 갱단들의 정보망을 구축해놓고 밀착 감시를 하고 있었다.

한편 갱단들은 자기네들끼리 지역을 할당해서 자기 지역을 철저히 지키며 그 지역에서만 마약을 팔고 다른 갱단 지역에는 약을 뿌리지 않았다. 하지만 이곳 놀스 코링턴은 어떤 하나의 갱단이 도저히 감당할 수 없을 정도로 수요가 많아 프리마켓이 되어버렸다. 따

라서 이 지역은 주변의 갱단들이 가격 경쟁까지 벌이며 마약 거래
가 활발히 이루어지는 곳이었고 여러 갱단들이 함께 설치니 사고
도 자주 일어나는 편이었다. 폭력 사건이라도 일어나서 경찰이 개입
하게 되면 이 황금마켓뿐 아니라 각 갱단들의 독점지역까지 치명적
인 피해를 입을 수 있기 때문에 갱단들은 그들 나름대로 최대한의
사고 방지책을 만들어 서로 협조적으로 놀스 코링턴의 황금시장을
지켜나갔다. 이를 위해 갱단들은 이 놀스 코링턴에서 사고를 치면
조직 자체에서 해당 당원의 손가락 하나를 잘라내는 계율까지 만
들어가며 황금마켓을 사수하고 있었다.

캐니 경관은 페트스토아에서 들어온 리포트를 보고 있었다.

"안토니 헬코너. 웰비잉 약국이라."

캐니 경관은 약국으로 전화를 했다.

"약국매니저나 약사와 통화하고 싶은데요."

"제가 약국매니저인데요. 어떻게 도와드릴까요?"

"네, 저는 마약단속반의 캐니 슐러폰 경관입니다. 환자의 복용
약과 그 이외의 약과 관련된 정보를 확인하려는데 협조를 부탁합
니다."

"무슨 정보가 필요하신지는 모르겠지만, 환자의 개인적인 정보는
알려드릴 수가 없는데요."

"저는 마약단속반소속 형사입니다."

"요즘은 법이 하도 까다로워서요. 환자의 정보가 꼭 필요하시면

마약단속반 소속이라는 증명이 될 만한 신분증을 지참하고 오세요. 그렇다면 최대한으로 협조해 드리겠습니다."

"고맙습니다. 곧 가겠습니다."

캐니 경관은 약국으로 가서 약국 매니저에게 페트스토아에서 신고가 들어온 약병 사진을 보여주었다.

"이 약국에서 나간 약이 맞지요?"

약국 매니저는 사진을 보고, 컴퓨터로 확인을 한 후 "네. 맞는데요. 이 환자는 저희 약국에서 정기적으로 약을 사 가시는 분인데요. 뭐가 잘못됐나요?"라며 확인을 해주었다.

"아니, 뭐가 잘못된 건 아니고요. 이 약병이 어느 페트스토아의 직원들 개인 물품 보관함에서 발견됐다는 신고가 들어와서요."

"아. 그랬군요. 며칠 전 이 환자분이 오셔서 약을 잃어버렸다고 다시 처방전을 가져오기는 했어요. 물론 약을 다시 드릴 수는 없었지만요. 정 필요하시면 경찰서에 가서 분실신고를 하시라고 말씀드렸죠. 폴리스리포트라도 있으면 저희도 예외의 경우로 분류해서 약을 조금 빨리 드릴 수가 있거든요."

"그랬군요. 이 환자가 어떤 마약성 의약품을 복용하는지 알려주시겠습니까?"

"네. 약 이름만 알려드릴게요. 그러면 되겠습니까?"

"약의 함량과 처방 양도 알려주시면 훨씬 도움이 되겠는데요. 협조해주시면 감사하겠습니다. 마약성 진통제 도난사건이 연관되어 있어서요. 몇 밀리그램 짜리를 몇 알 잃어버렸는지, 또 몇 알을 훔쳐서 풀었는지 그것도 중요하거든요."

캐니는 약국 매니저로부터 얻을 수 있는 정보를 충분히 수집했다.

캐니 경관은 약국을 통해 안토니가 약을 분실했거나 도난당했다는 사실을 확인할 수 있었다. 그렇다면 데이비드가 안토니의 약을 훔쳤다는 것이었다. 페트스토아에서 들어온 리포트의 내용과는 전혀 다른 사실이었다.

캐니 경관은 파트너 미키를 보내 데이비드의 행적을 쫓게 하였고, 하루하루 새로운 정보들을 모아갔다. 데이비드는 마약이나 갱단에 연유된 기록이 전혀 없었다. 따라서 데이비드와 멜리의 관계를 알게 되자 마약 거래에 손을 대기 시작한 이유까지 추리해 가고 있었다.

그러던 중 얼마 지나지 않아 안토니의 폴리스리포트 요청이 들어온 것이다.

"음. 안토니 헬코너. 84세. 약을 또 도난당했다? 놀코와 펄코셋 제네릭, 그리고 코데인이 함유된 기침약. 헉, 아주 제대로 된 메뉴군. 일이 재미있게 돌아가는군. 같은 놈이 하고 있는 짓이 틀림없어. 이제는 아주 주거지에 침입해 도둑질까지 하는군."

캐니 경관은 혼자 중얼거리다 미키 경관에게 지시했다.

"미키, 마약성 의약품 도난 사건 신고야. 피해자가 페트스토아 개인 물품 보관함에서 발견되어 신고가 들어온 약병의 환자와 같은 인물인 안토니 헬코너야. 데이비드, 그놈 짓 같아. 보안카메라에 찍힌 것도 있다니 난 비디오를 확보하고 피해자를 만나고 올 테니 자네는 데이비드를 며칠 바짝 쫓아 다녀봐. 시급히 약을 처분하려 할 거야. 누구를 만나는지 누구에게 약을 처분하는지 확인하라고. 빨리 서둘러. 이미 처분했으면 또 시간을 끌어야 하니까."

캐니 경관은 오피스를 나섰다. 미키 경관도 서둘러 나섰다.

캐니 경관은 먼저 보안 회사에 들러 카메라에 찍힌 상황을 보았다. 모자를 눌러 쓰고 있어 얼굴은 보이지 않지만 베란다 난간을 가볍게 뛰어넘는 걸로 보아 운동신경이 있는 젊은 남성. 키는 6피트 정도의 호리호리한 몸매의 남성이 약간 열려있는 베란다 슬라이드도어를 통해 쉽게 들어간다. 아파트 복도에 설치된 보안카메라에서는 같은 인물이 아파트 문을 열고 나와 비닐봉지를 들고 쭉 빠진 몸매와 어울리지 않는 팔자걸음으로 입구 쪽으로 걸어간다.

'음, 팔자걸음이 아주 죽이는군. 기억해 둘 만하겠어.' 그는 미키 경관에게 전화를 걸어 "헤이 미키, 데이비드가 팔자걸음을 걷지?"라고 물었다.

"네. 걸음걸이가 좀 특이하죠."

"빙고! 그놈이 맞아. 비디오를 보니 유별난 팔자걸음을 걷더라고. 확실해. 누구한테 약을 전달하는지 확실히 지켜보고 가능하면 카메라에 담아두라고."

캐니는 보안카메라에 찍힌 영상의 복사본을 받아들고 안토니네로 찾아가 벨을 눌렀다.

"누구세요?"

"경찰입니다."

크라우디가 문을 열었다.

캐니는 경찰 신분증을 보이며 도난 신고를 받고 왔다고 말했다.

"들어오세요."

"안토니 헬코너 씨?"

크라우디가 휠체어에 앉아있는 안토니를 고갯짓으로 가리켰다. 경찰이라면 무조건 거부감을 갖고 있는 안토니가 안색이 퍼렇게 질려 눈을 피한 채 억지 기침을 섞어 대답했다.

"콜록, 네."

"신분증을 보여 주시죠. 제가 하는 일이 워낙 확실히 해야 하는 일이 돼서요."

크라우디가 안토니의 지갑에서 아이디를 꺼내 보여주었다. 캐니 경관은 리포트에 안토니의 인적 사항을 꼼꼼히 적고 아이디를 돌려주었다.

"네, 됐습니다. 어떻게 된 것인지 사건의 경위를 말씀해 주시지요."

"그제 낮에 잠깐 볼일을 보러 외출하고 돌아와서 약을 도난당한 걸 알았어요. 어제 의사 처방은 다시 받았지만, 마약성 진통제라서 약국에서 약을 다시 살 수가 없었어요. 폴리스리포트를 해 가야 약을 살 수 있을 것 같아요. 얼마 전에도 길에서 약을 잃어버렸는지 누가 집어갔는지 약이 없어져서 아주 고생을 했거든요. 두 번이나 약을 잃어버렸으니 폴리스리포트가 없으면 약국에서 약을 못 준대요. 폴리스리포트를 가져오면 모를까…, 뭐 그러더라고요. 난 척추 협착증과 관절염 때문에 진통제가 꼭 필요하다오."

안토니는 자세히 설명했다.

"두 분만 사시나요? 자제분은 없으신가요?"

"없어요."

안토니가 대답한다.

"아니, 없긴 왜 없어. 아직도 해리를 지 자식으로 인정하지 않는 거야?"

"그 새끼가 내 새끼라는 증거가 어디 있어?"

"그럼 내가 아~베마리아네. 아니면 무화과라도 되는가 보네. 아이고, 있을 때도 허구한 날 넌 누구 새끼냐며 애 가슴에 대못을 박더니…, 언젠간 그 죗값을 톡톡히 치를 거야."

"그럼 그 아들은 어디에 있나요? 가끔 들리나요? 이 근처에 사나요? 부모님의 건강 상태라든지 무슨 약을 드시고 있는지 정도는 알고 있나요?"

"아니요. 젊어서 집을 떠난 후로는 한 번도 다시 보지 못했다오. 아주 오래전에 뉴욕에서 택시기사를 하며 산다는 얘기를 풍문으로 들었을 뿐이지요. 집을 떠난 지 삼십 년도 더 지났지요. 이 근처 어디에 있다면, 그래서 가끔 얼굴이라도 볼 수 있다면 오죽 좋겠소. 아직도 그 애 생각만 하면 억장이 무너지는데…. 아니 그런데 지금 내 아들을 의심하는 거요?"

"직업상 사건을 조사할 때는 가장 가까운 환경과 인물에서부터 시작하지요. 꼭 아드님을 의심해서가 아닙니다.”

캐니 경관은 두 노인네 사이에 씻을 수 없는 앙금이 있음을 느꼈다.

“친척이나 가까운 친지, 왕래가 잦은 지인은 있나요?”

“아니, 친척이고 친지고 아무도 없어. 아무도 왕래 안 해. 놀러 오는 사람도 없고 놀러 가는 데도 없어. 전혀 없어요.”

“그럼 특별히 의심이 가는 사람은 있나요?”

“없어요.”

안토니가 퉁명스럽게 대답한다.

“혹시 ‘데이비드 해라’라는 사람을 알고 있나요?”

“데이비드 해라? 몰라. 그런 사람 모르겠어요.”

캐니 경관은 컴퓨터를 켜 보안회사에서 받은 비디오를 보여 준다.

“누군지 아시겠습니까?”

“모르겠어.”

“부인께서도 모르시겠습니까?”

“모르겠어요.”

캐니 경관은 다시 플레이를 해 보여 주며 “이걸 보세요. 이 사람의 걸음걸이. 팔자걸음이 일품이죠? 혹시 이런 걸음걸이로 걷는 젊은 남성, 기억나시나요?”

“모르겠소.”

“전혀 모르시겠습니까?”

“전혀 모르겠어요.”

"약들만 가져간 걸 보니 약을 노리고 들어온 거 같은데. 부인께서도 전혀 이런 사람 기억이 없으신가요?"

"없어요. 누군지 전혀 모르겠어요."

"약을 잃어버린 건 이번이 처음이 아니라 하셨죠?"

"아니지요, 얼마 전에도 약을 사서 들어오다가 집 앞에서 약 봉투가 찢어지는 바람에 약병들이 죄다 땅바닥으로 흩어져 굴렀던 적이 있었지요. 그때 길을 가던 젊은 청년이 약들을 주워주고 우리를 도와주었지요. 그 청년 아니었으면 아주 낭패를 볼 뻔했어요. 참 고마운 청년이었어요. 그러고 나서 보니 마약성 진통제가 없어진 적이 있었지요."

'그랬구나. 데이비드였을 거야. 그렇게 마약 거래에 손을 대기 시작했을 거야.'라는 확신이 캐니 경관에게 섰다.

"잡수시는 약들은 언제부터 드시기 시작했나요?"

"오래되었지요. 의사는 약 말고는 다른 방법이 없다더군요. 나이가 있어 수술은 권하지 않는대요. 상태는 점점 나빠지고 약은 자꾸 늘려야 하고. 약 없이는 살 수가 없어요."

"부인께서는 드시는 약이 있나요?"

"네, 빈혈약하고 모트린 진통제 정도요."

"남편의 진통제를 잡숫는 경우는 없으셨나요?"

"딱 한 번. 몇 년 전 안토니가 돌아서는 나를 지팡이로 냅다 때려서 뒤쪽 어깨를 얻어맞…"

"이 쌍년! 그게 언제 쩍 얘긴데 여기서 왜 나와? 네가 경찰 앞에서 그 얘길 해도 이미 공소 시효도 다 지난 거야. 이 등신아!"

안토니가 휠체어에 앉은 채 발을 동동 구르며 위로 솟구치기라도 할 듯이 냅다 소리를 지르는 바람에 크라우디는 말을 끝내지 못했고 캐니 경관은 두 노인네들의 현실을 파악할 수 있었다.

'이렇게 사는 부부도 있군.'

"그때 딱 한 번 남편의 약을 드셨군요? 두 번은 아니고요?"

"네."

"도둑이 든 날 베란다 문이 잠겨있지 않았는데 왜 잠그지 않고 외출을 하셨나요?"

"날이 좋아 이불을 말리다가 그렇게 된 거에요. 단순한 실수지요. 그날도 안토니가 자기를 도와주려는 나를 밀쳐 난 엉덩방아를 찧고 넘어졌지요. 그러고 나니 기분이 너무 상해서…, 문 잠그는 걸 깜박했나 봐요."

"쯔쯔쯔 그러게, 난데없이 웬 워커를 들이대? 네가 게으름을 피우다 그렇게 된 거 아냐. 그렇게 칠칠치 못해서. 베란다 문만 잘 잠갔어도 이런 일은 없었을 거 아냐? 아이고. 내가 제 명에 못 살아. 너 때문에 이 썩을 년, 등신아!"

캐니 경관은 안토니를 무심히 바라본다. 평생 뒷바라지를 해주었을 것이고, 지금은 휠체어에 의지하는 자기 몸을 밀어주고 돌봐주는 아내를 대하는 안토니의 태도를 보고 썩어 뭉그러져야 할 늙은이라고 생각하며 경멸했다.

"됐습니다. 두 분 다 진정하시고. 혹시라도 도둑이 다시 올 수도 있으니 지금부터라도 문단속 철저히 하시고요. 오늘 말씀하신 것들이 모두 사실이라는 것을 증명한다는 난에 사인하세요. 폴리스 리포트 사본을 드릴 테니 약국에 가져가서 보여주세요. 약을 탈 수 있을지는 모르겠습니다만 약사한테 잘 설명하세요. 제 연락처가 여기 있으니 무슨 일이 있으면 꼭 전화를 주시기 바랍니다."

16

이제 잠시도 떨어져 지내지 못하는 데이비드와 멜리는 데이비드가 제프에게 두 번째 약을 전달하는 날도 함께 있었다. 멜리는 그날도 차 안에서 데이비드와 제프가 만나는 것을 보고 조금 이상한 생각이 들었다.

'서로 친구는 아닌데….'

지난번처럼 서로 무엇인가를 주고받는다. 데이비드가 돌아왔다.

"뭐 했어?"

멜리가 물었다.

"아니, 뭘 좀 전달할 게 있어서…."

"뭔데?"

"아이고, 예쁜 아가씨는 모르셔도 됩니다."

데이비드가 얼버무렸다.

"그 집, 칠백 달러짜리. 차고를 개조해서 만든 방, 그거 아직도 있나?"

"모르겠네. 사만타에게 물어봐야겠는걸. 그런데 그 방은 냉난방 시설이 전혀 없잖아. 겨울에 춥고 여름에 더워서 살기 힘들 거야."

"차고를 개조해서 허가 없이 대충 지어 놓은 방들이 대부분 그래. 추우면 내가 꼭 안아주면 되지."

그 말에 멜리는 배시시 웃으며 얼굴을 붉혔다. 아직 끝까지 가보지 못한 사랑놀이의 생각이 겹쳐져 오금부터 저려왔다.

"본채에 붙은 방으로 입구가 따로 난 그런 방이 있으면 좋겠어. 그지? 그러면 들어오고 나갈 때도 주인이랑 서로 마주치지 않고. 그리고 본채의 일부니까 냉난방 시설도 있을 거고."

"그거 좋은 생각이네. 사만타한테 그런 거 알아봐 달라 해봐."

둘은 이제 곧 함께 살림을 차릴 생각에 풍선처럼 부푼 마음이 터질 것처럼 삐득거리며 서로 볼을 맞춘 채 하늘로 마구마구 날아가는 것만 같았다.

멜리는 사만타의 전화를 받았다.

"헤이 멜리, 괜찮은 게 하나 나왔어. 차고를 개조해서 만든 방인데 부엌도 큼직하고 욕실, 화장실이 딸려있는데 꽤 커. 800달러래."

"좀 세긴 세다."

"보고 싶으면 오늘 아침에 보여줄 수 있어."

오늘은 데이비드와 함께 집을 보러 갈 순 없지만 멜리는 혼자서라도 방을 보기로 했다. 자꾸 봐 두어야 비교를 할 수 있을 것이고 맘에 들면 데이비드와 함께 다시 가서 보면 될 테니까.

"멜리, 어떠니?"

주인이 사는 안채와 입구가 가깝게 마주 보고 있는 게 맘에 들지는 않지만, 들어서면서 오른쪽으로 꽤 큰 부엌이 있어 식탁을 놓을 자리는 충분해 보였다. 안으로 들어서면 방으로 들어가기 전에 약간의 공간이 있어 소파를 들여 놓으면 거실로 쓸 수도 있을 것 같았다. 방과 욕실도 제법 컸다. 그러나 냉난방시설이 되어있지 않아 아침 10시인데 벌써 더우니 한낮에는 엄청나게 더울 것 같았다. 이동식 에어컨이 방안에 놓여있었다. 이동식 에어컨을 온종일 쓰면 전기료도 많이 나올 것이고, 그러면 또 주인이 한소리 할 것 같았다.

"전기료는 누가 내는 거지?"

"따로 미터가 없는 걸로 봐서는 주인이 내지 않을까? 알아봐 줄게."

"낮에는 매우 덥겠다. 지금도 더운데."

"아무래도 차고를 개조한 거라 완벽하지는 않겠지."

"공간이 꽤 넓어서 그건 맘에 들어. 한 번 생각해 볼게. 보여줘서 고마워. 차고 개조한 거 말고 본채의 일부인데 입구가 따로 나 있는 거나, 별채로 지어진 그런 거 있으면 좋겠는데. 좀 알아봐 줘."

"그래. 알았어."

"너는 잘 지내고 있지? 일은 재미있어?"

"어. 그럭저럭. 주중에는 일하고 주말에는 부동산 중개인시험을 준비하고 있어. 이것도 잘하면 괜찮더라고. 우리 사무실 부사장님은 완전 프로야. 돈 잘 벌더라고."

"Good luck. 그런데 너 제프라는 애. 기억나니? 고등학교 다닐 때 제프, 걔 라스트네임이 뭐였더라? 스멜필드였나?"

"어머 걔? 제프 스몰필드. 얘는 스멜필드가 뭐냐? 하하하. 너무 웃긴다. 스멜필드? 뭐 냄새나는 들판? 너무 웃기네. 하하하하."

한참을 웃다가 "왜? 너 걔에 대해서 왜 물어보는데?"라고 사만타가 물었다.

"아니, 그냥. 운전하고 가다가 길거리에 있는 걸 우연히 보았거든."

"모르지. 난 걔 잘 몰라. 근데 왜 걔에 대해서 궁금한데?"

"아니, 그냥. 길거리에서 자주 보이는 거 같아서. 어떻게 지내는지 궁금해서."

"걔, 이상한 거 한다더라."

"이상한 거? 무슨 이상한 거?"

"아이 얘는, 내 입으로는 말 못해."

"그게 무슨 소리야. 뭘 하는데?"

"나도 내 두 눈으로 직접 본 게 아니라서. 하기야 내가 그런 걸 사러 거리를 다녀본 적도 없지만."

"점점 이상한 소릴 하네. 그게 무슨 말이야?"

"아니, 나도 우연히 어디서 들었는데. 걔, 뭐 팔고 다닌다더라."

"뭐? 뭘 팔아."

"뭐, 그런 거. 스트릿 드럭. 뭐 그런 거겠지."

"그래?"

멜리는 데이비드가 왜 제프를 만났는지 이제야 알 것 같았다. 그리고 둘의 집을 구하는 것에 요즘 갑자기 가속도가 붙은 이유도 알 것 같았다.

'이건 아닌데…, 데이비드는 어떻게 그런 일을 하게 되었을까? 언제부터 했을까? 나를 만나기 전부터? 우리 둘이 살 곳을 구하기 위해서? 아냐, 그럴 리가…, 그래도 그렇지 그건 아닌데…, 결론은 뻔한 일이잖아. 꼬리가 길면 밟히게 돼 있지. 결국은 범법자로 잡히지 않겠어? 아아 이를 어쩌나? 여기서 데이비드와는 끝내는 게 좋겠어. 나는 특히 약국에서 일 할 사람인데 스트릿 드럭 같은 것과 연관이 되면 절대 안 되지!'

멜리는 데이비드를 다시 만났다.

"데이비드, 물어볼 게 있어."

"응. 말해봐."

"제프말이야. 제프랑 친해? 자주 만나?"

"아니. 왜?"

"나랑 같이 있을 때 두 번이나 만났잖아."

"어떻게 우연히 그렇게 됐네. 그 두 번이 다였는데."

"만나서 뭐했어?"

"어, 그냥. 뭐 전해줄 게 있었어."

"그게 뭔데? 물어봐도 돼?"

"아니, 그냥, 별거 아니었어. 멜리는 몰라도 되는 거야."

"그래도 알고 싶은데. 말해줄 수 없어?"

"멜리는 몰라도 되는 거라니까."

"내가 알면 안 되는 거야?"

"아니 뭐, 그렇다기보다는…, 모르는 게 나을 거야."

"우리 다 터놓고 얘기해. 서로 다 알아야 하잖아. 나도 제프에 대해서 무슨 소릴 들은 게 있어서 그래."

"무슨 소리?"

"그냥 헛소문인지는 모르겠지만, 제프가 거리에서 뭐 팔고 다닌다고."

"뭘 팔아?"

"제프와 왜 만났는지 말해줘."

데이비드는 모든 걸 솔직히 말할 용기가 나지 않았다.

"그런 거와 관련 있는 거였어?"

"아니야. 정말 아니야."

"그럼 왜 만났는데? 두 번씩이나."

멜리가 집요하게 물어오자 데이비드도 얼버무리며 피할 수만은 없다고 생각했다.

"멜리, 미안해. 내가 솔직하게 다 말할게. 어느 날 할아버지는 휠체어를 타고 할머니는 밀고 가는 노인네들을 도와주다가 할아버지 약병을 줍게 되었어. 가만히 보니 길거리에서 팔리는 성분이었어. 나도 제프가 거리에서 약을 팔고 다닌다는 걸 알고 있었고. 그래서 약을 제프에게 갖다 준건데, 딱 두 번이 전부야. 공교롭게도 너와 함께 있을 때 두 번이었어. 그게 전부이고 앞으로는 제프 만날 일 절대 없어. 믿어줘."

"정말이야? 두 번뿐이었어?"

"응. 딱 두 번. 그게 전부야. 노인네들 아는 사람들도 아니고. 다시는 그런 일 없을 거야. 정말이야. 어떻게 약을 또 주울 수가 있겠어? 어쩌다 그런 일이 생긴 거지."

"확실해? 믿어도 되는 거지?"

"그렇다니까. 약병을 줍고 보니까 거리에서 팔리는 그런 종류더라고. 순간 이성을 잃어서 제프와 만나게 됐던 거야. 순간 돈이 되겠다 싶은 생각이 들어서…. 다시는 그런 일 없을 거야."

"근데 어떻게 두 번씩이나 약을 주었는데?"

"아니야. 약을 주운 건 한 번이었는데 두 번에 나누어 갖다 준거였어. 나도 그런 게 어떻게 거래가 되는지 몰라서 두 번에 나누어 갖다 준거야."라며 데이비드는 약간 거짓말을 섞어가며 변명했다.

"다시는 그런 일 없는 거지?"

"확실히 없어. 날 믿어."

"걱정했어. 상습적으로 오랫동안 그런 일을 한 건 아닌가 싶어서."

"그런 거 절대 아니야."

데이비드는 멜리를 감싸 안으며 "멜리, 미안해. 걱정하게 해서. 다시는 그럴 일 없어. 난 길거리에서 동생 같은 중고등학생들한테 약이나 팔아 중독되게 만드는 그런 인간들 정말 혐오하는데, 어떻게 이런 일이 생겼어. 한순간 정신이 나갔었나 봐. 미안. 정말 다시는 그런 일 없을 거야. 우리 떳떳하게 잘 살자."

멜리도 데이비드의 말을 믿었고 상습적으로 약 거래를 하지 않았다니 다행이라 생각했다.

걱정거리가 사라진 후의 애무는 더욱 황홀했다. 서로를 더듬고 느끼면서 흥분할 때까지 갔지만, 여전히 그날도 끝까지 갈 수 없음에 둘은 미칠 것만 같았다.

"안 되겠어. 빨리 우리의 보금자리를 찾자. 난 멜리를 갖고 싶어서 미칠 것 같아."

"나도 그래. 정말 끝까지, 속 시원히 사랑을 나누고 싶어."

그 둘은 어느 때보다도 더 열렬히 그들만의 장소를 원하고 있었다.

* * *

"제법인데. 이번엔 놀코까지? 사실 놀코가 더 잘 팔리거든. 코데인 코프시럽도 좋아. 그런데 너 이거 어디서 난 거냐?"

제프는 약 바이알을 쳐다보며 "안토니 헬코너? 안토니 헬코너가 누구냐?"라고 물었다.

데이비드는 아차 싶었다. 주기 전에 이름을 찢어버리든지 마커로 지워버리든지 할 것을.

"어? 이름을 없애는 걸 깜빡했군."

"걱정 마. 이런 건 내가 다 알아서 처리할 테니. 그나저나 안토니가 누구니?"

"아는 사람."

"그럼 계속 가져올 수 있겠네?"

"값이나 잘 쳐줘."

"그럼, 그럼. 잘 쳐줘야지. 그래야 계속 물어올 거 아니야? 여부가 있겠습니까. 돈은 내가 제일 잘 쳐주니까 다음에도 나한테 가져와. 괜히 다른 데 가서 기웃거리다 사고 치지 말고. 그래도 우린 친구잖아. 서로 뒤를 맡길 수 있단 얘기지. 이 판에 나선 녀석들 겁들이 없거든. 물건 생기면 연락해." 하던 제프가 생각났다.

데이비드는 무슨 좋은 방법이 없을까 생각했다.

'어떻게 해서 약을 다시 가져올 방법은 없을까?' 생각에 생각을 거듭하다 상큼한 아이디어가 떠올랐다. 지속해서 안정된 수입을 올릴 수 있는 황금 같은 아이디어가.

'안토니를 만나는 거야. 안토니와 동업을 하면. 흐흐흐. 누이 좋고 매부 좋고. 흐흐흐.'

17

　그 와중에 크라우디는 병원에 입원했다. 적어도 이삼 개월은 병원에서 지내게 되었다. 뺑소니사고가 아닌 게 다행이었다. 뺑소니사고를 당했으면 완쾌할 때까지 병원에서 치료를 받을 수 없을지도 모른다.

　사고 당일 크라우디는 어린 아이용 금팔찌를 어렵게 선물로 준비해 단 하나뿐인 친구 앤의 아들 니콜라스의 첫돌 잔치에 갔다 돌아오던 길에 교차로에서 신호를 무시하고 달려오는 승용차에 들이받혔다. 승용차가 신호를 무시하고 워낙 속도를 내며 무리하게 교차로를 빠져나가려 했기 때문에 크라우디의 차는 완전히 찌그러져 형태를 알아볼 수 없을 지경이 되어버렸다. 911 구조팀과 경찰이 와서 크라우디를 꺼내기 위해 차를 해체해야 했다.

　사고를 낸 젊은 운전자는 경찰 조사에서 금지된 약물을 복용하고 운전을 했던 것으로 밝혀졌다. 사고로 크라우디는 갈비뼈 세 대

가 부러지고 왼팔에 골절상을 입었다. 이 사고로 그나마 하나 있던
깡통 같은 고물차마저 폐차 처리를 해야 했다.

완전히 상대 운전자의 과실이었고 크라우디는 완치될 때까지 병
원에 있게 되었다. 의사는 크라우디가 회복되는데 최소한 이삼 개
월은 걸릴 것이라 했고 뼈들이 붙은 후에도 나이 탓에 완전히 사고
전의 상태로는 돌아가지는 못 할지도 모른다 했다.

정도 많고 싹싹한 앤은 같은 아파트에 사는 동안 크라우디를 마
치 친정엄마처럼 따랐다. 음식도 서로 나누고, 어쩌다 세탁실에서
마주치면 걱정거리도 같이 풀어가던 크라우디의 유일한 친구이고
좋은 이웃이었다. 앤의 남편 게리도 크라우디에게는 친절했지만 융
통성 없고 심술궂은 안토니라면 손사래를 치며 피하는 형편이었다.
아무튼, 크라우디에게 하나뿐이던 친구 앤과 그녀의 남편 게리는
앤이 아이를 가졌다는 걸 알고 난 후 얼마 지나지 않아 게리의 회
사 근처로 이사를 갔다.

"앤의 아이가 벌써 첫돌을 맞는다네. 벌써 그렇게 됐나? 그럼 이
사 간 후로 거의 2년이 되었다는 얘기네."

크라우디는 앤의 전화를 받고 나서 기분이 좋아 혼잣말처럼 뇌
까렸다.

"그래서, 그게 너랑 무슨 상관이냐?"

"무슨 상관보다도, 뭐 그렇다는 거 아니겠소? 반가워서 하는 얘
기지."

"지 처지도 모르는 멍청한 년. 네가 이제 와 걔 아이가 한 살이면 어쩔 것이고, 열 살이면 어쩔 건데? 가서 녹차나 끓여 와. 이 정신 빠진 것아."

"왜 이렇게 막 나간데? 내가 친구 전화받고 기쁠 수도 없는 거야? 심심하면 낮잠이나 자던지, 아프면 약이나 먹던지, 시간 됐으면 기침이나 뽑을 것이지. 아, 아, 아기 선물을 무얼 사가나? 옷이 아무래도 무난하겠지? 예쁜 옷 한 벌 사야겠네. 아냐, 아가들은 금방 크니까 옷은 금방 작아질 거고…, 뭐 더 좋은 건 없을까? 이불 세트는 어떨까? 이불에 이름을 새겨서 갖다 줄까? 니콜라스, 음, 이름도 맘에 들어. 니콜라스라, 어째 조금 고급스럽고 귀티나지 않아? 아니야, 금팔찌를 사줄까?"

크라우디는 친구 앤의 초대에 가서 오래간만에 그들을 만난다는 생각만으로도 기분이 하늘을 찌를 것 같았다. 세어보자면 평생에 걸쳐 아마 다섯 손가락이 다 접히지 않을 즐거운 날 중 하나인지도 모르겠다.

"금팔찌 같은 소리 하고 자빠졌네. 그게 어디 한두 푼이냐? 돈이 썩었냐? 너 그럴 돈이 어디 있어? 나 몰래 돈이라도 숨기고 있었냐?"

"아이고, 무슨 말을 못해. 금팔찌도 조그마하고 싼 게 있겠지. 너무 비싸면 다른 걸로 하면 되고."

"놀고 있네. 가긴 어딜 가? 그런데 쫓아다녀서 무슨 덕을 보겠다고. 정신 좀 차려라. 한아파트에서 사는 것도 아닌데 이웃은 무슨 이웃."

"아이고, 심술 좀 그만 부려. 그래도 가끔 전화 통화라도 하는 게 앤 말고 또 누가 있을까? 하나밖에 없는 친구인데, 사람이 단 한 명의 친구도 없다면 그게 말이 되겠어? 그래도 가끔 전화 통화라도 할 수 있는 친구는 꼭 필요하지."

"쓸데없이, 친구는 무슨 친구? 네가 어려울 때 그것들이 눈 하나 깜짝이나 할 것 같으냐? 실속 없이, 어린애 마냥. 쯔쯔쯔."

"아니 내가 어쩌다가 친구 한 번 만나러 간다는데 무슨 잔소리가 그리 많아? 별일이야."

"너 하는 꼴이 철딱서니 없어서 그러지. 아파서 밤마다 몇 번씩 깨어나는 네 남편이나 잘 챙겨라. 그렇게 아프면 병원에 가서 MRI를 다시 찍어보자고 한번 해 봐라. 그래, 그게 좋겠네. 말 나온 김에 그날 내 병원 예약해. 아예 그날 병원을 다녀오면 되겠구먼. 그게 더 실속 있는 거지. 안 그러냐? 돌잔치는 무슨 썩어 뭉그러질 돌잔치?"

"아이고, 맘 좀 곱게 써. 무슨 심통이야? 매일매일이 쉬는 날이건만 하필이면 그날 병원 예약하라는 건 또 무슨 심보래? 기도 안 차서, 원."

크라우디는 어처구니없는 안토니의 심술에 배기가스가 가슴에 꽉 찬 것처럼 불쾌해졌고, 안토니는 눈꼬리를 곧추세우며 아주 사악한 미소를 지었다.

다음 날, 아침 식사를 하고 나서 크라우디는 선물을 사러 그 근처에서 그래도 조금 고급품을 취급하는 상가로 갔다. 예쁜 옷과 좋은 침구세트도 많았지만 크라우디는 그래도 변하지 않는 금팔찌를 선물하고 싶었다. 가격이 조금 부담은 되지만, 그래도 첫돌을 두 번 하지는 않을 것이니 감수할 만하다고 생각하며 금은방에서 제일 싼 것을 골라 아이의 이름 '니콜라스'를 새겨 달라 부탁했다. 뿌듯한 마음으로 기다리다 그때야 조마조마한 마음으로 돈 걱정이 되었다.

'좀 무리는 무리야. 니콜라스에게 줄 금팔찌에 있는 돈을 다 쓰고 나면 다음 연금 날까지 정말 손가락만 빨고 있어야 할 텐데. 안토니가 또 가만있지 않을 텐데. 아우 정말 지겨운 인간이야. 어찌 그렇게 못 돼 먹었을까? 한구석도 편히 비빌 데가 없으니, 오랜만에 혼자 외출이라도 하려니 말도 안 되는 소릴 갖다 붙이며 결사반대를 하는 꼴이라니. 내가 지 노예야 뭐야? 아무리 노예라도 이보다는 낫겠네. 내 꼴이 이게 뭐야'라며 안토니를 꼭꼭 씹고 있었다.

"다 됐습니다. 손님, 확인해 보시지요."

"네. 예쁘고 깔끔하게 잘 새겼네요. 고마워요."

돈을 주려고 가방을 여니 지갑이 보이질 않았다.

'지갑이 어디 있지? 분명히 챙겨 넣었는데. 이상하네.'

금은방 직원도 크라우디가 하는 것을 보고는 당황하기 시작했다.

"아니, 왜, 지갑을 놓고 오셨어요?"

"그런가 보네요. 분명히 챙겨 넣었는데. 보이질 않네."

"아니, 이러시면 어떻게 합니까? 돈도 낼 수 없으면서 팔찌에 이름까지 새겨 달라면 어떻게 합니까? 어느 세월에 니콜라스라는 사내아이의 팔찌를 누가 또 사러 오겠어요. 큰일이네. 사장님이 아시면 계산하기 전에 이름부터 새겼다고 뭐라 하실 텐데. 집에서 지금이라도 돈을 가져올 사람은 없습니까? 전화를 해서 가져오라 하시지요?"

"없어요. 지금 갖다 줄 사람은 없고. 이상하지. 분명히 이 안에 있었는데."

"일단 댁에 전화를 해 보세요. 혹시 집에 지갑을 놓고 온 건지 밖에서 잃어버린 건지 확인이라도 하실래요? 전화번호를 말씀하세요. 제가 걸어 드릴게요."

금은방 직원이 전화번호를 묻자, 친절하게 전화를 받아줄 리가 없는 안토니 생각에 당황한 크라우디는 전화번호를 순간적으로 완전히 망각했다.

"전화번호? 전화번호가 뭐더…, 아니요. 집에 전화받을 사람도 없고. 내 얼른 집에 다녀올게요."

"손님, 이러시면 제가 정말 곤란해요."

"아니, 정말 미안해요. 하지만 꼭 와서 팔찌값을 지급할 테니 걱정 말고 잠시만 기다려줘요. 날 정 못 믿겠으면, 어쩌나? 뭐라도 맡기고 갈 것이라도 있을까?"

아무리 봐도 저당을 잡혀놓고 갈 것은 아무것도 없었다. 크라우디는 뒤통수에 꽂히는 불편한 시선을 느끼며 서둘러 나왔다.

크라우디가 집에 도착하자 안토니는 우스워 죽겠는지 반 기침 섞인 웃음을 쏟아냈다. 크라우디의 지갑은 식탁 위에 있었으나 돈은 남아있지 않았다. 크라우디가 외출하기 직전, 잠시 화장실에 있는 사이에 안토니가 지갑을 꺼내 감춘 것이었다. 크라우디는 비통함에 심장박동이 멎어버릴 것만 같았다. 금방 울음이라도 터질 것 같았으나 악에 받친 감정은 고체로 굳어져 눈물로 흐르지 않았다. 아무것도 액체나 기체가 되어 작은 눈, 코, 입으로는 흘러나오질 않았다. 흘러나오지 못한 감정이 쇳덩이 같은 무게로 가슴을 막아 숨을 제대로 쉴 수가 없었다.

"악마! 너는 악마야."

소릴 질렀다. 그게 크라우디가 그 상황에서 할 수 있는 모든 것이었다. '악마! 인간의 거죽을 뒤집어쓴 악마 같은 놈! 한 번 남을 괴롭히기 시작하면 속을 다 뒤집어 내장까지 털어내야 할 정도로 분노케 하는 악마보다 더 지독한 놈! 저런 놈이랑 같이 사는 내 자신이 너무나 비참해 혀라도 깨물고 죽고 싶다. 아니지 너의 혀를 꽉 깨물어 죽여버릴까?' 하는 상상까지도 했다.

* * *

안토니는 크라우디가 갑작스러운 사고로 병원에 입원하니 불편한 게 한두 가지가 아니었다.

"칠칠치 못해서 밖에서 사고나 당하고…, 쯔쯔쯔…, 싸다 싸!"

노인 복지 프로그램에서 보내주는 간병인이 하루에 4시간씩 집에 와서 식사준비와 세탁 등을 도와주었지만, 조금이라도 불편할 때면 속으로 크라우디에게 욕을 퍼부었다.

　"이것들을 그냥, 그 썩을 것들 때문에 이 고생을 하고 있으니 내가 가만있을 수 없지. 가만있는 사람을 왜 불러내서 사고를 당하게 만들어? 그 쌍것들 아니었으면 사고도 안 났을 거 아니야. 이것들 전화번호가 어디 있나? 내 전화를 해서 욕이나 해줘야지."

　안토니는 어렵게 앤의 전화번호를 찾아냈다. 전화번호를 찾느라고 화는 머리끝까지 치밀어있었다.

　"나 안토닌데. 무슨 지랄들이야? 왜 편히 집에 있는 사람을 불러내서 사고나 당하게 만드느냐고. 니콜라슨지 좆콜라슨지 돌잔치는 알아서 할 것이지 왜 멀리 사는 사람까지 불러대고 지랄이야?"

　"안토니, 정말 유감이어요. 크라우디가 사고를 당한 것은 정말 안타까워요."

　"인제 와서 유감이니 어쩌니 다 소용없잖아. 왜 쓸데없이 크라우디를 불렀느냐고?"

　"무슨 말씀을 그렇게 하세요. 좋은 일에 함께 축하해 달란 것뿐이지, 제가 사고나 나라고 초대했을까요."

　앤은 하도 당황스러워 말문이 막혔다. 그러자 남편 게리가 전화를 낚아채 이어갔다.

　"안토니, 도대체 무슨 얘기를 그렇게 합니까? 우리가 사고 나라고 굿이라도 했단 말입니까? 크라우디가 사고를 당해서 정말 유감이고 안타깝지만 우리에게 이러는 건 정말 이해가 안 되고, 참고 듣고 있을 수가 없네요. 다시는 앤에게 전화하지 마세요." 하고는 끊어버렸다.

앤과 게리는 유감스럽고 안타까운 마음에 항염증 작용이 있어서 통증 있는 환자에게 좋다는 파인애플 통조림과 부드러워 먹기 쉬운 스펀지케이크 등을 사 들고 크라우디에게 병문안을 갔다.

"크라우디, 빨리 완치하시길 빌어요. 저희 집에 왔다 가는 길에 사고를 당해서 저희가 뭐라고 드릴 말씀이 없네요. 정말 미안해요."

"아니야, 앤이 미안할 게 뭐가 있어. 사고와 앤이 무슨 상관이 있다고. 그런 얘기 하지 마. 내가 운이 나빴던 게지."

"크라우디, 그런데 말이지요. 안토니한테 우리가 유감스럽고 미안하게 생각한다고 얘기 좀 잘해주세요. 안토니는 우리더러…" 앤이 게리의 팔을 꼬집고 눈을 찡긋하며 게리의 말을 끊었다.

"응? 그게 무슨 얘기야? 안토니랑 통화했어? 안토니가 그쪽 전화번호를 알고 있었나?"

"아니, 아니에요. 몸조리 잘하세요. 또 들를게요." 하며 앤과 게리는 서둘러 떠났다.

집으로 돌아가는 길에 차를 운전하던 게리가 "아이, 정말 재수 없어. 재수 없어서 크라우디가 가져온 금팔찌 케이크 박스 속에 넣어서 돌려주었어."라고 했다.

"뭐? 왜 그랬어? 크라우디가 그걸 보면 또 얼마나 마음 아파하겠어? 당신까지 왜 이래? 가뜩이나 몸 아픈 사람을 왜 마음까지 아프게 해? 남자들은 왜 그래? 왜 그렇게 속들이 좁아?" 앤은 크라우디가 팔찌가 되돌아온 걸 보면 또 얼마나 속상해할까 생각하며 본인도 속을 끓였다. 크라우디는 돌아온 팔찌를 발견하고는 앤과의 우정도 끝났음을 느끼며 안토니가 그들에게 어찌했을지 안 들어도 상상이 되어 미안함과 부끄러움으로 얼굴이 붉어졌다.

18

마침 간병인이 퇴근하려할 때 현관 벨이 울렸다. 간병인이 나가는 길에 문을 여니 데이비드가 서 있었다.

"누굴 찾아오셨나요?"

"안토니를 만나러 왔습니다. 안토니 헬코너 씨 계신가요?"

간병인은 말쑥하게 생긴 청년이 노인의 이름까지 알고 있으니 서로 잘 아는 사이리라 짐작했다.

"들어가 보시오. 안토니, 그럼 내일 오겠습니다." 하고 떠났다.

"안토니, 그간 잘 계셨나요?"

"누군가?"

"저, 기억 안 나세요?"

"누구더라?"

"지난번에 할머니와 함께 들어오시다가 휠체어가 뒤로 넘어갔을 때 제가 도와드렸잖아요."

"아, 아, 그 젊은이로구먼. 그런데 오늘 여긴 웬일이야?"

"좀 도와 드리려고요."

"도와줘? 뭘 도와주려고?"

"돈 좀 벌게 해 드릴까요?"

"돈? 좋지. 그런데 내가 뭘 해서 돈을 벌어? 휠체어에 앉아 꼼짝도 못 하는 늙은이가?"

"아무 일도 하지 않고 그냥 앉아서 돈을 버는 방법도 있지요."

"농담하지 마. 그런 게 어디 있어?"

"하하하. 있다니까요."

"그럼 말해보든지."

"아주 쉬워요. 그냥 누워서 떡 먹기지요."

"흐흐흐. 궁금해지는구먼."

"제가 시키는 대로만 하면 한 달에 몇백 달러는 벌 수 있지요."

"지금 날 놀리는 거야?"

"돈 벌고 싶지 않으세요?"

"그래, 벌고 싶지. 벌 수만 있다면, 와이 낫?"

"확실히 벌 수 있지요. 자본금이 드는 것도 아니고요."

"그러니 그게 뭐냐니까? 얘길 해봐."

데이비드는 안토니에게 바짝 다가가 허리를 굽혀 귀에 대고 말을 했다.

"영감님 약을 제게 파실래요?"

"뭐? 약을? 무슨 약을?"

"그 왜 드시는 진통제 있잖아요."

"아니, 내가 통증 때문에 약 먹는 걸 어떻게 알았어?"

"아유, 척하면 척이지. 휠체어에 앉으신 어르신이 당연히 통증이 있겠죠."

'어라, 이건 또 뭐야?' 안토니는 말문이 막혀 멍하니 데이비드를 보았다.

"안토니, 우리 탁 터놓고 얘기합시다. 드시는 옥시코돈하고 하이 드로코돈 제제 그리고 코데인 기침약, 처방받으셔서 필요한 만큼 드시고 남는 것은 제가 돈으로 쳐 드릴게요. 네에, 제가 돈을 드리고 사겠다는 말입니다."

"안 돼. 나는 약이 필요하거든."

"참 답답하시네. 닥터한테 약이 더 필요하다고 하세요. 옥시코돈 제제만으로는 안 되고 하이드로코돈 제제도 번갈아가며 먹어야 통증이 완화되니, 둘 다 처방해 달라 하시고, 양도 더 많이 써 달라 하세요. 필요한 만큼 남기고 나머지는 제게 팔면 제가 넉넉히 쳐 드리지요."

안토니는 괜찮은 생각이라 생각했다. 돈 주고 사겠다는데 뭐. 돈은 좋은 거니까.

"얼마나 줄 건데?"

"잘 쳐 드릴게요. 걱정 마세요."

'좋은 기회일 것 같은데, 그래도 너무 쉽게 대답하긴 좀 그렇지?' 안토니는 망설인다.

"안토니, 누가 영감님한테 돈 한 푼이라도 벌 기회를 줍니까? 이런 기회를 꽉 잡으셔야지이~."

'그러게, 웰페어 말고는 다른 수입이 전혀 없지 않은가. 약이야 허구한 날 타다 먹는 건데 많이 받아다가 좀 팔아도 나쁠 것 없지.'

"그러면 연락처를 줘. 약이 준비되면 연락할게."

"좋습니다. 앞으로는 용돈 좀 넉넉히 쓰시게 될 거예요. 빨리 연락 오기를 기다리지요. 그러면 다음에 뵐 때까지 잘 계시고요."

데이비드는 일어나 돌아서 문으로 간다.

'아니, 저놈이 그놈? 그놈이 저놈이었네.'

"여기, 여기 잠깐만."

안토니는 데이비드를 불러 세웠다.

안토니는 지난번 집에 침입해 약을 훔쳐간 사람이 데이비드였음을 알아차렸다.

'저 팔자걸음, 그게 저 녀석이었어. 저놈이었어. 하지만 지금 그걸 따져 무슨 소용이 있고 무슨 도움이 되겠어? 그저 모르는 척하는 게 낫지. 이미 동업까지 하기로 한 마당에…'

데이비드가 돌아서자 "아, 아니야. 아무것도 아니야."라고 얼버무렸다. 데이비드는 문을 열고 밖으로 나가려다 말고 다시 안토니에게 돌아와 "안토니, 이건 우리 둘만의 비밀이에요. 아무에게도 얘기하지 마시고. 그러면 아무 일도 없을 거예요. 항상 잡숫는 약이니까 필요한 만큼 드시고 나머지는 그냥 용돈으로 바꿔 쓰시는 거라고요. 아무에게도, 절대 비밀로." 라고 속삭였다. 안토니가 마음을 바꿀까 봐 다짐하고 안심시키고 떠났다.

데이비드는 이렇게 안토니와 만나 거래를 만들었다. Easy money, 쉬운 돈벌이의 유혹을 도저히 뿌리칠 수가 없었다. 이제는 매달 고정적인 수입이 들어올 것이다. 빠른 시일 내에 보증금과 첫 달 치와 마지막 달 월세도 마련이 될 것이다. 멜리와 살면서 둘의 월급으로 월세는 당연히 낼 수 있을 것이고 생활하는 데 큰 어려움은 없을 것이다. 거기에다가 안토니와의 동업이 유지된다면 약간은 여유 있게 멜리와 콘서트도 가고 멜리에게 근사한 선물도 할 수 있을 것이라는 생각에 구름 위를 걷는 것처럼 발걸음이 가볍게 느껴졌다.

19

젊어서 크라우디는 성실하게 부지런히 일했다. 큰돈을 벌지는 못했지만 쉬지 않고 꾸준히 일해서 번 돈으로 아들 해리에게 항상 깔끔한 옷을 입혔고, 각종 학교행사에도 남한테 뒤지지 않을 만큼 후원에 인색하지 않았다. 점심도 보기 좋고 먹기 좋게 마련해 주어 친구들이 불행한 해리의 환경을 눈치채지 못하도록 노력했다.

안토니는 돈이 조금만 있으면 도박장에 가서 온종일 시간을 보내다 돈을 다 잃고 나면 돌아와 성난 코뿔소처럼 해리에게 네 아빈 누구냐며 금방 뿔로 들이받을 듯 몰아댔다. 그리고 크라우디에게는 오늘은 어떤 놈이랑 붙어있다 왔느냐며 뜨거운 입김을 내 뿜으며 빈정댔다. 싸구려 위스키를 강물 마시듯 들이키고는 취해 밤늦게까지 술주정을 했다. 지옥이 따로 없었다.

해리가 고등학교 졸업을 1년여 앞두고 프럼 파티에 가게 되었을 때 크라우디는 거금을 들여 해리에게 근사한 연미복과 실크 와이 셔츠 그리고 반짝반짝 빛나는, 구두끈 주변으로 화려한 장식이 있는 고급 가죽구두를 사 주었다. 프럼에 입고 가려면 연미복을 몸에 맞도록 수선을 해야 했는데 크라우디가 봉제 일도 해 보았고 집에 재봉틀도 있었지만, 해리와 크라우디는 옷 수선전문집에 맡기기로 했다.

몸에 잘 맞게 수선해 입고 구두까지 챙겨 신으면 아주 근사한 모습일 것이다. 크라우디와 해리는 흐뭇했다. 크라우디는 번듯하게 자란 아들이 연미복을 근사하게 차려입고 금방 GQ 잡지에서 걸어 나온듯한 모습을 상상하면서, 해리는 곧 근사한 연미복을 입고 아름다운 파트너와 프럼 파티에 가는 것을 상상하면서 좋아했다.

크라우디는 다음날 해리가 학교에서 돌아오면 옷 수선전문집에 가져갈 수 있게 연미복과 셔츠를 잘 싸놓고 해리는 학교로 보내고 일하러 집을 떠났다. 일을 마치고 집에 돌아왔을 때 안토니는 보이지 않고 해리는 당황한 얼굴로 안절부절못하고 있었다.

"왜 그러니, 해리야."

"엄마, 옷이 안 보여요. 제방에 놔두지 않았나요?"

"그래, 침대 옆 테이블에 놔뒀지." 하면서 해리 방으로 걸어갔다.

옷은 거기에 없었다. 둘은 온 집안을 다 뒤져보았지만, 옷은 아무 데에도 없었다. 구두도 보이지 않았다.

"혹시?"

"혹시?"

둘은 일이 어떻게 돌아가고 있는지 같은 생각을 하고 있었다. 정확한 추측이었다. 안토니는 크라우디와 해리가 집을 나가자 옷과 구두를 들고 나가 시장 옷가게에다 적당한 값에 팔아버렸다. 그 돈으로 도박장에서 그날 그리고 이틀을 더 도박을 하고 술을 마시며 보냈다. 해리는 더 이상 참을 수가 없었다. 가까스로 해리의 인내를 당겨 잡고 있던 팽팽한 줄이 순간적인 분노를 이기지 못하고 끊어져 버리며 마지막 인내가 튕겨 날아갔다. 그 순간에 안토니가 앞에 있었다면 상실감과 좌절을 품은 분노의 파도가 안토니를 덮쳐 삼켜버렸을 것이었다. 모든 것이 파투나고 그의 인생이 더 이상은 아무 가망이 없을 것 같은 좌절감이 가슴에서부터 진동을 시작하여 전신으로 퍼지며 해리를 마구 흔들어댔다.

사흘이나 지나서야 안토니가 돈을 다 잃고 꽁지 빠진 수탉 모양으로 집으로 돌아왔을 때 해리는 어느 정도 화가 가라앉은 상태였지만, 안토니를 보자 순간적으로 모든 피가 얼굴로 솟구치며 다시 화가 불같이 일었다.

"안토니, 당신이 그 옷과 구두를 가져갔지? 그걸 팔아서 그 돈으로 지금까지 놀다 오는 거지?"

"흐흐흐, 내가 도둑놈이냐? 이제는 별소릴 다 듣는군."

"바른대로 말해."

해리는 안토니의 어깨를 밀쳤고 한번 밀 때마다 안토니는 벽 쪽으로 밀려갔다. 안토니의 몸이 벽까지 밀리자 해리는 안토니의 목을 감싸 쥐었다. 해리는 더 이상 어린아이가 아니었다. 열일곱 살이니 성장할 만큼 다 성장하여 키도 안토니보다 컸고 수영선수로 운동도 열심히 한 터라 늙고 방탕한 안토니보다 힘도 훨씬 셌다. 원한다면 목 졸라 죽이는 것도 어려운 일은 아니었다. 그러나 해리는 안토니의 목을 감싸 쥐기는 했어도 사실 죽일 만큼 힘을 들이지는 않았다.

그때 크라우디가 돌아왔다. 크라우디는 무슨 일로 이 일이 벌어졌는지 당연히 알고 있었고, 크라우디의 분노도 해리 것만 못지않아 안토니가 죽이고 싶을 정도로 미웠으니 가만히 보고 있었다. 평소에 해리는 믿기지 않을 정도로 잘 참았고 네 아비는 누구냐, 네 어미는 몸 팔러 나갔다는 소리를 들을 때도 못 들은 척 무시하며 지냈지만, 오늘은 더 이상 참을 수가 없었을 것이라고 생각했다. 그러나 크라우디는 자칫 예기치 못한 일이라도 발생한다면 결과적으로 해리의 장래문제가 얽히게 되는 것이니 "해리야, 그만 됐다. 그 말종을 죽여 봐야 무슨 득이 되겠니? 그만해라."라고 해리를 말렸다.

해리가 손을 풀자 안토니는 상당히 놀라고 당황한 표정으로 '꽉 꽉' 억지 기침을 해대며 죽을 것처럼 연극을 해댔다. 크라우디는 해리의 손을 잡아끌고 밖으로 나와 둘은 아파트 단지 벤치에 앉았다.

"해리야, 시간도 급박해졌으니 옷은 빌려 입고 프럼 파티에 가거라. 아무리 상황이 어려워도 일생에 한 번뿐인 프럼 파티는 가야지. 이제 일 년만 더 참자. 일 년 후에 졸업을 하면 집을 떠나 대학을 가면 된다. 그때까지만 참아라. 아무리 화가 나도 참아라. 혹시라도 안토니를 쳤다가 안토니가 경찰에라도 신고를 하면 너만 골치 아프니 딱 일 년만 더 참자. 흑흑흑."

참으려 해도 가슴에서 서러운 한숨이 새어나오며 눈물이 쉴 새 없이 흘렀다.

"엄마, 엄마가 너무 불쌍해요. 엄마가 너무 불쌍해서 참을 수가 없어요."

해리도 울었다.

"엄마가 불쌍하면 성공해라. 반듯하게 대학 나와서 행복하게 살아라. 그게 엄마가 원하는 거야."

"엄마, 우리 지금이라도 같이 나가요. 안토니 없는 곳으로 떠나요. 나만 혼자 대학 가서 새로운 인생을 살 순 없어요. 엄마도 저랑 같이 떠나요. 안토니는 죽는 순간까지 절대 나아지거나 바뀌지 않아요. 절대 그런 일은 생기지 않을 거예요. 엄마, 우리 같이 안토니를 떠나요." 해리는 크라우디에게 함께 평화와 행복을 찾아 떠나자고 했다.

"난 이제까지 이러고 살았어. 인제 와서 어쩌겠니."

"엄마, 그런 말이 어디 있어요? 저더러는 안토니를 떠나서 행복하고 보람 있는 삶을 살라고 하면서 엄마는 왜 그렇게 못하는데요? 엄마, 우리 함께 떠나요."

"너 하나 보면서 지금까지 참았다. 엄마가 똑똑했다면 더 일찍 너를 데리고 떠났어야 했는데, 엄마가 잘못했어. 이제 와 어떻게 하겠니? 졸업할 때까지만 참자. 졸업하면 대학을 가는 거다. 학비는 정부에서 보조를 받으면 되고 생활비는 엄마가 마련해 줄게. 그래야 네가 다른 삶을 살 수 있는 거야. 이 지옥 같은 삶 말고 행복하고 보람 있는 인생을 말이다."

해리는 도무지 크라우디를 설득할 수가 없었다. 왜 끈 끊어진 슬리퍼처럼 아무짝에도 소용없고 아무 도움도 안 되는 안토니를 떠날 수가 없는 것인지 이해할 수가 없었다.

* * *

크라우디는 월급을 받을 때마다 조금씩 돈을 떼어서 부엌에 숨겼다. 부엌 캐비닛과 바닥 사이에 조그만 공간이 있었고 앞에는 몰딩으로 처리되어서 몰딩을 떼어내기 전에는 아무도 그 공간을 볼 수 없었다. 그 돈은 해리가 대학 가서 쓸 돈이었다. 오 년 동안 모아왔기에 금액이 꽤 됐다. 해리가 대학을 다니며 아껴 쓰면 꽤 오랫동안 쓸 수 있을 것이었다.

크라우디는 너무나 간절하게 그렇게 되기를 바라고 있었고 드디어 그럴 날이 가까워져 오고 있었다.

여러 대학에서 합격통지서를 받았고 그 중 얼마간의 장학금까지 주겠다는 대학도 있어 그 대학에 진학하기로 정했다. 학비 보조금도 해결해 놓았고 드디어 고등학교 졸업식도 마쳤다. 대학에 입학할 때까지 동네 상점에서 일도 하며 스스로 용돈도 조금씩 벌고 있었다.

크라우디는 해리가 대학생활을 시작할 때 필요한 돈을 가늠해

보았다. 아파트, 교과서, 식사, 의류, 용돈, 기타 등등 크라우디가 모아놓은 돈으로 부족하지 않을 것이다. 곧 해리가 떠날 때 봉투째 손에 꼭 쥐어 보낼 것이다.

그날 오후 안토니가 집에 없는 틈을 타 크라우디는 몰딩을 빼내고 돈 봉투를 확인했다. 돈은 안전하게 그대로 있었다. 해리를 불러 보여주었다.

"해리야, 엄마가 오랫동안 너를 위해 모아온 돈이다. 대학 가서 쓸 돈이야. 아껴 쓰면 꽤 오래 쓸 수 있을 거야. 이제 며칠 안 남았구나. 축하한다. 항상 건강하고 공부 열심히 하고 행복하게 살아야 한다."

불행의 신이 있다면 너무나 잔인한 신일 것이다. 그 잔인한 신은 노을을 타고 부엌창문으로 흘러들어오고 있었다. 안토니는 단짝 친구, 불행의 신을 등에 업고 문밖에서 크라우디와 해리의 얘기를 들었다. 그는 쭈그리고 앉아 아파트 문 중간에 난, 편지가 배달되는 창을 살짝 들추고 그들이 돈을 숨기는 것을 보았다.

'흐흐흐, 놀고들 있네. 흐흐흐, 고맙군. 기특해. 흐흐흐… 오늘 밤 흐흐흐…'

안토니는 입맛을 다셨다.

그날 밤 안토니는 모두가 잠들기를 기다렸다. 기다리다 잠깐 그도 모르게 잠이 들었다가 깨어보니 모두 잠든 한밤중이었다. 안토니는 조용히 일어나 부엌으로 갔다. 아까 크라우디가 돈을 숨겼던 그곳으로 가 몰딩을 살짝 들어내고 바닥과 캐비닛 사이로 손을 집어

넣었다. 아무것도 잡히지 않는다. 바닥에 엎드려 안을 들여다보았다. 깜깜해서 아무것도 보이지 않다가 어둠에 눈이 익숙해지자 희끗한 봉투가 보였다. 저거다 싶어 손을 더 밀어 넣었지만 두툼한 손은 더 들어가지 않았다. 애타게도 봉투는 손에 닿을 듯 말 듯했다.

크라우디는 잠결에 이상한 생각이 들었다. 평소에 안토니가 밤에 일어나도 다른 사람을 깨우지 않으려고 조심스럽게 움직인 적이 있었나? 크라우디는 일어나 둘러보았다. 안토니가 보이지 않았다. 방문을 열고 나가 부엌을 둘러보니 안토니가 엎드려 얼굴을 바닥에 대고 돈을 꺼내려 하고 있었다. 크라우디는 놀라 소리를 지르며 달려가 아무거나 손에 잡히는 대로 집어 들고 안토니의 머리를 내리쳤다. 한 대 얻어맞은 안토니는 일어나 크라우디의 얼굴에 주먹을 날렸다. 크라우디가 쓰러지자 올라타고 앉아 목을 조르기 시작했다. 다투는 소리에 해리가 뛰어 나왔다. 안토니가 엄마를 타고 앉아 목을 조르고 있는 것을 본 해리는 너무나 놀라 식탁 위에 있던 두꺼운 크리스털 꽃병을 두 손으로 들어 올려 안토니의 뒤통수를 내리쳤다. 안토니는 그대로 쓰러졌고 크라우디는 기침을 해대며 몸을 일으켰다.

안토니의 비도덕적이고 이기적인 생각 때문에, 그리고 안토니의 폭력 때문에 한순간 이성을 잃어 벌어진 불행한 사건이었다.

안토니의 뒷머리에서 피가 흘러 바닥에 고였다.

'어? 죽었나? 내가 그를 죽였나? 어떻게 해.' 받아들일 수 없는 후회와 좌절감이 해리의 머리를 치고 흘러갔다. '살인? 어떻게 이런 일이. 그럼 어떻게 되는 거지?' 크라우디의 머릿속에도 퍼뜩 대책 없는 생각이 미끄러져 들어왔다.

이제 이 지옥을 떠나 대학에 가서 새로운 인생을 시작하려던 참이었는데…. 계획대로 예약된 차표를 들고 성공과 희망의 신도시로 떠나려는 참 이었는데….

당황해 초점을 잃은 해리의 눈길과 혼이 빠져버린 크라우디의 눈길이 서로 마주쳤다. 해리의 눈길이 잠시 전 그의 손에서 흘러 떨어진 크리스털 꽃병에서 붉은 피로, 엉클어진 안토니의 머리로 주저하며 끌려갔다.

"엄마, 엄마, 엄마아!"

엄마라는 말 외에 다른 어떤 말도 이어지지 않았다. 크라우디의 입술도 달싹거릴 뿐 소리가 되어 나오는 건 없었다. 해리와 크라우디는 한참을 그렇게 맥을 놓고 모든 감각이 마비된 채 숨죽이고 있었다. 해리가 가까스로 입을 열었다.

"엄마, 결국은 이렇게 됐네요. 제가 그를 죽였어요."

'내가 떠나야 해. 경찰은 나를 쫓을 거고 엄마는 잘못한 게 없으니까 무사할 거야. 아, 아, 이 일을 어쩌지? 결국, 살인까지 저지르다니. 일찍, 조금만 더 일찍 여기를 떠났어야 했어. 이 순간까지 기다리지 말았어야 했어.' 해리의 몸이 심한 절망감과 돌이킬 수 없는 후회로 부들부들 떨렸다.

해리는 그대로 떠났다. 크라우디의 머릿속은 하얗게 비었다. 아무 생각도 들지 않았다. 돌비석처럼 한참을 멍하니 앉아있었다. 그

토록 저주스럽던 안토니는 죽었고, 오직 하나의 희망이던 해리는 떠났다. 아니 급히 도망을 쳤다. 날이 새도록 모질게도 저주스러운 운명에 어찌할 바를 모르고 멍하니 앉아있었다.

다음 날이 여느 때와 다름없이 시작되고 있었다. 날이 서서히 밝아오는 것을 보고서야 경찰에 신고를 해야 한다는 생각이 들었다. 경찰이 와서야 안토니가 아직 죽지 않았다는 걸 알았다. 경찰은 안토니를 구급차에 실어 병원으로 보냈다. 안토니가 죽지 않았다는 게 다행인지 불행인지 아무리 생각해도 알 수가 없었다. 경찰이 묻는 어떤 질문에도 대답을 할 수가 없었다. 정말 말을 잊은 건지 일부러 안 하는 건지 아무도 알 수 없었다. 크라우디 자신조차도 알 수 없었다. 그저 아무 감각도 없고 생각도, 느낌도 없는 것이 이 세상에 있는 게 아니라 필시 저 세상에 와 버린 것 같았다.

며칠이 지난 후 경찰이 집으로 찾아와 사흘 만에 안토니가 병원에서 깨어났다고 알려 주었다. 해리가 안토니의 돈을 훔치려다 들키자 자기를 죽이려 했다는 안토니의 진술을 전하며 해리가 어디 있느냐고 물었다.

크라우디는 여전히 아무 말도 하지 않았다. 경찰은 다른 진술이 없으면 해리는 살인미수혐의로 기소가 될 것이라 했다. 경찰이 떠나고 크라우디는 차분히 생각해 보았다. 이상한 생각에 잠자리에서 일어나 부엌으로 간 것부터 안토니가 쓰러져 피를 흘리던 것까지. 안토니가 바닥에 엎드려 돈을 꺼내려고 손을 집어넣고 있었던 것, 해리의 돈을 훔치려 했고 그녀를 때리고 목 졸랐던 일들이 순서가 뒤죽박죽으로 엉겨 붙었다간 조각나며 이어지다 끊어 지다를 반복하며 기억이 솔솔 살아났다. '그래서 해리가 안토니의 머리를 내려친 것인데….'

크라우디는 무엇을 어떻게 해야 할지 혼란스러웠다. 목 졸림을 당했던 것이 생각나 거울을 들여다보니 목에 시꺼멓게 손자국이 멍으로 남아있었다. 아직도 바닥에 나뒹굴고 있는 크리스털 꽃병이 눈에 들어왔다.

'저걸로 내려쳤지. 해리가 나를 살리려고…. 지문, 해리의 지문을 없애고 내걸, 내걸 새기는 거야. 그리고 하도 급해서 숨이 끊어질 것 같아서 안토니의 뒤통수를 내가 쳤다고 해야 해.'

크라우디는 경찰서에 가서 생각했던 대로 진술했다. 목에 생긴 시꺼먼 멍을 보여주며 안토니가 해리의 대학자금을 훔치려다 들키자, 자기를 때려 쓰러뜨리고 올라타 목을 졸랐고 자신이 숨이 끊어지려는 고통스러운 순간에 살아나려고 안간힘을 다해 옆에 있던 크리스털 꽃병을 들어 안토니의 뒤통수를 때렸다고 진술했다. 그러나 경찰은 안토니의 머리에 난 상처는 아래에 깔려 누워있던 사람이 공격할 수 있는 각도가 아니라며 크라우디에게 거짓 증언도 죄가 된다고 경고했다. 경찰은 해리를 체포하려고 계속 행방을 수소문하고 다녔다.

크라우디는 해리를 그 덫에서 구해주고 싶었다. 아니 어떤 방법을 써서라도 구해주어야 했다. 왜냐하면, 살인을 하려 했던 것은 안토니였고, 해리가 한 것은 죽어가는 엄마를 살리려는 정당방위였으니까. 결론적으로 해리야말로 진짜 피해자였다. 해리가 안토니를 크리스털 꽃병으로 치지 않았으면 틀림없이 지금쯤은 그녀가 관속에 누워있을 것이었다.

'불쌍한 것. 어째 일이 이렇게도 꼬인단 말인가?'

해리가 평생을 살인미수라는 꼬리표를 달고 사냥꾼에 쫓기는 꿩처럼 푸드덕 힘겨운 날갯짓을 쉴 새 없이 해대며 도망 다녀야 한다고 생각하니 앞으로의 해리의 인생이 과거의 것보다도 더 나쁜 것일 수도 있을 거라는 생각에 넋이 빠지는 것 같았다.

크라우디는 변호사를 샀다. 유능한 변호사는 모든 것을 정당방위로 몰고 나갔고 해리 없이 치뤄진 재판에서 마침내 배심원들은 해리의 무죄를 만장일치로 판결했다.

크라우디는 해리가 대학 가서 쓰도록 모아놓은 돈을 해리가 무죄 판결을 받는 데 다 썼다. 어차피 해리가 쓸 돈이었고 해리를 위해서 쓰였다. 이런 엉뚱한 용도로 써야 했던 것은 참으로 가슴 찢어지는 일이었지만.

해리는 아직도 안토니가 죽지 않고 살아났다는 것과 정당방위로 무죄 판결을 받은 것을 모르고 있을 것이다. 아직도 경찰에 신분이 노출될까 봐, 아니 평생을 불안한 도망자로 살게 될지 모른다.

'해리 말이 맞았어. 해리가 같이 떠나자 할 때 그때 떠났어야 했는데. 이제 와 생각해보니 그때가 우리를 오늘과 같은 불행한 삶에서 구출해 줄 마지막 기회였는데. 어떻게 하루 앞일을 알 수 있었겠어. 너무나 속상해. 너무나 후회스러워. 그래, 그러자. 해리 네 말이 맞다. 네가 원하면 그렇게 하자며 그때 해리와 함께 안토니를 떠났다면 우리는 어떻게 되었을까? 찢어질 듯 아픈 가슴으로 후회스럽게 보낸 긴 시간들이 기쁨과 보람으로 채워졌겠지? 후회하고 있어. 이가 으스러지도록 이를 갈며 후회하고 있어.'

크라우디는 해리의 살인혐의를 벗긴 후 해리를 찾아 나섰다. 장학금과 함께 입학이 허락된 대학에서 대학생이 되어 공부를 하고 있지 않다는 것은 알고 있지만, 그래도 학교로 갈 기차표를 가지고 있었기에 새벽에 준비 없이 떠난 해리가 일단은 기차를 잡아타지 않았을까 생각했다.

크라우디도 일단 학교행 기차를 타고 떠났다. 사건을 처리하느라 시간이 많이 흐른 후였지만, 혹시 아직도 그 근처에 있을 수도 있는 일이었다. 다시 해리를 찾을 수만 있다면 좀 늦은 감은 있어도 안토니에게서 도망해서 해리와 함께 살겠다고 결심했다. 안토니는 죽지 않았고 해리는 무혐의로 처리되어, 이제 더 이상 도망 다니지 않아도 된다는 것도 알려주어야 했다. 크라우디는 기차를 타고 가면서 해리를 꼭 다시 찾게 해달라고 두 손 모아 간절히, 너무나 간절히 기도했다. 해리를 다시 찾아 해리와 평화롭고 행복하게, 이제까지와는 다른 삶을 살 수 있기를 가슴이 미어지도록 희망하면서, 왜 조금만 더 일찍 그러지 못했는지도 후회하고 자책했다. 해리를 다시 찾을 수도 있다는 가느다란 희망과 긍정적인 생각으로 자꾸 고개 들고 일어나려는 좌절, 후회, 자책, 원망 등의 절망적인 감정들을 누르며 일주일을 달려 학교에 도착했다.

학교 앞에서 해리의 사진과 이름이 적힌 피켓을 들고 혹시 해리를 본 사람이 있는지, 혹시 해리를 기억하는 이가 있는지, 며칠을 서성이며 서 있었다. 그러던 어느 날 한 중년 남성이 크라우디에게 다가왔다.

"저는 교무처에서 근무하는 해롤드입니다. 이 학생을 기억하는데, 이 학생과는 어떤 관계이신가요?"

"내 아들이에요. 지금 어디에 있는지 아시나요?"

"아니요. 한동안 못 보았지만…, 몇 달 전 교무처에 와서 집에 큰일이 생겼다며 입학을 연기할 수 있는지 물어보더군요, 그래서 입학을 2년간 연기하는 절차를 밟아 주었어요. 며칠 후 출근을 하다 보니 해리가 프리웨이 출구에 서서 홈리스니 도와달라는 종이쪽지를 들고 구걸을 하고 있더군요. 대학에 입학을 하려던 젊은이가 무슨 사연으로 저러나 싶어 해리를 카페테리아로 데리고 가 아침을 사 주었지요. 해리는 얼마나 배가 고팠던지 허겁지겁 음식을 마구 집어넣더군요."

크라우디는 그 말을 듣고 서럽게 흐느꼈다.

"혹시 학교에서 도와줄 일이라도 있을까 싶어 무슨 일이냐고 물어도 해리가 자세한 얘기는 하지 않더군요, 입학을 허가받은 학생이어서, 더군다나 장학금을 받고 오기로 한 학생이어서 특별한 경우에는 학교 차원에서 도와줄 방법도 있거든요. 여러 번 물어봤어요. 정말 도와주고 싶었어요. 그러나 해리가 자세한 얘기를 하지 않으니 도와줄 방법을 찾을 수가 없었어요. 무슨 결정적이고 피치 못

할 사정이 있나 보다 생각했지요. 그때 해리는 구걸한 돈을 모아서 뉴욕으로 갈 거라 하더군요. 아무래도 대도시에 가면 일자리라도 찾을 수 있을 거라고, 뉴욕엘 가면 택시기사라도 할 수 있지 않겠느냐고 하더군요. 그 후로는 더 이상 해리를 보지 못했어요."

크라우디도 뉴욕행 열차를 탔다. 그 넓은 뉴욕에서 어찌 해리를 찾을 수가 있었겠는가. 매일 해리의 사진과 이름이 적힌 피켓을 목에 걸고 시내를 헤매고 다녔다. 해리의 소식을 알 수 있을까 하여 택시회사와 직업상담실 등등을 전전긍긍하다가 결국은 돈도 다 떨어져 골목길 쓰레기통 사이에 몸을 숨기고 밤을 지내곤 했다. 노숙자와 같은 생활을 하면서도 안토니가 있는 집으로 돌아가고 싶은 생각은 전혀 없었다. 이제는 뉴욕에서 일을 찾고 생활하면서 시간이 걸리더라도 해리를 찾을 것이라 생각했다. 해리가 있는 뉴욕을 떠나고 싶지 않았다. 그러다 어느 날 밤 나쁜 놈들과 마주쳐 폭행을 당하면서 정신을 잃고 말았다. 깨어나 보니 병원이었고 회복되자 병원에서 노숙자센터로 옮겨졌다. 노숙자센터에서 신분이 밝혀져 안토니가 있는 집으로 보내져 다시 안토니와 지옥 같은 생활을 하게 되었다.

그것이 마지막이었다. 그 후로는 한 번도 해리를 보지 못했고 그에게서 어떤 소식도 듣지 못했다. 하나밖에 없는 아들과의 인연은 거기까지였나 보다. 그렇게 끔찍한 사건을 치르고도 크라우디는 아직도 안토니와 함께 있다. 크라우디는 '무슨 악연이 이렇게도 질길까?' 혼자 생각해 보았다.

20

데이비드와 멜리는 맘에 드는 집을 찾았다. 차고를 개조해서 만든 방이 아니고 별채로 제대로 지어진 건물이었다. 집을 드나드는 입구도 본채와 따로 나 있었다. 나무 펜스가 둘러쳐진 작은 마당은 꽃들이 분위기 있게 피어있었고, 야외 테이블과 의자 몇 개 놓을 만한 공간도 있었다. 냉난방시설도 되어있었고, 가스와 전기 미터기가 따로 설치되어 있어 본채와는 완전히 분리된 별채였다. 부엌은 작지만 새로 리모델링되어 있어 깨끗했고, 건축자재도 고급스러워 보기 좋았다. 거기에다가 반 층쯤 위로 올라가 있는 로프트는 둘이 앉아 밤을 지새우며 속삭이기에 딱 좋을 것 같았다. 로프트 아래의 공간은 낮은 소파를 들여놓으면 또 다른 로맨틱한 공간이 될 것 같았다.

둘은 그 집이 마음에 쏘옥 들었다.

"데이비드, 나는 이 집 정말 맘에 들어. 데이비드는 어때?"

"응, 이제까지 본 집들 중에서는 제일 괜찮네."

"식탁은 아주 자그마한 걸로 여기에 놓고, 그래야 부엌이 좀 넓어 보일 거야. 음…, 그리고 아주 낮은 소파를 로프트 아래에 집어넣고."

"로프트 아래는 소파보다는 일인용 의자, 그걸 뭐라고 부르나? 동그랗게 공처럼 생겨서 앉으면 의자가 되는 거 있잖아? 그런 거 두 개 갖다 놓으면 납작해서 잘 어울리겠어. 의자가 낮으면 커피잔도 바닥에 놓고 마실 수 있으니 따로 티 테이블이 없어도 되겠고."

"아아. 뭐 말하는지 알아. 그래, 그런 의자 두 개 놓고 마주 보고 앉아 밤새도록 얘기해도 피곤하지 않겠다."

"로프트에는 한쪽 벽에 소파를 놓고 맞은편에는 큰 스크린 텔레비전을 놓는 거야. 그러면 영화관 같지 않겠어?"

"맞아. 그렇게 영화를 보면 꼭 극장에서 영화를 보는 기분이겠네. 데이비드, 너 센스 있네."

"우리 아버지가 가구점을 하셨잖아. 가구들을 다양하게 많이 보고 자랐거든."

"정말 그랬겠네."

"침대는 퀸사이즈는 돼야겠지?"

"더블사이즈는 어때? 내가 집에서 쓰는 게 더블사이즈거든."

"더블도 좋지. 멜리나 나나 둘 다 늘씬하니까. 또 좀 좁아야 더 가까워지고. 하하하."

"그럼 침대는 내가 쓰는 거 가져오면 되고, 또 급한 게 뭐 있지?"

"일단 누워 잘 데만 있으면 나머지는 천천히 우리 취향에 맞는 걸로 준비하면 되지. 그렇지 않겠어요, 멜리 양?"

"호호호. 맞아요. 데이비드 씨. 다른 거야 급할 게 뭐 있겠어요?"

"그릇도 집에서 몇 가지씩 챙겨오고, 수저도 두 벌 챙겨오지요. 걱정 뚝 끊으세요. 멜리 양."

둘은 별이라도 딴 것처럼 신 나서, 하늘을 날고 있는 듯이 팔랑거리며, 이 아담한 집에서 둘만의 생활을 시작할 것을 생각하며 행복에 겨워 입이 눈 끝까지 벌어졌다.

"돌이 깔린 저곳에는 작은 테이블과 의자를 갖다놓고, 주말이면 바비큐도 해먹고."

"와우, 맛있겠다. 바비큐 좋지."

"내가 요리 좀 하거든. 잔 갈비도 맛있게 구워줄게. 닭고기도 바비큐 통 뚜껑을 닫고 불구멍을 조절해가면서 속까지 잘 익게 구워내면 얼마나 맛있는지 알아? 구울 때 석탄에다 나무를 섞으면 나무 향이 닭고기에 배어서 은은한 자연의 향이 나는 게 정말 일품이지. 멜리가 정말 좋아할 거야. 소금하고 후추만 뿌려서 구워도 정말 맛있지. 내가 주말마다 구워줄게."

"아, 아, 생각만 해도 행복해."

"새우도 구워서 버터, 소금, 레몬으로 만든 소스에 찍어 먹으면… 아, 벌써부터 침 넘어가네."

"저기, 펜스 아래에는 일 년 내내 하늘거리며 피는 꽃을 심어야겠어. 그리고 마당 한쪽에는 잔디를 심는 거야. 가끔은 잔디 위에 타월을 깔고 누워서 책도 읽고. 아, 너무 좋겠다."

"좋지, 파란 잔디도 조금 있으면 예쁘겠다. 꽃이랑 어우러진 잔디는 정말 평화스러워 보여."

"이쪽 펜스 아래에는 토마토, 가지, 상추 등등 채소밭을 만들어야지. 난 가드닝 하는 걸 좋아하거든."

"그래? 그러면 앞으로는 우리 유기농으로 많이 먹겠네? 하하하."

"데이비드 씨가 바비큐를 하는 동안 나는 채소를 준비하겠습니다. 호호호."

생각만 해도 즐겁고 행복했다. 거기다 끝까지 가보지 못한 사랑 놀이도 끝을 볼 것을 생각하니 가슴이 간지럽게 설레고 소름마저 돋는 것 같았다.

"멜리, 이 집은 우리 집이다. 우리한테 딱이야. 이 집 계약하자."

"맞아, 딱 우리 둘만의 집이야. 나도 이 집이 맘에 들어. 이사 할 때까지 기다릴 수 있을지 모르겠어. 내일이라도 당장 들어오고 싶어."

"싸만타, 이 집 계약하고 싶은데. 어떻게 해야 하나?"

"한 달분 월세 디포짓과 보증금 오백 달러가 필요하고 이사 들어오면서 첫 달 치 월세 내고 들어오면 돼."

"그러면 모두 두 달 치 더하기 오백 달러네?"

"그렇지."

데이비드와 멜리는 돈 계산을 해 보았다.

"우리가 가지고 있는 돈에 오백 달러만 더 있으면 당장에라도 이사를 들어 올 수 있겠는데."

"일단 계약금 주고 계약해 놓고 돈 되는대로 이사 들어오면 어떨까?"

"나머지는 언제 될 것 같은데?"

싸만타가 묻는다.

"늦어도 2주 후면 되지. 2주 후에 또 월급을 받으니까."

"글쎄, 주인이 2주일씩 기다릴지 모르겠네. 주인 입장에서는 하루라도 빨리 이사 들어올 사람이 제일일 거야. 그래야 하루라도 월세를 더 받을 테니."

"주인한테 한번 물어봐. 오늘 당장 계약하고 2주 안에 이사를 들어오겠다고 해."

"그래. 싸만타, 그렇게 되게 좀 도와줘. 이런 집은 놓치기가 아깝잖아."

"그러게. 차고를 개조한 방들은 꽤 나오는데 이런 별채는 흔치가 않아. 놓치기 아깝다. 2주 안에 이사 들어온다고 해."

"더 빨리 이사 들어올 수도 있어. 될 수 있는 대로 빨리 이사하겠다고 해."

"그래, 알았어. 물어보고 주인이 좋다면 오늘 오후에라도 계약하자고 할게. 결정했으면 빨리 서둘러야지 여차하다 다른 사람에게 넘어가면 안 되니까. 이 집은 정말 괜찮아. 여러 가지 비교해보면 절대 비싸게 나온 것도 아니야. 그렇지 않아?"

"맞아. 이 집 놓치면 이런 집 다시 찾기가 쉽지 않을 것 같아."

"그래, 싸만타. 좀 서둘러 줘. 말 좀 잘해주고, 꼭 성사될 수 있게 해야 해."

"알았어. 지금 주인이 집에 없으니까 문자 보내고 대답 오는 대로 알려줄게."

데이비드와 멜리는 그 집이 너무 맘에 들어 절대로 놓치고 싶지 않았다. 문제는 그 집이 다른 집보다 약간 비싸다는 것과 보증금도 더 많이 필요하다는 것이었지만, 그래도 오백 달러만 더 있으면 이 아담한 별채로 이사할 수 있다고 생각하니 희망에 부푼 두 사람은 벌써부터 행복감에 푹 빠져들었다.

멜리가 출근을 하려고 집을 나서는데 싸만타에게서 전화가 왔다.

"멜리, 그 집주인이 그러는데 그 집에 관심을 가진 사람들이 많다고 그러더라."

"그래서?"

"들어오겠다는 사람이 별문제가 없으면 제일 빨리 이사를 들어오겠다는 사람과 계약하겠다고 그러거든."

"아니, 1~2주도 못 기다려준대?"

"들어오겠다는 사람들이 줄을 섰나 봐."

"그럼, 어떻게 해?"

"빨리 나머지 돈을 준비해서 오늘이라도 갖다 주고 이사를 들어가 버리면 되는 건데."

"싸만타, 혹시 한 오백 달러만 빌려줄 수는 없겠어? 돈은 2주 안에 확실히 준비가 될 텐데."

"나는 그만한 돈은 없는데."

"다른 사람한테 부탁할만한 사람 없을까?"

"나는 없어."

"알았어, 데이비드랑 얘기해보고 전화 줄게."

멜리와 데이비드는 절대 그 아담한 별채를 놓치고 싶지 않았다.

'어떻게 다른 방법이 없을까?'

'돈을 좀 더 빨리 만들 수 있는 방법은 없을까?'

'그 집을 놓치고 싶지가 않은데…'

멜리와 데이비드는 같은 고민을 하고 있었다.

멜리는 서둘러 출근했으나 15분이나 늦었고, 별채가 얼마나 맘에 들었던지 임대광고지까지 손에 꼭 쥔 채 약국에 도착해 일을 시작했다.

안드레아는 우연히 멜리가 별생각 없이 핸드폰과 같이 놓아둔 임대광고지를 보고 우수한 상상력을 발휘했다. 동료들에게 멜리가 남자친구와 살집을 보러 다닌다고 소곤거리며 "글쎄, 노 머니, 노 허니 아니겠나?" 하며 낄낄대고 돌아다녔다.

21

멜리도 길에서 팔리는 약들이 어떤 것들인지 안다. 나이가 중고등학교 학생 정도 되는 미국인이라면 대부분 알고 있을 것이다.

'스케줄2 혹은 컨트롤2'로 분류되는 마약성 의약품은 약으로 사용되는 성분 중 가장 강하고 빠르게 습관성을 유발할 수 있는 성분들로 약국에서 취급하는 약 중 가장 철저하게 관리되는 약들이다. 이 마약류는 금고에 보관해두고 처방전을 처리할 때마다 그때그때 약사가 장부에 기록을 하고 잔고를 확인한다. 약 알을 세는 것도 오직 약사만이 할 수 있다.

'스케줄2. 특히 거리의 넘버 원 셀러, 옥시코돈 제제 아니면 하이드로코돈 제제를 어떻게 가지고 나갈 방법이 없을까?' 온종일 이 생각이 떠나질 않았다.

'데이비드도 두 번 그런 거래를 하지 않았는가? 나도 좀 보태면 맘에 드는 그 아늑한 집으로 이사를 갈 수 있을 텐데…'

끝까지 가보지 못한 육체적인 욕망에 노예가 되어버린 멜리는, 그리고 그 아늑한 집에 한없이 집착하게 된 멜리는 위험한 상상까지 하게 되었다. 어렵게 딴 테크니션 라이센스도 안정된 평생 직업으로 생각했던 약국 테크니션 자리도 그녀의 이성을 붙잡아두기가 버거웠다. 데이비드와 시작할 새로운 삶에 대한 호기심과 뜨거운 열망은 이미 자신의 이성을 벗어나 비이성 쪽으로 백 미터 달리기 출발선을 박차고 뛰쳐나가고 있었다.

꼼꼼히 약국에서 처방대로 약이 준비되고 환자들이 준비된 약을 찾아가는 과정을 따져본다. 드롭오프 윈도우에 환자가 처방전을 가져오면 테크니션이 필요한 모든 정보를 환자에게 받아서 컴퓨터에 처방전의 내용을 입력한다. 만일 스케줄2 처방이면 처방전과 환자의 아이디를 무조건 약사한테 먼저 가져간다. 스케줄2 처방은 약사가 잔고도 확인해야 하고 환자의 마약성 의약품 사용 내용도 확인해야 하기 때문이다. 스케줄2 약품이 아니면 테크니션이 모든 정보를 컴퓨터에 입력하고 보험에 청구까지 해서 라벨을 인쇄하고 약을 세어서 마지막으로 약사가 화이널라이즈만 할 수 있게 다 준비된 상태로 약사에게 간다.

약사는 처방의 내용이 정확하게 입력이 되었는지 확인한다. 환자의 이름과 생년월일, 약 이름과 스트렝스, 용법, 용량, 리필, 처방일과 의사의 정보와 사인 등 모든 내용이 정확하게 입력이 되었으면 환자의 약 사용내력을 열어 too soon이 아닌지 확인한다. 모든 정보가 정확히 입력이 되었고 too soon이 아니면, 이제는 약이 담긴 바이알을 확인한다. 바이알 안에 있는 약이 정확한 약인지 개수가 맞게 세어졌는지 확인한 후 스캐너에 손 지문을 찍어 화이널라이즈를 해서 캐시어 쪽, 그러니까 픽업 창 쪽으로 내려놓는다. 약사가 손 지문을 찍어 처방을 완성시키면 프린터에서 처방의 모든 내용이 담긴 모노그램이 인쇄되어 나오고 모노그램과 약은 짝이 지어지고 투명한 비닐 백에 담겨 라스트네임 알파벳순으로 픽업대에 매달려 손님을 기다리게 된다. 그 약은 이제 손님이 찾아가도록 준비가 완료된 것이다. 손님이 오면 거기서 약을 찾아 내준다.

멜리는 어떤 트릭을 써서 약을 빼낼 방법이 없을까를 생각하느라 온갖 실수를 했다. 서로 짝이 맞지 않는 약과 모노그램을 짝지어 백에 담기도 했고, 바이알 하나를 손님 백에 넣지 않고 카운터에 남겨 두는 실수를 하여 손님이 두 번 걸음을 하여 불평을 듣기도 했다. 정신이 딴 데에 가 있으니 약을 찾는 것이 더디어져 손님들 줄은 파세아시티를 넘어 그다음 시티까지 갈 지경이었다.

찔러도 피도 안 나올 것 같은 완벽주의자 약국 매니저에게서도 한 소리 들어야 했다.

"멜리, 정신 똑바로 차리고 일해. 여기는 어떤 실수도 용납이 되지 않는 곳이라고. 모든 처방 약들은 다 위험한 약이야. 잘못된 약을 환자가 받아가거나 그런 일이 있으면 절대 안 돼. 정신 엑스트라로 차리고 일하라고. 그런 실수를 하면 너에게 다시는 시간을 줄수가 없어. 그리고 왜 이렇게 굼떠? 눈을 좀 크게 뜨고 약도 좀 빨리빨리 찾아야지. 어째서 몇 번씩 들춰보고 나서야 찾는 거야? 저 손님들 줄 좀 보라고. 줄이 스토어 입구까지 가게 생겼잖아. 약을 빨리빨리 찾아서 테니스를 칠 때처럼 두 발을 빠르게 굴리면서 두 캐시레지스터를 동시에, 두 손으로 서너 개의 공을 저글링 하듯 이렇게 빨리빨리 해야지. 정신 좀 바짝 차리라고."

정말 정신 바짝 나게 하는 말이었다. 멜리는 '정신 차리자. 딴 생각말자.'라고 스스로에게 다짐하고 일하다가 가끔 또 나쁜 생각이 들곤 했다.

약국에서 가끔은 준비된 약을 찾을 수가 없어서, 할 수 없이 라벨과 모노그램을 다시 프린트하고, 약을 다시 세서 해주는 경우가 있다. '그런 경우는 혈압약 같은 일반 약일 경우인데, 마약성 의약품도 그렇게 할까? 준비된 약을 내가 슬쩍 가지고 퇴근을 해버리면 아무도 어쩔 수 없지 않겠나? 숨겨 두었다가 일이 어떻게 되는지 한번 해 볼까?'라는 여러 가지 생각들이 꼬리에 꼬리를 물고 이어졌다.

그날도 멜리는 손님들이 약을 타가는 창구에서 캐쉬어로 일하고 있었다. 손님들을 돕는 중간중간에 준비된 약들을 투명한 백에 넣다가, 준비된 제네릭 놀코 5/325 밀리그램, 구십 알짜리 처방을 투명한 백에 넣어 이름순으로 거는 척하다가 맨 아래 행거 안쪽에 살짝 숨겼다. 그 앞으로는 다른 약이 담긴 백들이 촘촘히 걸려있어서 멜리가 숨겨 놓은 백은 앞의 백들을 들춰내지 않는 한 보이지 않았다. 만약의 경우 약을 꼭 내놓아야 한다면, 그 백은 우연히 행거에서 미끄러져 아래 칸으로 떨어진 것을 멜리가 찾아내는 것처럼 될 것이다.

'한 번 해봐?' 생각만으로도 긴장돼서 가슴이 콩콩 뛰었다.

드디어 그 약의 손님이 약을 찾으러 왔다. 멜리는 평소 하던 대로 컴퓨터에서 손님 이름과 하나의 처방이 준비된 것을 확인하고 약을 찾기 시작했다. 멜리는 처음에는 환자의 이름과 한 가지 약이 준비된 것만 보았지, 약 이름에는 신경을 쓰지 않았기에 그 손님이 자기가 감춘 약을 찾으러 온 것인지도 몰랐다. 약을 찾을 수 없어서 다시 컴퓨터로 가서 자세히 보니 자기가 감춘 바로 그 약이었다. 멜리는 다시 한 번 찾아보는 척하며 시간을 끌면서 무척 망설였다. '그냥 찾아줘? 아니지, 약이 없어지면 무슨 일이 벌어지는지 봐야 하잖아.' 한참을 찾는 척하다가 손님들 줄이 파세아까지 늘어섰을 때쯤 약사에게 약을 찾을 수 없다고, 약이 보이지 않는다고 말했다.

약사는 그 약이 스케줄2 마약성 진통제인 것을 알자 스스로 찾기 시작했다. 약사도 찾을 수가 없자 약사가 모든 약국 인원에게 약을 찾으라고 지시했다. A에게는 모노그램의 날짜, 오늘 날짜가 찍힌 모노그램이 들어가 있는 백들을 일일이 열어보고 확인하라고 했다. B에게는 배달 나가는 약들을 모아 놓은 박스를 확인하라고 했다. C에게는 손님이 오랫동안 찾아가질 않아 취소해야 하는 약들을 모아 놓은 박스를 확인하라 했다. 또 D에게는 그 손님의 알파

벳이 해당하는 백들을 일일이 다 열어보고 확인하라고 했다. 멜리에게는 걸려 있다가 바닥에 떨어진 백이 없는지 행거 아래 뒤쪽을 확인하라고 했고, 약사 스스로는 비슷한 시간에 준비되었을 만한 약의 백들을 일일이 열어 확인했다.

모두들 각자 하던 일을 멈추고 그 약을 찾기 시작했다. 약사의 지시대로 멜리는 제일 아래 칸 행거의 뒤쪽에서 자기가 숨긴 약을 찾아냈고, 모두들 백이 아래로 떨어져 찾을 수가 없었다고 생각했다. 멜리는 이런 마약 종류는 도저히 훔칠 수가 없겠다고 생각했다.

안드레아는 단번에 멜리가 집 얻을 돈이 필요해서 어떤 시도를 할지도 모르고, 아마도 오늘 사건이 멜리의 모종의 시도였을지도 모른다고 생각해 약국 매니저에게 은밀히 말했다.

"약을 찾았으니 다행이지 뭐예요. Oh, Lol. Mercy! 세상에, 못 찾았으면 보안팀들이 내 팬티 속까지 들여다보자 했을 거야. 그냥 참고로 얘기하는데, 멜리가 남자친구랑 살 집을 구하러 다니는 것 같아요. 돈이 많이 필요하겠죠."

22

안토니는 닥터오피스에서 순서를 기다리고 있었다. 닥터오피스는 항상 환자들로 붐볐고 진료를 기다리는 시간도 길었다. 리셉션니스트가 이름을 부르면 진료실로 들어가 또 몇 분 혹은 더 길게 기다려야 의사를 볼 수 있었다.

"안토니 헬코너 씨? 들어오세요."

간병인이 휠체어를 밀며 들어갔다.

"이분, 간병인이신가요? 진료 시 함께 계셔도 괜찮으신가요?"

리셉션니스트가 물어보았다. 평소엔 부인 크라우디가 함께 왔는데 오늘은 처음 보는 사람과 함께 왔으니 개인정보 보호 정책에 어긋나지 않으려면 물어보고 환자의 동의를 받아야 하기 때문이었다.

"아니야, 크라우디가 없는 동안 도와주는 사람이야. 같이 들어갈 필요까지는 없지."

"네에, 그러면 여기서 기다리시고요." 리셉션니스트가 간병인에게 말하고 안토니의 휠체어를 밀어 안토니를 클리닉 안쪽 복도 오른쪽으로 나누어져 있는 진료실 중 하나에 안내하고 "잠시 기다리세요." 하고 나갔다.

안토니는 방안을 쭉 둘러보았다. 여러 번 와 보았기에 전혀 낯설지 않은 곳이다. 의사 면허증, 알 수 없는 여러 가지 수료증들이 벽에 걸려 있고, 구석의 파일 캐비닛 위에는 보기 좋게 조화가 놓여 있다. 방 왼쪽으로 손 씻는 개수대와 개수대에서 이어진 카운터 위에 여러 가지 진료에 필요한 물건들이 잘 정돈되어 놓여있다. 방 오른쪽으로 진찰용 침대가 놓여있고 침대와 개수대 사이에 테이블과 의사가 앉을 등받이 없는 360도 돌아가는 회전의자가 놓여있다. 테이블 위에는 간단한 필기구와 처방전 다발이 놓여있었다. 안토니는 테이블 끝쪽에서 휠체어에 앉아 의사를 기다렸다.

곧 사업을 시작할 예정이니 오늘은 약을 평소보다 더 많이 달라고 부탁할 것이다. 의사는 오늘도 몹시 바쁜 모양이다. 문 쪽으로 고개를 돌렸다가 다시 테이블로 돌리자 필기구 옆에 놓여있는 처방전 다발들이 눈길을 끌었다. 세 다발이나 놓여 있다. 맨 위의 다발은 여러 장 써서 아래에 있는 두 다발보다 두께가 얇다. 안토니에게 순간적으로 근사한 생각이 떠올랐다.

'처방전, 저걸 가져가면?'

슬그머니 사방을 살핀다. 문은 살짝 열려 있지만 그 사이로 직원들이나 다른 사람은 보이지 않는다. 생각만으로도 심장이 자분자분 뛰었다. 의사나 직원이 오는 소리도 들리지 않는다. 살짝 손을 테이블 위에 올려놓고, 다시 사방을 살핀다. 팔을 길게 뻗어본다. 손끝이 충분히 처방전 다발에 닿았다. 세 다발 중 가운데 것을 집어냈다. 심장이 조금 더 빠르게 뛰었다. 처방전 다발을 몸쪽으로 끌고 왔다.

'어디다 넣지?'

윗주머니는 작아 들어가지 않았다. 다시 사방을 둘러본다. 아직 문밖은 조용하다. 잽싸게 처방전 다발을 휠체어 팔걸이 안쪽으로 난 주머니에 넣으려다가 진찰할 때 의사에게 훤히 보일 것 같아 망설인다. 의사가 오는 것 같다. 뚜벅뚜벅 구두 소리가 들린다. 긴장돼서 심장이 쿵쿵 뛰었다. 급하다, 빨리 숨겨야 하는데. 안토니는 처방전 다발을 엉덩이 밑으로 집어넣어 깔고 앉았다. 들킬까 봐 초조했다.

'휠체어에서 일어나야 할 일이 없어야 하는데….'

간호사가 환자 차트를 들고 들어왔다.

"혈압 재 드릴게요. 부인께서 사고를 당하셨다니 참 안 됐네요. 두 분 다 많이 힘드시겠어요. 빨리 완치되기를 빌겠습니다."라고 인사말을 건네며 혈압을 잰다.

"아유, 혈압이 아주 높네요. 잠시 아무 생각 마시고 편안히 계세요. 몇 분 후에 다시 재 드릴게요. 뭐 걱정거리나 긴장되는 일이라도 있으신가요? 부인일이 걱정도 되시겠지만 잠시 내려놓으시고 맘 편하게 계세요." 하고 나갔다.

'이런 젠장, 혈압이 올라갈 만하니까 올라갔지. 혈압보다 더 급한

게 있단 말이야.'

몇 분 후 간호사가 다시 들어와 혈압을 재고는 "조금 낮아지기는 했어도 아직도 많이 높네요." 하며 차트에 기록을 하고 차트를 문 바깥쪽에 달린 행어에 걸며 "선생님께서 곧 오실 거예요. 잠시만 기다리셔요."라며 상냥하게 웃으며 나갔다.

'이걸 어떻게 하지? 처방전을 숨길 데가 이렇게 없나?'

의사가 노크를 하며 들어왔다.

"안녕하셨어요? 그동안 좀 어떠셨어요? 안부를 물으며 환자 차트를 훑어 본 다음 테이블에 내려놓고 동그란 의자에 앉는다.

"갈수록 통증이 아주 심해요. 허리랑 허리 아래 그리고 무릎 아래까지 저려요. 밤이면 더 아프고, 기침 때문에 잘 수가 없어요. 약을 더 먹게 돼요. 약이 모자랐어요."

"오늘 척추 상태가 어떤지 MRI를 한 번 더 찍어볼까요?"

"아니 됐어요. MRI는 다음에 찍고 오늘은 그냥 진료받고 처방만 받아 갈래요."

"그럼, 그러세요. 오늘은 혈압이 많이 높네요. 혈압약 잘 드시고 계시지요?"

"네에, 잘 먹고 있어요."

"댁에 혈압기 있으시지요? 하루에 한두 번씩은 혈압 측정하시고 기록해서 다음 달에 오실 때 가져오세요. 계속 혈압이 높으면 다음 달에는 혈압약을 하나 더 추가해 드리지요."

"이번에는 약을 좀 넉넉히 줘요. 옥시코돈하고 하이드로코돈인가 그거 번갈아가며 4시간마다 먹어야 해요. 한 알로 안 들을 때도 있어요. 두 알을 먹어야 할 때도 있다고요. 주로 두 알씩 먹어요. 한 알로는 효과가 없어요. 밤에는 기침도 심해 기침하느라 잠을 못 자겠어요. 이제 정말 죽을 때가 다 되었나 봐요."

"약으로 통증을 잘 다스리시면서 워커를 밀고 자주 걸어주세요. 다리 힘을 유지하려면 싫어도 자꾸 걸어야 합니다. 척추협착증은 아프기는 해도 통증을 약으로 잘 조절하면 생명을 앗아가는 병은 아니고요, 오히려 마약성 진통제 과다복용이 더 위험할 수 있으니 꼭 처방대로 드셔야 해요. 이쪽으로 침대에 누워보세요. 허리랑 다리 상태를 봐 드릴게요."

"아니, 아니에요. 한번 일어났다 다시 눕는데 한 10분은 걸려요. 완전 슬로우모션으로 움직여야 해요. 하도 아파서 빨리빨리 할 수가 없어요. 괜히 의사 선생 시간만 낭비하지 말고 오늘은 됐어요. 진찰은 다음 달에 받지요."

"그래도 힘들게 오셨는데, 제대로 진찰은 받고 가셔야 할 것 아닙니까? 통증도 지난번보다 더 심하신 것 같은데요."

"글쎄, 됐다니까요. 오늘은 됐다고요. 너무 아파서 그래요."

"그렇게 아픈데 통증 주사라도 한 대 맞고 가세요."

"아니, 오늘은 됐다니까요."

"주사라도 한 대 맞고 가시면 당분간은 좀 편하시잖아요. 직원들 불러서 침대에 누우시도록 도와드릴게요."

"아니, 됐다니까요. 오늘은 됐어요."

"오늘은 참 이상하시네. 통증 주사도 마다하시고. 왜 그러세요?"

"크라우디한테도 가봐야 해요. 어렵게 면회를 예약해 놓았거든요. 오늘은 그냥 약이나 넉넉히 줘요."

"약은 비마약성 진통제를 드시다가 정 통증 때문에 참기 힘들 때만 마약성 진통제를 드세요. 마약성 진통제는 하루에 여덟 알 이상은 절대 들지 마시고요."

"아니, 열두 알까지는 괜찮다면서요?"

"부작용 때문에 가이드라인이 바뀌었어요. 두 가지 합쳐서 하루에 여덟 알 이상 드시면 안 됩니다."

"지금껏 열두 알씩 먹었어도 아무 일 없었잖아요. 난 열두 알씩 먹어야 해요."

"치명적인 부작용이 있을 수 있으니까 여덟 알까지만 드세요. 다음 달에 오시면 MRI 촬영 다시 하도록 하고요. 혈압 아침저녁에 재서 기록 가져오시는 거 잊지 마시고요. 오늘은 그럼 됐습니다."

의사는 환자의 통증을 안다. 더욱이 마약성 진통제를 장기 복용할 경우 내성이 생겨 자꾸 양을 높이고 더 자주 먹어주어야 하는 걸 알기에 부작용에 관한 경고를 해주면서 처방을 넉넉히 해 주었다.

안토니는 클리닉을 나오면서 안도의 숨을 길게 내 쉬었다. 깔고 앉은 처방전 다발을 생각하니 웃음이 피식 입술 사이로 삐져나왔다.

'데이비드란 놈이 좋다고 사갈 거야. 흐흐흐. 얼마를 부를까? 흐흐흐.'

간병인이 가고 난 뒤 안토니는 데이비드에게 전화를 했다.

"나야, 안토니. 한번 들르지그래? 사탕도 준비되었고. 체리사탕이 120개고 박하사탕도 90개야. 또 다른 근사한 게 있거든. 돈 좀 넉넉하게 가져와야 할 거야. 아주 맘에 들 거야."

"뭔데 그래요?"

"글쎄, 그런 게 있어. 아주 좋은 거야. 정말 맘에 들 거야. 와서 보라고."

"한 시간 안에 갈게요."

한 시간이 되기 전에 데이비드가 나타났다.

"흐흐흐. 어서 들어와. 돈은 충분히 가져왔나?"

안토니는 처방전 10장을 보여주며 "어때? 아주 쓸모가 많겠지? 안 그런가?" 하고 물었다.

"글쎄요. 그런 것까지 취급하고 싶지는 않은데요."

"무슨 소리야? 몰라도 한참 모르는구먼. 의사가 쓴 것처럼 사자 갈기처럼 갈겨써서 약국에 가져가면 무한정으로 약을 받을 수가 있을 텐데. 네 이름으로 처방을 써서 네 아이디랑 가져가서 약을 사면되잖아. 내 이름으로 사는 거는 한계가 있다고. 그러니 이거 한 장당 얼마 줄 거야?"

데이비드는 생각했다. '한 번 세게 해서 멜리랑 이사하고 싹 치워버려? 한 번만 좀 세게. 딱 한 번만. 이번 한 번만. 그다음은 손을 끊는 거야, 영원히. 멜리가 좋아하는 그 집으로 이사하고 나면 우리 두 사람 월급으로 생활은 될 거고. 지금은 이사비용이 필요하니

까. 멜리한테는 비밀로 하고.'

"좋아요. 열 장 다 주세요."

"이제야 말을 알아듣는군. 그래 한 장에 50달러씩 하면 어떨까?"

"네에? 50달러씩이나요?"

"무슨 소리야? 너는 한 장당 300달러씩 벌거면서. 그렇게 되도록 내가 다 준비를 해줄 거라고."

"어떻게요?"

"어떻게는 무슨 어떻게? 내 처방전을 복사를 해왔으니 보고 의사 글씨, 사인 똑같게 하면 감쪽같을 거 아냐?"

데이비드는 안토니 말에 귀가 솔깃해지고 마음에 자석이라도 붙어있는 듯 저항할 수 없이 마구 따라 붙었다.

"좋아요. 그래도 50달러는 너무 높아요. 좀 내리세요."

"흐흐흐. 알았어, 알았어. 좀 내려 주지."

데이비드는 안토니에게서 약과 처방전과 처방전 복사본을 받아와 밤늦게까지 의사 글씨체와 사인을 제법 비슷하게 할 수 있게 될 때까지 연습했다.

23

다음 날 데이비드는 본인이 쓴 놀코와 펄코셋, 그리고 코데인이 함유된 기침약(phenergan with codein) 처방전을 들고 약국여행을 떠났다. 데이비드의 주머니 안에는 품목이 골고루 쓰인 열 장의 처방전들이 준비되어있었다.

'열 개는 다 아니더라도, 두세 개 만이라도 약을 살 수 있으면 그런대로 성공적이야. 한번 가보자. 까짓것!'

단기간에 치고 빠지고 싶었다. 자꾸 이런 일에 말려 들어가면 절대 안 되겠고, 이사비용만 준비되면 안토니와의 동업도 집어치우고 멜리와 조용히 살겠다고 마음먹었다.

데이비드는 한 2마일 떨어진 곳에 있는 약국에 들어가서 놀코 5/325 밀리그램, 120알이 적힌 처방전을 내놓았다.

"저희 약국에서 약을 사 가신 적이 있으신가요?" 약국 캐쉬어가 물었다.

"아니요, 처음인데요."

"네. 처방전 앞면에 주소와 전화번호, 생년월일을 기재해주시고, 아디이도 함께 주시고요."

데이비드는 캐쉬어가 요구한 대로 주소를 적다가 '아니지. 곧이 곧대로 다 정확하게 쓸 필요가 뭐 있겠어?' 생각하며 다른 도시의 엉터리 주소를 적고 전화번호도 조금 다르게 적었다. 생년월일도 엉터리로 적으면서 '흐흐흐. 모든 것이 엉터리거든. 흐흐흐. 가짜 처방전인 게 들통이 나도 누가 날 어떻게 추적해 오겠어? 모두 잘못된 정보들인데. 흐흐흐.' 자기 아이디도 같이 보여 주어야 하는 걸 잠깐 잊고 속으로 흐뭇해 했다.

"아이디도 주시고요."

데이비드는 별생각 없이 아이디도 함께 주었다.

"잠시 기다리세요." 하고는 캐쉬어가 처방전과 아이디를 들고 안쪽으로 걸어 들어갔다. 아마도 약사한테 가져가는 것이겠지. 이 약국은 약사가 일하는 곳이 안쪽에 들어 앉아있고 데이비드와 약사 사이에 구조물이 막고 있어서 데이비드는 그 안쪽까지는 볼 수 없었다. 데이비드는 조마조마한 마음으로 기다렸다. 약사는 처방전에 쓴 주소를 보더니 '아니, 여기서 50마일은 떨어진 데서 사는 사람이 왜 처방전을 우리 약국으로 가져왔을까? 더군다나 마약성 진통제 처방을?'이라고 생각하면서 환자의 마약성 의약품 사용 여부를 확인하려고 생년월일을 집어넣으려니, 처방에 적힌 생년월일과 아이디의 생년월일이 전혀 달랐다.

약사는 캐쉬어에게 "환자의 아이디가 필요하다고 해요." 하니 캐쉬어가 데이비드에게 와서 "환자의 아이디를 가져오세요."라고 말했다.

"제가 환자인데요."

캐쉬어는 다시 약사에게 돌아와 "본인이라는데요."라고 말하자 "응? 그런데 왜 생년월일이 이렇게 엉뚱해?"라며 약사는 구조물 너머로 슬쩍 데이비드를 살펴보았다. 생긴 모습은 아이디의 사진과 일치했다. 약사는 젊은 사람이, 아파 보이지도 않는 사람이 놀코 120알짜리 처방을 가져와 엉뚱한 생년월일과 같이 내놓자 이상하게 생각했다.

"생년월일을 다시 확인해 오세요."

약사가 캐쉬어에게 말했다.

"데이비드 해라 씨, 생년월일이 어떻게 되나요? 왜 아이디 것과 처방에 쓴 것이 완전히 다른가요? 어떤 것이 맞는 건가요?"

캐쉬어가 묻자 데이비드는 찔끔하여 "제가 생년월일을 잘못 적었나요? 어떻게 적었나요? 아이디에 정확한 생년월일이 있지 않습니까? 제가 잘못 적었나 보네요."라고 말했다. 약사가 웹페이지에서 확인을 해보니 마약성 의약품을 사용한 기록이 전혀 없었다. 그러나 약사는 아무래도 스케줄2 처방인 데다, 처음 온 환자이고 주소지도 먼 곳이어서 여러 가지 이유로 클리닉에 확인전화를 걸었다. 클리닉에서는 그런 환자가 없다며 처방전을 팩스로 보내달라고 했다. 약사는 처방전을 클리닉에 팩스로 보내주고, 마약단속반에도 처방전과 아이디를 팩스로 보내 가짜 처방전이 나돌고 있음을 알렸다. 약사는 당연히 가짜 처방전임을 알고는 환자에게 걸어갔다.

"이 약은 지금은 떨어지고 없네요. 죄송합니다."

점잖게 얘기하고는 돌아서 걸어갔다. 약사는 가짜 처방전은 그냥 쫓아버리고 약을 안 주면 되지 경찰을 부르고 하여 영업시간에 난리를 치고 싶지는 않았다. 데이비드는 아무 말 없이 처방전과 아이디를 받아들고 나왔다. 본인도 처음으로 이런 짓을 하려니 마음이 불편하고 떨려서 빨리 그 약국에서 빠져나오고 싶은 생각뿐이었다. 더군다나 엉터리 생년월일로 빤한 거짓말까지 하려다 들켰으니 얼굴까지 붉어지고 말았다.

'아이고, 뭐야. 아이디에 생년월일이 정확하게 적혀 있는데 처방전에는 엉터리로 적었으니….'

본인이 생각해도 한심한 실수였다.

데이비드는 어리숙한 자신의 실수를 스스로 위로하며 한동안 차를 몰았다. 한 10마일 떨어진 약국에 가서 펄코셋 10/325 밀리그램이 적힌 처방전과 신분증을 내밀었다. 약사는 꼼꼼히 처방전을 확인해 보았다. 환자이름, 주소, 생년월일, 처방한 날짜, 약 이름, 용량, 용법, 수량, 의사의 사인 다 이상이 없어 보였다. 다만 환자가 전혀 아파 보이지도 않는데 왜 마약성 진통제가 이렇게나 많이 필요할까 조금은 의심스럽게 생각했다. 환자의 마약 성분이용을 확인하는 프로그램을 열어 데이비드가 마약 성분의 약을 사용한 기록이 없자, 오늘은 약이 없지만, 처방을 놓고 가면 주문을 해서 며칠 후 약을 준비해 주겠노라 했다. 데이비드는 그렇게 해달라고 부탁하고 나왔다.

'됐어. 여기서는 며칠 후에 약을 살 수 있겠군. 흐흐흐. 좋았어.'

이렇게 되면 잘 될 것 같았다. 오늘 약이 없다면 주문해서 준비해 달라 하고 며칠 후에 다시 한 바퀴 돌면서 줄줄이 사탕처럼 거두어들이면 될 것 아닌가? 데이비드는 일이 잘 풀릴 것 같은 기분좋은 예감에 흐뭇해 하며 다음 약국으로 떠났다. 데이비드가 약국을 떠나자 테크니션이 처방전의 내용을 컴퓨터에 입력하고 약사에게 보냈다.

"아니, 이 환자 보험이 없어? 약값은 알려줬나? 약값이 599달러나 나오네. 환자한테 전화해서 가격을 알려주고 괜찮은지 물어봐요."

테크니션이 데이비드가 처방전에 적어준 번호로 전화를 걸자 "이 번호는 서비스가 끊겼거나 없는 번호이니 확인하시고 다시 걸어 주십시오."라는 녹음이 흘러나왔다. 약사는 환자가 새파랗게 젊은 데다가 보험도 없지, 아파 보이지도 않지, 처방 양은 180정이나 되지, 전화번호는 잘못된 것이지…, 금방 뭔가가 이상하다는 생각이 들어 진단이 무엇인지 확인도 하고 기록으로 남겨야겠다고 생각했다. 클리닉에 전화를 하니 그런 환자가 없다며 처방전을 팩스로 보내 달라고 했다.

팩스를 받아본 클리닉에서는 당장 가짜 처방전이라는 것을 알 수 있었다. 의사의 글씨체도 다르고 사인도 비슷하게 하려고 노력한 흔적만 보일 뿐 완전히 달랐다. 그리고 벌써 두 번째 확인요청 신고였다. 같은 날, 몇십 분 간격으로 가짜 처방전이 시중에 돌아다니고 있다는 신고가 두 번씩이나 들어왔으니, 클리닉에서는 난리가 날 수밖에 없었다. 처방전이 유출되어서 닥터 이름이 인쇄된 가짜 처방전이 여기저기 돌아다닌다는 것은 의사한테는 대단히 심각한 문제였다. 그것도 일반 약이 아니고, 특히 마약성, 그것도 스케줄2 약의 가짜 처방전이 돌아다닌다는 것은 범죄와 연관이 될 수 있기에 신속히, 제대로 해결하지 않으면 대재앙을 불러올 수도 있는 절체절명의 위기였다. 의사는 두 약국에서 팩스로 들어온 가짜 처방전을 놓고 고민에 빠졌다.

'어떻게 된 거지? 어떻게 처방전들이 외부로 흘러나갔을까? 누군가 훔쳐간 게 틀림없는데 도대체 누구 짓일까?'

의사는 아주 조심스럽게 혼자 고민을 할 수밖에 없었다. 환자가 처방전을 훔쳐갔다기보다 직원 중 누군가 훔쳤을 것이라는 쪽으로 생각이 기울어 직원들에게 어떻게 물어봐야 할지도 고민스러웠다. 그러나 직원들은 오랫동안 함께 일해 왔고, 가장 짧은 기간 동안 일하고 있는 직원도 2년 이상 함께 일한 터여서 그럴 리가 없다는 결론을 내렸다.

'그럼 환자가?'

의사는 일단 직원들에게 요즘 환자들에게 내준 처방전 번호들과 아직 한 장도 쓰지 않은 처방전 다발의 일련번호들을 다 맞추어놓으라 지시했다. 처방전에는 한 장 한 장마다 일련번호가 새겨져 있는데 번호를 추적해보니 100장의 처방전 뭉치가 분실되었음이 확인되었고, 확인요청신고가 들어온 가짜 처방전의 번호는 분실된 처방전 100장 뭉치에 속하는 번호였다.

클리닉은 바로 마약단속반에 신고했고 약국에도 그 사실을 알렸다. 약국도 바로 데이비드가 가져온 가짜 처방전을 마약단속반에 팩스로 보냈다.

'이제, 어느 약국을 간다?'

데이비드는 천천히 운전하며 약국을 찾았다.

멀리서 웰비잉 체인 약국이 보였다.

"그렇지, 세계적으로 유명한 우리의 웰비잉 약국을 빼고 갈 수는 없지. 웰비잉 약국이여 데이비드가 간다. 오호라. 짐이 너희들에게 가니, 오늘 그대들 나를 칭송하며 환영할지니라. 처방전을 영광스럽게 받들지니라."

데이비드는 무대 위에 선 뮤지컬배우 흉내를 내보았다.

'좋았어, 펄코셋은 주문을 해 놓았고, 아싸!'

며칠 후, 조금 전에 들렀던 약국에서 펄코셋을 살 수 있을 것을 생각하니 절로 흥이 났다. 데이비드는 차에서 내리기 전에 어느 처방전을 내놓을 것인가를 결정하느라 시간을 좀 끌었다.

'펄코셋은 주문해서 며칠 후에 준비해 준다고 했으니 놀코를 사야지.'

놀코 5/325 밀리그램 120알짜리 처방을 따로 바지 주머니에 넣고 약국으로 들어갔다. 드롭오프창에 줄서 기다리다 차례가 오자 처방전을 건넸다.

"저희 약국에 오신 적이 있으신가요?"

"아니요, 처음인데요."

"그럼 처방전 앞면에 주소, 생년월일, 전화번호를 써 주시고요. 보험증이랑 아이디도 주세요."

데이비드는 이번에는 정확한 주소를 적고 전화번호는 제대로 적다가 한 숫자를 다른 숫자로 수정하여 알아볼 수 없게 적었다. 그리고 생년월일은 정확하게 적어 아이디와 주었다. 보험도 있지만 나중에라도 문제가 될까 봐 보험은 없다고 거짓말을 했다. "잠시 기다리세요." 하고는 약국 테크니션은 처방전과 데이비드의 아이디를 약사에게 가지고 갔다.

약사는 우선 마약 성분 이용기록을 찾아보았으나 아무 기록이 없었다. 이 웰비잉 체인 약국은 미국에서 규모가 가장 큰 체인 약국이어서 환자의 보험 여부도 자체적으로 확인할 수 있는 시스템을 갖추고 있었다. 이름과 생년월일 그리고 거주지역이 일치하거나, 아니면 소셜시큐리티 번호로도 정확한 보험내용을 확인할 수 있는데, 모든 것이 제대로 된 정보가 들어가자 데이비드의 보험정보가 떴다.

'이 처방전은 좀 수상하군. 보험이 있는데 왜 자기 돈을 내려 하지?'라며 이상하게 생각한 약사는 데이비드에게 갔다.

"손님, 보험이 있는 게 확인되니 보험으로 처리해 드릴까요?"

"아니요."

잠시 머뭇거리다가 "워크먼스컴이거든요. 직장 상해요. 그러니까 제가 약값을 내고 나중에 돌려받으면 돼요."라고 서둘러 변명했다.

"그럼 저희가 워크먼스컴과 연결이 되어있으니 걱정 말고 기다리세요. 워크먼스컴과 연결해서 본인 부담 없이 해 드리죠."

"아니요."

데이비드는 난감했다.

"그러면 안 돼요. 그럴 사정이 있거든요. 아니, 아직 상해보험이 승인이 안 났어요. 이번엔 그냥 현찰로 살게요. 다음에 승인을 받으면 상해보험으로 하고요."

"오케이, 그럼 잠시 기다리세요." 하더니 약사는 자기 자리로 돌아가 컴퓨터를 두드리고 전화를 받고, 마치 데이비드는 잊어버린 듯, 가타부타 아무 반응 없이 한참 동안 자기 일만 했다. 데이비드는 기다리는 시간이 길어질수록 초조함이 더해져 손바닥에 식은땀이 배기 시작했다.

약사는 아무래도 마약 성분의 처방이고 더군다나 용량이 120알이나 되니 병명이 무엇인지 확인도 하고 기록으로 남기기 위해 클리닉에 전화를 했다. 클리닉은 다시 한 번 난리가 났다. 이번이 세 번째 신고였고, 두 번째 신고 이후 삼십 분 만이었다. 약사는 가짜 처방전임을 확인하고 인터콤으로 시큐리티를 불렀다.

"시큐리티, 시큐리티. 약국으로 오세요. 빨리 약국으로 오세요."

그리고는 시간을 끌며 데이비드의 아이디와 처방전을 클리닉과 마약단속반에 보내기 위해 복사를 했다. 데이비드는 약사가 시큐리티를 부르는 걸 듣자 완전히 긴장했다.

'빨리 아이디만이라도 찾아서 나가야 해.'

그때 약사가 데이비드에게 와서 "닥터오피스에서 처방을 취소했습니다. 더 궁금한 게 있으시면 닥터오피스로 직접 문의하세요." 하면서 불꽃이 튈 것 같은 눈으로 매섭게 데이비드를 노려보았다. 데이비드는 너무 당황스럽고 시큐리티에게 잡힐 것이 두렵기도 해서 약사 손에 들려있던 처방전과 아이디를 확 낚아채서 뛰기 시작했다. 시큐리티가 금방이라도 쫓아와 목덜미를 잡을 것 같았다. 정신없이 뛰어 나가니 스토어 안에서 물건을 고르던 손님들이 놀라 뿔뿔이 사방으로 흩어졌다. 퉁탕거리며 시큐리티들이 쫓아오는 발소리도 들리는 것 같았다. 데이비드는 멈추지 않고 문을 밀치고 스토어를 빠져나왔다. 사방을 살필 겨를도 없이 뛰는 통에 스토어 문을 밀고 나오자마자 스토어로 들어오던 손님과 부딪혀 넘어지며 한 바퀴를 굴렀으나, 바로 일어나 정신없이 또다시 뛰어갔다. 이번엔 끼익 소리를 내며 급정차하는 차와 부딪혀 3미터쯤 날아가 떨어졌으나 그것이 문제가 아니었다. 뒤쫓아오는 시큐리티에게 잡힐 것이 두려워 자기 차까지 계속 뛰어가 차를 타고 서둘러 주차장을 빠져나갔다.

'세상에, 클리닉에 확인 전화를 해봤나 봐. 그러고는 닥터가 취소를 했다고 말을 하다니. 오 마이 갓, 무서운 약사네.'

약사는 복사한 처방전과 데이비드의 아이디의 인적사항을 컴퓨터에 입력하고 경고메시지를 노트로 달았다. 그것도 위급을 요하는 긴급메시지로 데이비드 해라라는 환자에게 연관된 그 무엇에도 처음부터 끝까지 빨간색으로 깜박이는 주요 경고메시지로 올렸다.

"가짜 처방. 확인 필수!"

이제 데이비드가 전국의 어느 웰빙 체인 약국에 가더라도 모든 웰빙 약국 약사들은 이 노트를 보게 될 것이었다. 약사는 거기서 그치지 않았다. 마약성 의약품의 사용 여부를 확인하는 웹사이트에 있는 의심되는 사항란에 오늘 있었던 사연을 올리고 캘리포니아의 어느 약국에서도 데이비드가 처방전을 제출하면 가짜 처방 경고가 뜨게 해 놓았다.

데이비드는 아주 혼쭐이 나서 일단 차를 몰고 그 지역을 벗어났다. 한참을 가다가 조그만 상가건물 주차장에 차를 세우고 안도의 숨을 내쉬었다. '젠장, 큰일 날 뻔했잖아. 시큐리티를 부르다니. 세상에, 시큐리티한테 잡혔으면 경찰에 넘겨지는 거 아니야? 오 마이 갓. 체인 약국 무섭네. 정말 큰일 날 뻔했어. 안토니 때문에 신세 망칠 뻔했잖아. 미친놈, 나를 이런 곤경에 빠뜨리다니. 아아, 목마르다. 물이나 한 병 사 마시자.'

데이비드는 물을 한 병 사서 벌컥벌컥 한숨에 마시고는 플라스틱 물병을 힘껏 두 손으로 찌그러뜨려 아주 납작하게 만들어 버렸다.

'어떻게 할까? 그만할까? 몇 군데 더 다녀봐? 아직 세 곳밖에 안

다녔잖아? 아무튼, 체인 약국은 조심해야겠어. 다시 돌아보자. 어디 눈에 띄는 적당한 약국이 있겠지.'

데이비드는 아직은 포기를 못하고 다시 해보는 걸로 결론을 내렸다. 데이비드는 다시 차를 몰고 길을 떠났다. 평소에는 세 집 건너 하나씩 약국이 있었던 것도 같았는데, 찾아 나서니 쉽게 보이지가 않았다. 한참을 가다 보니 드디어 약국 사인이 보이고, 가까이 가니 작은 개인 약국이 있었다.

'그래, 개인 약국에서는 현찰로 산다고 하면 좀 더 쉽게 살 수 있을지도 몰라. 그러면 이번엔 놀코 60알짜리를 내볼까? 계속 120알짜리를 낼까? 코데인시럽도 한 번 같이 줘 볼까?'

데이비드는 이번엔 약을 살 수 있을 것 같은 기대에 부풀어서 약국에 들어가 다른 약국에서와 비슷한 과정을 밟으며 기다렸다. 기다리며 보니 아까 넘어져 구르면서 벗겨진 팔꿈치가 쓰려 오기 시작했다. 잠시 후 약사가 오더니 "약이 없습니다."라고 딱 잘라 말했다. 이 약사도 웹페이지에서 의심스러운 행동 난의 경고를 보았으니까.

"그럼 주문을 해 주시지요?"

"지난주부터 백업오더예요. 언제 다시 공급될지 모르겠네요."

"그런 경우도 있나요? 그럼 아픈 사람은 어떻게 하라고요?"

"가끔 그럴 수 있어요. 제약회사 사정상 이런 일이 있을 수 있지요."

"그럼, 어느 약국에 가면 살 수 있는지 알아봐 줄 수는 없나요?"

"제가 다른 약국 인벤토리를 어찌 알 수 있겠어요?"

"그렇군요."

이곳이 네 번째 약국인데, 단 한 군데서도 약을 살 수가 없었다.

'뭐가 잘못이야, 도대체? 이번에는 알약수도 60개밖에 안 되고 현찰로 사겠다는데도 약을 구할 수가 없으니, 뭐가 잘못이야?'

데이비드는 이렇게 약을 구하러 다니는 게 쉽지 않다는 생각이 들기 시작했다.

'뭐가 문제였지? 알약 수가 너무 높았나? 내 글씨가 의사 글씨 같지가 않았나? 약 이름 스펠링이 잘못됐나?'

여러 가지로 생각해 보았으나 뾰족하게 이거다 싶은 생각이 드는 건 없었다.

'아! 맞아. 내가 너무 아파 보이지가 않는 게 문제야. 너무 멀쩡하고 건강해 보이는 게 문제였군.' 데이비드는 근처의 마켓 응급 약품 코너에서 압력붕대 세 개와 반창고, 항생제연고, 일회용 반창고 등을 샀다. 차로 돌아와 까진 팔꿈치에 연고와 일회용 반창고를 붙이고 거울을 보면서 정성스럽게 이마와 머리를 압력붕대로 칭칭 동여매 반창고로 마무리했다. 그러니 이제 어디가 좀 아픈 사람 같아 보였다.

'그래. 좋았어. 이러고 가면 약을 주겠지.'

그 뜨거운 햇볕이 내리쬐는 캘리포니아의 여름날에 압력붕대로 머리를 칭칭 동여매니 빗방울이 창문을 타고 흐르듯 땀이 흘러내렸다. 힘들게 싸매어 풀어버리지도 못하고 다음 약국을 찾아 떠날 참이었는데 바로 길 맞은편에 S 체인 약국이 보였다.

'아, 저기에 약국이 있었구나. 이제는 좀 아픈 사람 같아 보이니까 약을 살 수 있을 거야.'

데이비드는 통증을 참을 수 없는 듯이 인상은 있는 대로 구기고 드랍오프창으로 걸어가 창틀에 머리까지 기대고 놀코 5/325 밀리그램, 120알짜리 처방전을 내놓았다. 60알짜리를 줄까 하다가 이제는 좀 아파 보이니 아까 생년월일을 엉터리로 썼던 처방전의 잘못된 생년월일을 볼펜으로 검게 문질러 지우고 제대로 된 생년월일을 적어 내밀었다.

테크니션이 아이디와 처방전을 약사에게 갖다 주었고 데이비드는 아프고 지친 듯한 표정으로 기다렸다. 실제로 압력붕대로 머리를 동동 싸매니 처음엔 참을 만했는데 시간이 갈수록 붕대의 압력 때문에 양 옆머리의 맥이 터질 것처럼 뛰며 머리가 지끈거리고 눈알까지 튀어나올 듯 아파왔다.

약사가 마약성 의약품 사용기록을 조회하니 가짜 처방 경고가 떴다. 그래도 혹시 진짜로 아파서 약이 필요할 수도 있으니까 약사는 클리닉에 확인 전화를 걸었다. 머리에 붕대까지 둘둘 감고 왔는데, 약사로서 정말 약이 필요한 환자를 외면한다는 건 직업 윤리상 맞지 않는다고 생각했다. 어차피 처방전의 내용이 검게 볼펜으로 지워진 흔적이 있어서 꼭 클리닉에 조회를 해야 할 필요도 있었다. 확인결과는 가짜였고, 클리닉에서는 오늘 네 번째 가짜 처방전 신고라며 약사에게 경찰에 신고하고 경찰이 도착할 때까지 환자를 잡아두라고 부탁을 했다. 하지만 이 약국의 약사는 본인이 일하는 영업시간 내에 경찰이 출동해서 그 약국에서 범법자가 잡혀가고 온 스토아가 난리를 겪는 것은 바라지 않았다. 그래서 신고는 클리닉에서 하도록 했고, 혹시 데이비드가 스토아를 떠나기 전에 경찰이 도착하더라도 반드시 데이비드가 스토아를 걸어나갈 때까지는 감시만 하다가 스토아 문을 열고 나가는 순간에 스토아 밖에서 체포하도록 협조를 부탁했다.

약사는 데이비드의 인적사항을 컴퓨터에 입력하고 경고노트를 달았다. 이제 이 S 체인 약국의 어느 지점에서도 모두 데이비드에 관한 경고를 볼 수 있게 되었다. 그러고는 환자한테로 갔다.

"이 처방전은 스케줄2 마약성 진통제 처방이라 어떤 부분이라도 수정이 된 것은 받을 수가 없습니다. 다시 클리닉에 가서서 다른 처방을 받으셔야 되겠네요."

"아, 그거요? 제가 잠깐 실수로 생년월일을 잘못 써서 지우고 바로 쓴 거예요."

"이 약 처방전은 조금이라도 잘못 쓰였거나, 지우거나 고친 흔적이 있으면 더 이상 유효한 처방전이 아닙니다. 오직 한 가지, 약을 사실 수 있는 방법은 의사한테서 새 처방전을 받으시는 거예요." 하고 약사는 다시 자신의 일에 집중했다. 데이비드는 기가 차고 지치기 시작했다. 약국을 나와서 차까지 걸어가는데 하늘에서 쏟아지는 햇볕과 아스팔트 바닥에서 올라오는 열기가 너무 뜨거워서 붕대로 싸맨 이마와 머릿속에서 땀이 흘러 삽시간에 온 얼굴과 연보라빛 멋쟁이 셔츠까지 다 젖었다.

"아이, 시팔. 좆같이 덥네."

도저히 참을 수가 없어서 붕대를 홀랑 벗어버렸다.

'이거 정말 못 해먹을 짓이네. 오늘만 하고 다시는 안 할 거야. 오늘은 한번 끝까지 가봐. 어디 한 번이라도 약을 살 수 있는지, 끝까지 해 보자고. 한 번도 못 사면, 이건 아닌 거야. 뭐? 한 장에 삼백 달러씩 벌 수 있다고? 안되기만 해봐라. 당장 안토니를 죽여 버리겠어.'

화가 나서 씩씩거리며 다시 차를 움직이기 시작했다. 그 쇼핑몰을 거의 다 빠져나올 때, 의료용품 가게가 눈에 띄었다. '폐점정리. 모든 재고 80% 할인'이라고 배너가 붙어있고 상점 앞에 목발, 지팡이, 워커 등등이 진열되어있는데 목발에 붙은 가격표에는 10달러라고 적혀있다.

'뭐야, 저거. 거저 아니야? 정말 싸네. 붕대보다는 목발이 훨씬 낫겠어. 붕대는 더워서. 시팔!'

데이비드는 내려서 목발 한 쌍과 환자용 신발 한 짝을 샀다.

'됐어. 이제부터는 의료용 신발 한 짝 신고, 목발 짚고 다니면 조금 더 아파 보이겠네. 흐흐흐.'

24

약국에서 '데이비드 해라'라는 환자가 가짜 처방전을 가져왔다는 신고가 마약단속반으로 들어왔다. 그의 아이디도 정확하게 일치했고, 데이비드의 인적 사항은 확실히 확보되었으므로 데이비드를 체포하는 것은 이제 시간문제였다.

"이, 데이비드라는 친구, 정신을 못 차리는구먼. 아니 더 이상은 기다릴 수가 없겠어. 이제는 잡아들여야겠는데…. 가정집에 침입해 마약성 진통제를 훔친 것도 중범죄인데, 가짜 처방전까지 손을 대는군. 처방전은 어디서 구했을까?"

캐니 경관은 버릇대로 손가락으로 책상을 톡톡 치며 어찌 된 일일까 곰곰이 생각하고 있었다.

"미키, 데이비드가 다른 사람에게 약을 넘긴 적은 없었어? 오직 제프한테만 갖다 주더란 말이지?"

"네. 오늘 아침에도 제프를 만나던데요."

"오늘 아침에? 제프를? 어디서 약을 구했나?"

"어제 오후에 안토니가 사는 아파트에 들어갔다 한 오 분 있다 나오더라고요. 그리고 오늘 아침에 제프를 만났고요."

"어제 안토니가 사는 아파트에 갔었다고?"

"네. 누구를 만나고 나온 것인지는 모르겠지만 말이죠."

"그런데 그 얘기를 왜 지금 하는 거야? 어제 보고를 했어야지."

"중요한 것도 아닌데요. 뭐. 안토니를 만나러 간 것인지도 확실치 않고요."

"그게 어째 안 중요해? 자네, 그런 식으로 일하지 말라고 내가 얼마나 더 얘기를 해야 알겠나. 아무리 사소한 것이라도 보고를 해야지. 중요하고 중요하지 않고는 내가 판단해. 왜 갔을까? 또 약을 훔치러 갔나? 에이, 아니지. 안토니가 뻔히 집에 있는데 그걸 알면서 제집 드나들듯이? 아무리 안토니가 휠체어에 앉아 있다 해도 그렇지, 그건 아니지. 앞뒤가 맞질 않잖아."

"약을 훔치러 갔으면 안토니가 당장 우리한테 신고했을 걸요? 한 두 번도 아니고 세 번씩이나 약을 도둑맞고 가만히 있겠어요? 요즘 엔 특히 크라우디도 병원에 있고 안토니 혼자 있는데, 도둑놈한테 '어서 오시오' 하며 문을 열어주었겠어요? 우리에게 연락이 왔겠죠."

"그럼, 뭐야? 둘이서 친구라도 됐다는 거야?"

"친구요? 에이, 어떻게 둘이 친구가 될 수 있겠어요? 둘 중에 하나라도 미치지 않고서는요."

"그럼, 데이비드가 안토니한테 갈 일이 뭐가 있겠어?"

"혹시, 그 아파트에 다른 아는 집이라도 있었을까요?"

"그렇다면, 그건 대단한 우연이겠지."

"글쎄요, 저도 그럴 것 같지는 않은데요. 그 건물로 들어갔으면 안토니한테 갔다고 보는 게 맞겠죠?"

"그럼, 뭐야? 혹시 상부상조, 동업이라도 하는 거 아니야? 안토니가 어느 닥터한테 다니지?"

캐니 경관은 재빨리 파일을 열어 안토니의 약병 사진을 확대해 가면서 깨알같이 작은 글씨로 약병에 적힌 의사이름을 확인했다.

"단 와셔볼리. 맞아, 맞아. 같은 닥터야. 데이비드가 들고 다니는 가짜 처방전의 그 닥터라고. 그리고 안토니가 다니는 클리닉의 닥터이기도 하고."

"다 줄줄이 연결이 되네요."

그러고 있는데 데이비드 해라가 가짜 처방전을 들고 약을 구하러 다닌다는 두 번째 신고가 들어왔다.

"갈수록 태산이군요. 데이비드가 본격적으로 가짜 처방전을 들고 전국순회공연이라도 하려는 모양이에요."

"그러니까 안토니는 자기 약을 데이비드에게 팔고 또 처방전까지 클리닉에서 훔쳐다 넘기고, 데이비드는 가짜 처방전을 만들어 약을 사러 다니고. 오늘 아침에 제프한테 갖다 준 약이 어디서 났겠어? 어제 안토니한테서 받아온 거겠지."

"혹시 다른 약국에서 가짜 처방전으로 약을 산 건 아닐까요?"

"인터넷으로 확인해 봐."

244

"없는데요. 아무 기록도 안 뜨는데요."

"그럼 확실해. 어제 안토니한테서 약과 처방전을 받아왔을 거야. 클리닉에 전화해서 안토니가 확실히 그 클리닉에 다니는지 언제 왔었는지 확인해 봐."

의사 단 와셔볼리 클리닉에서 금방 확인을 해 주었다.

"맞대요. 그 클리닉 환자래요. 어제 왔었다는데요."

"그럼 내 추측이 맞아. 어제 안토니가 닥터오피스엘 가서 진찰을 받으면서, 쓰지 않은 처방전 다발을 훔쳐왔다. 그리고 약국에서 약을 사오고, 데이비드를 집으로 불러들여 약과 처방전을 데이비드한테 줬다. 아니 팔았겠지. 데이비드는 가짜 처방전을 만들었고, 일을 치려니 마음이 급해서 하루도 기다릴 수가 없었겠지. 그래서 데이비드는 당장 오늘부터 가짜 처방전을 들고 돌아다니기 시작했다. 딱 맞아 떨어지는군."

"급하거든요. 여자 친구와 집을 보러 다니던데 돈이 필요하겠지요. 밤마다 차 안에서 둘이 쇼를 하는데, 아! 멋져요. 저야 재미있지만, 쇼도 끝장을 봐야 할 것 아닙니까? 오늘 밤에 같이 가 보실래요? 볼만하다니까요. 헤드라이트를 비춰도 모르더라고요. 경범죄로 확 잡아넣을까 하다가 겨우 참았다니까요."

"이봐, 미키, 도대체 자네 경찰로서의 직업 정신이 있는 거야? 지금 이 마당에 데이비드를 경범죄로 잡아넣으면 어쩌자는 거야? 시키는 일만 해. 답답하기는…, 모든 것을 정확하고 신속하게 보고하고. 어제 데이비드가 안토니한테 들렀다는 것을 알지 못했으면 여기까지 추리를 할 수 없었잖아. 그래도 그게 중요하지 않다고 할 텐가? 자네 그따위로 하려면 사표 내."

"에이, 뭐 그렇게까지 말을 하세요. 우리 삼촌이 사표를 수리하겠어요?"

"아유, 미치겠네. 이걸 콱!"

"진정하세요. 제가 한 말씀 잘 올릴게요."

"안토니, 안토니 헬코너까지 잡아야 하는데. 다른 것들은 다 하나씩 잡아도 되지만 안토니는 현장에서 잡아야 한단 말이야. 처방전을 훔쳐서 뿌리는 것도 안토니거든. 어찌 그렇게 도덕성이 없는지. 나이나 적어야 말이지. 팔순이 넘은 사람이, 쯧쯧쯔. 그 나이에 지 무덤을 파요. 기소되고 유죄판결을 받으면 지금 거주하는 아파트 보조며 연금까지 끊어질 텐데."

"데이비드가 처방전을 갖고 있으면 약으로 바꾸려고 잠시도 쉬지 않고 돌아다닐 텐데요."

"우선, 그 닥터 파일에 경고를 달 것인지 닥터한테 상의를 해 봐야겠군. 경고는 달았다가도 일이 해결되고 나면 지울 수 있는 것이라고 잘 설명하고 모든 컨트롤 마약류는 약을 내보내기 전에 클리닉과 확인하도록 유도하는 방식이라고 말해야겠어. 그리고 약을 주문해 준비해주겠다고 했다는 약국에는 데이비드한테서 전화가 오거나 약을 타러 오면 아직 약이 안 왔으니 언제 다시 오라고 시간약속을 하고 우리에게 알려달라고 얘기해야겠군. 시간 약속이 되면 약국으로 형사들을 배치하고 데이비드가 나타나면 현장에서 체포해버리자고. 아니면 데이비드가 안토니에게 갈 때를 기다렸다가 그때 현장에서 안토니랑 데이비드를 잡아들이고, 제프 등등 각 조직의 판매책과 공급책까지 잡아버릴 수 있겠군."

그날 오후 내내 데이비드 해라의 가짜 처방전 신고가 끊이지 않고 들어왔다. 정오쯤 시작된 첫 번째 가짜 처방전 신고 이후 몇십분 간격으로 종일 들어오고 있었다.

"더 이상은 도저히 안 되겠어. 데이비드가 돌아다니고 있는 지역에 경찰 지원요청을 해. 잡지는 말고 일단 소재를 파악하고 계속 따라 붙으라 해. 놓치지 말고. 이 정도의 신고면 현행범으로의 체포는 가능하고도 남으니까. 잡는 건 신고를 다 접수한 우리가 나선다."

캐니 경관도 미키 경관도 마음이 급해지고 있었다.

지원요청을 받은 경찰은 마지막 가짜 처방전 신고가 들어온 지역에서 사방으로 10마일 이내의 지역을 1차 대상 지역으로 정하고 순찰경찰들에게 약국들 주변을 잘 돌아보게 했다.

25

데이비드는 다시 약국을 찾아다니다 메디컬센터 건물을 발견
했다.

'메디컬센터가 있으니 당연히 약국도 있겠지.'

역시나 약국이 일 층에 있었다. 데이비드는 왼발에 의료용 신발
을 신고 본인이 쓴 가짜 처방들을 한 장씩 보면서 어느 것을 들고
갈까 생각하고 있었다.

'펄코셋은 주문을 해 두었으니 놀코 처방을 가져가야겠지.'

생년월일을 잘못 써서 볼펜으로 문질러 지운 처방은 쓸 수가 없
다니 구겨서 차 바닥에 던져버리고 놀코 5/325 밀리그램 120알짜
리 그리고 코데인을 함유한 코프시럽 240밀리리터가 쓰여 진 처방
전을 챙겼다. 여차하면 이번엔 두 개의 처방전을 시도해 볼 생각이
었다. 어차피 오후 여섯 시가 다 되어가고 있었으니 처방전들도 빨
리빨리 처리해야 했다.

목발을 짚고 아픈 것처럼 생쇼를 하며 입구까지 걸어갔다. 그러나 여섯 시에 문을 닫는 이 메디컬센터의 경비는 영업시간 이후의 건물보안을 위해서 이미 한쪽 출입구를 걸어 잠그고, 모든 출입은 반대편으로 나 있는 문만을 사용하도록 해 놓았다. 문에 붙어있는 안내 문구에는 여섯 시 이후에는 반대편의 주 출입문을 사용하라는 안내가 붙어있었고 이 모든 것이 입주자와 방문객의 안전을 위한 것이니 협조 부탁한다는 내용도 함께 있었다. 데이비드가 시계를 보니 아직 오 분 전 여섯 시였다. 그러나 이미 문이 잠겨있으니 반대편의 사용 가능한 문을 이용할 수밖에 다른 방법은 없었다. 목발을 짚고 반대편 문까지 멀리 돌아가려니 보통 힘든 게 아니었다. 목발에 무게를 실은 겨드랑이가 아파서 빨리 걷기가 힘들었다. 처음에는 정말 아픈 것처럼 목발에 의지해서 걷다가 '아니, 시팔. 누가 본다고.' 생각하며 목발은 양손에 들고 약국이 문을 닫기 전에 도착하려고 성큼성큼 걸었다. 약국 앞에서부터는 다시 목발에 의지하여 걸어 들어가서는 놀코 처방전을 내놓았다.

"오늘은 영업시간이 끝났는데요. 내일 다시 오셔야겠네요."

캐쉬어가 말했다.

"내일 수술을 받아야 하기 때문에 오늘 꼭 약을 준비해야 해요. 빨리해 주시면 안 될까요?"

"약사님? 처방 하나 더 하실 수 있나요?"

캐쉬어가 소리쳐 물었다.

"하나? 하나뿐이야?"

"네."

약사가 안에서 정리를 하다가 나왔다. 캐쉬어가 처방을 약사에게 보여주었다.

"아이고, 이건 스케줄2네요. 이런 약은 급히 해드릴 수가 없어요. 리포트도 뽑아야지 진단도 확인을 해야지, 다 제대로 과정을 거쳐야 하거든요. 약이 있는지도 확인을 해야 하고요. 어차피 아이디와 보험증도 있어야 하고 이미 영업시간이 지났으니 내일 다시 오시는 게 좋겠네요."

"내일 아침 일곱 시에 수술을 받아야 해서 그래요. 지금 좀 해주시면 정말 감사하겠는데요."

"오늘은 해드릴 수가 없습니다. 미안합니다."

"그럼 처방전을 두고 가고 내일 약을 찾아갈까요?"

"아니요, 이런 스케줄2 처방전은 저희가 모든 것이 다 확인되기 전에는 받아두질 않아요. 정상 영업시간에 다시 오세요. 아니면 길 건너 알파약국으로 가시면 되겠네요. 알파약국은 아홉 시까지 하거든요."

데이비드는 할 수 없이 약국을 나왔다.

'이런 젠장. 이게 다 뭐야? 무슨 약 사기가 이렇게 힘들어? 정말 환장하겠네.'

데이비드는 이제 가짜 처방전을 들고 다니며 마약 성분의 약을 산다는 게 절대 쉬운 일이 아니라는 것을 깨달았지만, 그의 마음에 이는 욕망은 이미 걷잡을 수 없게 부풀어 있었고 혹시 한 번이라도 약을 살 수 있을까 하는 미련을 버릴 수 없어 어떻게든 약을 구해야만 한다는 강박감에 사로잡혔다.

'어쩐다? 이제는 개인 약국들은 문들을 닫았을 것이고, 더 다니려면 늦게까지 여는 체인 약국만 돌아다녀야겠는데. 체인 약국은 겁도 나고, 아이고, 정말 못 해먹을 짓이네. 아이 정말 짜증 나 죽겠네. 확 때려치워? 몇 군데만 더 가봐? 어떻게 할까? 여기서 그냥 멈추기에는 좀 그렇지? 약은 한 번도, 딱 한 번도, 단 한 알도 못 샀잖아. 사나이가 칼을 뽑았으면 감자라도 잘라야지. 몇 군데만 더 돌아보자. 그래도 안 되면 집어치우고 안토니한테 가서 욕이나 죽도록 해주고 안토니 약이나 뺏어올 거야. 그리고는 그걸로 끝이야. 그걸로 끝을 내야지 이런 짓 더 이상 하다간 정말 인생 망치겠어. 더 길게 쫓아가면 안 되겠어. 오늘로 끝이어야 하는 거야. 다시는 절대, 절대 안 되겠어. 이사 비용만 되면 딱 끝을 볼 텐데.'

데이비드는 이러고 돌아다니는 자신이 너무 처량해서 코끝이 찡해오며 눈물까지 핑 돌았다. 마음엔 자괴감마저 들어 속상함이 서늘한 회오리바람처럼 일며 가슴을 시리게 했다. 데이비드는 알파 약국 주차장에 차를 세우고 목발을 짚으며 스토아로 들어갔다. 약국은 스토아 제일 끝에 있어서 목발을 짚으며 한참을 걸어 들어갔다. '정말 아프네. 장난이 아니야.' 목발을 처음 사용해 본 건데 겨드랑이와 팔뚝이 이렇게 아픈 줄은 정말 몰랐다. 이제는 차와 부딪혀 날아가 떨어지면서 찧은 엉치까지 아파오기 시작했다. '목발 짚고 다니는 사람들 정말 힘들겠네. 약국은 왜 이렇게 안쪽으로 붙어

있어서. 아유, 정말 여러 가지 하네.'

겨우 목발로 약국까지 가서는 놓고 처방전을 내놓았다. 약사가 마약성 의약품 사용 여부를 확인해보니 아무 기록은 없지만 의심스러운 행동 난에 경고가 보였다. '음, 이 사람이 가짜 처방전을 들고 여기저기 돌아다니는 모양이네. 이걸 어쩐다? 마약단속반에 당연히 신고는 할 것이지만, 그냥 보내? 아니면 경찰을 불러? 아니지, 웹페이지에 경고까지 따라다녀 조만간 잡힐 텐데 내가 관련될 필요까지는 없겠지. 조용히 보내고 경고를 시스템에 달아서 다른 지점에 가더라도 약사들이 볼 수 있게 하는 게 좋겠군.'

약사는 데이비드의 아이디와 처방을 마약단속반으로 팩스로 보내고 환자에게 "오늘은 닥터오피스가 대부분 끝나서 확인을 할 수 없으니 내일 닥터와 확인하도록 하지요. 이렇게 용량이 높은 스케줄2 처방전은 진단이 무엇인지 확인해서 기록으로 남겨야 하거든요. 모든 것이 확인이 되고 too soon이 아니면 약이 준비되는 대로 전화를 드릴게요."라고 했다.

"120알 모두는 아니더라도 일부만 주시면 안 될까요? 내일 아침에 수술 스케줄이 잡혀있어서요."

"이런 스케줄2는 그렇게 일부를 드릴 수가 없어요. 나중에라도 문제가 생기면 아주 복잡해지거든요."

"그냥 2~3일분만이라도 주세요. 나머지는 제가 올 수 없으면 다른 사람을 보내서 찾아가도록 할게요."

데이비드도 이제는 막판이니 어떻게 해서라도 약 몇 알이라도 사가고 싶어서 끈기 있게 달라붙었다.

"그렇게는 안 되고요. 다 확인하고 절차를 밟은 후에 약이 준비되면 전화를 드릴게요."

약사는 가짜 처방전이 더 이상 시중에 나도는 것을 막으려고 가짜 처방전을 돌려주지 않았다. 약사가 도저히 약을 내놓을 것 같지 않자 데이비드도 지쳐서 약국을 나서며 '다시 오긴 시팔, 전화번호도 엉터린데. 언제 여길 또 온다고. 이거 영 안 되는 일이잖아? 속았어. 안토니한테 완전히 사기당한 거라고.' 생각할수록 속이 부글부글 끓었다.

그때까지 경찰은 데이비드의 소재를 확인하지 못하고 있었는데 알파약국에서 마약단속반으로 신고가 들어오자 이제는 그만큼 가깝게 데이비드의 신병을 확보할 수 있게 되었다. 마약단속반에서는 급히 근처에 있던 경찰을 알파약국으로 보냈으나 데이비드를 간발의 차이로 놓치고 말았다. 다만 데이비드의 생김새와 목발을 짚고 환자행세를 한다는 것과 연한 보라색 셔츠와 검은색 바지를 입고 있다는 정보를 확인했으므로 이제는 마주치면 훨씬 쉽게 알아볼 수 있게 되었다.

데이비드는 이제 지칠 대로 지쳤다. 아침을 먹고 집을 나서서 지금까지 일곱 군데 약국들을 헤매고 다녔는데 약은 한 알도 사질 못했다. 시간은 벌써 일곱 시가 넘어가고 있으니 '도대체 몇 시간을 이러고 다닌 거야? 아홉 시간을 식사도 못하고 다녔잖아? 페트스토아에서 일을 했으면 돈이라도 벌었을 거 아냐? 도대체 뭐 하고 다닌 거야? 되지도 않는 일, 안토니한테 속아가지고, 아홉 시간을 이러고 헤매고 다녔다니. 안토니, 이걸 콱….'

속에서 화가 치밀어 오르고 안토니가 죽이고 싶도록 원망스러웠다.

'안토니한테 가. 안토니한테 가서 따져. 왜 되지도 않는 일로 사람을 꼬여서 이 고생을 하루 종일 하게 만들었는지, 따끔하게 혼을 내줘. 그리고 약도 뺏어오고. 그리고 이런 일에서는 손을 완전히 떼는 거야. 오늘 자로 완전히 손을 떼는 거야. 더 이러고 다니다간 정말 인생 종치겠어.'

데이비드는 허탈한 마음으로 차를 몰고 떠났다. 화가 잔뜩 나서 난폭하게 운전을 하며 안토니네로 가고 있었다. 급히 차를 몰고 가다가 약국을 지나친 것 같은 느낌이 들어서 백미러로 다시 보니 웰비잉 약국이 뒤로 보였다.

'저길 마지막으로 들려 봐? 어떻게 할까? 이미 지나왔는데. 다시 돌아가?'

데이비드는 약국을 보고서 그냥 지나칠 수는 없었다. 특히 이번이 마지막으로 들리는 약국이 될 것이니. 데이비드는 크게 블록을 돌아 웰비잉 약국으로 갔다. 다시 환자용 신발을 왼발에 신고 처방을 확인하고 목발을 짚고 차에서 내렸다.

"여기가 마지막이야. 여기서 약을 살 수 있으면, 오늘의 수고가 어느 정도 보상이 되겠는데. 여기서도 아니면 완전 꽝인 거야. 완전 아니올시다라고. 아무튼 한번 들어가 보자."

데이비드는 목발을 짚고 천천히 약국을 향해 걸어갔다. 양옆 진열대 사이로 약국을 향해 곧바로 갈 수 있게 스토아 한가운데에 곧은길이 약국까지 나 있었다.

약사가 일하는 자리에서 보면 약사의 시야에 걸리는 게 하나도 없이 가운데 공간이 출입문까지 훤히 다 보였다. 약사는 일하다 우연히 고개를 들고 출입문 쪽을 보니 환자 하나가 목발을 짚고 천천히 어렵게 걸어 들어오고 있었는데 그 모습이 낯설지가 않았다. 잠시 '저 사람 어디서 봤더라?'라며 생각해 보았다. '아, 아, 그 사람이네, 같은 사람이네. 아까, 낮에 우리 약국으로 가짜 처방전을 가지고 왔던 사람!' 약사는 데이비드를 기억해 냈다.

'완전히 상습적으로 가짜 처방전을 들고 온종일 돌아다니는구나. 완전풀타임 사기꾼이네. 위험해, 너무 위험한 사람이야. 이제는 목발까지 짚고 환자 흉내까지 내고 다니는군.'

사실, 이 약사는 자신의 스토아에서 오늘 일을 끝내고, 이 약국에 있어야 할 약사에게 갑작스런 비상사태가 생겨서 그 약사 대신 몇 시간 일을 해주러 잠시 온 것이었다. 약사는 데이비드가 자기를 볼 수 없도록 뒤쪽에 있는 컴퓨터로 옮겨가 살짝 몸을 숨겼다.

'저 사람도 날 보면 알아볼 텐데. 날 보면 그냥 도망가 버릴 것 같은데? 어떻게 할까? 시큐리티를 불러서 붙잡아 놓고 경찰을 불러?'

테크니션이 데이비드가 내놓은 처방전을 가지고 왔다. 또 스케줄 2 마약성 진통제, 처방 양도 180알씩이나.

'저 사람. 이거, 안 되겠어. 가만히 놔두면 여러 약사들을 다치게 하겠는걸? 마약단속반은 지금은 근무시간이 끝났을 텐데, 직원과 직접 통화는 안 될 것이고, 어쩐다? 이건 급한 일인데…'

약사는 시큐리티에게 전화를 걸었으나 시큐리티는 전화를 받지를 않았다. 어쩌면 이 순간에 시큐리티가 스토어에 없을 수도 있었다. 약사는 데이비드가 내놓은 처방전을 들고 카운슬링룸으로 들어가 문을 잠그고 911에 신고를 했다. 오늘 자기한테만도 두 번째이고, 얼마나 많은 약국을 돌아다녔는지, 얼마나 많은 약을 샀는지는 모르겠지만, 아무튼 약사로서 그냥 넘어갈 수가 없으니 급히 경찰을 보내 달라고 했다. 보통의 경우 환자가 의식을 잃었거나 사고가 있어 신고를 하면 911 응급구조팀이나 경찰이 몇 분 내로 온다. 그래서 약사는 경찰이 올 때까지 그냥 카운슬링룸에 있고 싶었지만, 환자가 새 처방을 받아 갈 때마다 새 처방에 대한 카운슬링을 해 주었다는 걸 캐시레지스터에 붙어있는 스캐너에 손 지문을 찍어 확인을 해주어야 손님들이 약을 받아갈 수 있었으므로 오 분, 십 분, 마냥 경찰이 올 때까지 손님들을 줄 세워 기다리게 할 수는 없었다. 이미 손님 줄은 누구 말대로 파세아까지 늘어섰으니.

그래서 할 수 없이 밖으로 나와 해야 할 일들을 시작하자 데이비드도 그 약사를 알아보았다. 공교롭게도 다른 웰비잉 체인 약국에서 봤던 약사를 여기서 또 만나다니. 어떻게 이런 일이 있을 수가 있을까? 그것도 시큐리티를 부르고, 의사가 처방을 취소했다며 아주 불쾌한 눈빛으로 자기를 쳐다봐 오싹하게 만들었던 바로 그 무서운 약사를.

'오 마이 갓, 저 약사가 여기 왜 또 있는 거야? 저 약사도 날 알아봤겠지? 그리고 아까는 멀쩡히 걸어 들어갔는데 지금은 목발을 짚고 있는 것까지.'

전혀 일이 잘될 것 같지 않았다. 약을 산다는 것은 이미 틀렸음이 확실했다.

'나를 알아봤으면 시큐리티를 불렀을 텐데. 아직 시큐리티는 부르지 않았어. 아직 나를 알아보지 못했나? 시큐리티를 조용히 불렀나?'라는 생각에 미치자 알아보았든 못 알아보았든, 그 약사와 다시 마주친다는 건 생각만으로도 불안했다.

'혹시 경찰을 부른 거 아니야?'

데이비드는 너무 겁이 나서 스토어 가운데로 난 길을 피해 구석 진열대 사이로 난 길을 따라 입구를 향해 걸어갔다. 이제는 아픈 척할 필요도 없었다. 혹시라도 신고했다면 한시도 지체하지 말고 여기를 빠져나가야 한다는 생각이 들었다. 그래서 양손에 목발을 쥐고 급히 스토어를 빠져나가려는데 경찰 두 명이 스토어로 들어서고 있었다. 데이비드는 너무 놀라 진열대 뒤에 몸을 숨기고 멈춰 서서 경찰들이 스토어 가운데쯤을 지나 거의 약국까지 갈 동안 기다렸다가 뛰어 달아나기 시작했다. 스토어를 나와서는 목발도 길거리 아무 데나 팽개치고 정신없이 차로 뛰어갔다. 차에 올라타고는 그대로 출발했다. 아이디도 돌려받지 못한 채, 그런 사실도 모른 채.

두 번째 경찰 팀이 웰비잉 체인 약국이 있는 쇼핑몰 주차장으로 들어올 때, 경찰은 멀리서 연한 보라색 셔츠와 검은색 바지를 입은 데이비드가 목발을 손에 들고 뛰어가다 아무 데나 목발을 팽개치고 급히 차를 타고 출발하는 것을 보았다. 경찰은 서서히 여유 있게 데이비드를 쫓으며 캐니 경관에게 전화를 했다.

"그래요? 찾았다고요? 잘했어요. 잘 쫓아가세요 놓치지 말고. 우리도 GPS를 키고 금방 따라갈 테니. 별로 멀지 않은 곳에 있어요."

캐니 경관과 미키 경관은 GPS를 키고 데이비드를 쫓고 있는 경찰차를 따라갔다.

데이비드는 이제 가짜 처방전으로 약을 사겠다는 꿈은 완전히 접었다.

"안토니, 너 정말 죽어 봐라. 날 이렇게 골탕을 먹이다니. 개새끼, 잠시만 기다려라. 내가 지금 간다. 되지도 않을 일로 날 이렇게 비참하게 만들고. 너, 너도 편치 않게 해 주지."

데이비드는 안토니네로 차를 몰았다.

"어, 이거 데이비드가 안토니한테 가는 거 아냐?"

"그렇게만 해준다면 오늘 밤 한 가지는 정리가 되겠네요. 어유, 빨리 데이비드를 잡아넣어야지. 또 오늘같이 날뛰고 다니면 정말 대책이 없잖아요. 오늘 하루 종일 다른 일은 아무것도 못 하고 데이비드의 가짜 처방전 신고만 받았잖아요. 원 세상에."

"그래, 확실히 안토니한테 가는 거야. 거의 다 왔어. 데이비드, 네가 제대로 가는구나. 네가 온종일 함정을 파더니 이젠 제대로 들어가 앉는구나. 아이고, 잡고 나면 앓던 이가 빠진 듯이 시원하겠네."

26

멜리는 20분 후면 퇴근 할 시간이다. 약국 매니저는 언제나처럼 눈코 뜰 새 없이 바빴다. 전화로 오는 처방도 받아야 했고, 클리닉에 확인을 해야 하는 내용이 분명치 않은 처방들도 여러 개 카운터에 놓여 있었다. 한 무리의 가족이 독감 예방주사를 맞으려고 기다리고 있었고, 무슨 약을 먹어야 할지 물으려는 손님은 손에 약을 가득 들고 약사에게 눈치를 보내며 기다리고 있었다. 픽업창에는 손님들이 약을 타가려고 긴 줄을 이루고 있었다. 드랍오프창의 테크니션은 스케줄2 처방전을 약국 매니저에게 들고 와 인벤토리를 물었고 두 전화 라인이 약국 매니저를 기다리고 있었다. 얼핏 보기에도 약사 혼자서 감당하기에는 벅차 보였다.

약국 매니저는 마약성 의약품을 보관하는 금고에서 마약성 진통제 제네릭 놀코를 한 병 꺼내 금고 위에 올려놓고 금고를 잠그다 드랍오프창에서 환자의 불만이 큰 소리로 들리자 이를 해결하러 급히 드랍오프창으로 가서 손님을 진정시키고 있었다.

멜리는 금고 근처를 지나다 얼핏 제네릭 놀코 5/325 밀리그램 짜리 한 병이 금고 위에 놓여있는 것을 흘끔 보고 나쁜 생각이 한순간에 스쳤다.

'지난번에 준비된 약은 빼낼 수가 없었어. 저렇게 밖에 나와 있는 약은 그냥 슬쩍 가지고 나가버리면 누가 알겠어.'라고 생각하며 사방을 휙 둘러보았다. 약국 매니저와 드랍오프창의 테크니션은 손님과의 언쟁을 처리하느라 다른 데는 신경을 쓰지 못하는 상황이었다. 테크니션 안드레아는 배달된 약들을 정리하느라 바빴다. 그냥 아무도 모르게 슬쩍할 수 있을 것 같았다. 멜리는 슬금슬금 약을 담는 작은 바구니를 들고 금고로 다가가 제네릭 놀코를 바구니에 담고, 금고 위 선반에서 지금 필요하지도 않은 아스피린 병도 같이 담았다. 만약의 경우에는 약을 선반으로 옮기고 있는 것처럼 보이도록. 그리고는 자기 가방을 놓아둔 약국 뒤쪽으로 슬그머니 가서 제네릭 놀코를 가방 안에 깊숙이 감추고 다시 금고 근처로 걸어가 아스피린 병을 제자리에 놓고 카운터에 바구니를 내려놓았다.

온갖 것을 다 참견하고도 에너지가 남아도는 안드레아는 멜리가 아스피린 한 병 달랑 담은 약 바구니를 들고 필요치 않은 동선을 다니는 걸 보면서 '요즘 젊은 애들은 도무지 요령이 없어. 이 바쁜 와중에 뒤쪽은 왜 서성거려. 그러니 나만 개처럼 뛰어다녀야 한다니까.'라고 생각했다.

이제 퇴근만 하면 끝이다. '딱 한 번만 하는 거야. 딱 이번 한 번만. 데이비드에게 약을 건네주면 데이비드가 돈으로 바꿔올 거야. 그러면 우리가 맘에 드는 집을 계약할 수 있을 거야. 계약이 되면 우리는 다 못한 사랑을 황홀하게 나눌 수 있을 거야.' 생각만 해도 짜릿했다.

멜리가 돌아서서 가방을 들고 퇴근하려는 순간 약국 매니저가 멜리를 불렀다.

"멜리, 오늘은 조금 더 있어야겠네. 알렉스가 좀 늦는다고 문자를 보냈어. 알렉스 올 때까지만 픽업 라인 좀 봐줘. 알렉스가 20분 이상은 늦지 않는다고 했어."

'왜 하필이면 오늘 같은 날 알렉스가 늦는 거야? 영 도움이 안 돼.'

"지금 나가봐야 하는데요. 급한 일이 있어서…."

"멜리! 우리는 팀으로 일을 해야 해. 픽업 라인이 저렇게 긴데 그냥 팽개치고 가겠다고? 지금 상황을 보면 몰라? 나도 롤러브레이드를 신고 일하고 싶은 심정이라고. 20분이면 알렉스가 오니까 잠시만 더 해줘. 빨리 해."

약국 매니저가 다시 그녀의 작업대로 돌아오니 놀코 처방전이 보였다. '아, 그래. 제네릭 놀코를 금고 위에 놓고 왔지.' 약국 매니저는 금고 위에 제네릭 놀코 한 병을 놓고 온 것을 분명히 기억하는데 약은 그곳에 없었다.

'어? 여기에 놓고 갔는데. 이상하네. 이게 어디로 갔지?'

약국 매니저는 금고 위와 본인의 작업대 주위를 다시 살펴보아도 약이 보이지 않자 금고를 열어 금고 안에 있는 약을 세어 장부와 비교해 보았다. 100알이 부족했다. 그녀는 모두에게 물었다.

"제네릭 놀코, 새 병 하나 보이는 사람 있어?"

모두 모른다고, 안 보인다고, 자기 주변에는 없다고 대답하자 약국 매니저는 "모두 그대로 있어. 약국 밖으로 나가지 말고."라고 지시하고 잽싸게 시큐리티를 불렀다. 약국 매니저는 의심이 많은 사람이었다. 대체로 갓 들어온 직원에 대해서는 조그만 일에도 예민하게 주시하며 새 직원이 믿을 수 있는 사람인지 파악하는데 시간과 신경을 많이 썼다. 그래서 지난번 멜리가 마약성 진통제를 숨겼다가 다시 찾았을 때, 본인이 그 약을 완성한 시간과 멜리가 약을 찾은 시간을 적어 놓았다가 시큐리티에게 그 두 시간 사이의 비디오 감정을 의뢰했었다. 그날 안드레아가 해준 말도 허풍쟁이 헛소리로만 여길 순 없었다. 혹시라도 스케줄2 드럭이 한 알이라도 재고량이 맞지 않으면 DEA에 리포트를 해야 하는 복잡한 수고까지 따라 붙으니, 조금이라도 의심스러운 것은 확실히 확인하여 사고를 미리 방지하는 게 최선이었다. 비디오 판독 결과는 좀 애매했다. 멜리가 약을 찾아낸 같은 장소에 쭈그리고 앉아 뭘 하는 건 보였는데 멜리의 등이 카메라를 가로 막고 있어 멜리의 손에 무엇이 있었는지 멜리의 손이 무엇을 했는지가 분명히 보이지 않았기 때문이었다. 그러나 멜리가 회사 규칙에 맞지 않게 큰 가방을 들고 출근하는 것을 유심히 보고 있었고, 한 번은 경고도 했으나 멜리는 그냥 큰 가방을 들고 다니는 게 습관이라며 얼버무렸다.

멜리는 너무나 당황해서 손이 덜덜 떨려 손님을 돕기가 몹시 힘들었다. 시큐리티가 비디오를 보면 자신이 금고 위에서 제네릭 놀코를 바구니에 담고 아스피린 병도 담고 한 것이 모두 보일 것 같았다.

'아, 한 번만 무사히 넘어가면 다시는 이런 짓 안 할 텐데. 어떻게 하지?'

지금 자기 가방에서 약을 꺼내기에는 너무 늦은 것 같았다. 지금 약을 꺼내놓으려 한다면 모든 이들이 그녀의 행위를 주시해 볼 것이 틀림없었다.

"아~베마리아!"

안드레아는 손바닥으로 자신의 이마를 철썩 쳤다. 이해할 수 없었던, 요령 없어 보이던 멜리의 동선의 이유를 이제는 이해할 수 있을 것 같았다. 안드레아는 약국 매니저 옆으로 바짝 다가가 눈길은 멀리 다른 방향에 둔 채 약국 매니저의 팔을 툭툭 치며 손가락으로 멜리와 직원들 소지품을 두는 뒤쪽을 산만하게 가리켰다.

멜리는 계속 손님을 도우며 손님 약을 찾는데, 정신은 가방에 숨긴 제네릭 놀코에 가 있어서 눈에 손님 이름이 들어오지가 않았다. 손님 이름이 눈에 들어오질 않으니 계속 백들만 들추어 볼 뿐 약은 하나도 찾지를 못하고 몇 분이 지나갔다. 손님들 줄은 점점 길어지고 멜리는 미칠 것 같았다.

'도대체, 이를 어쩌지?'

지금 손님 줄이 문제가 아니었다. 가방 안에 숨긴 제네릭 놀코가 문제였다.

'시큐리티가 오기 전에 다시 꺼내 놔야 할 텐데. 지금 아니면 너무 늦어.'라고 생각하면서 무작정 가방으로 가서 등을 다른 직원들 쪽으로 돌리고 빠르게 제네릭 놀코 병을 꺼내 아무 데나 던져놓고는 픽업윈도우로 다시 돌아왔다.

멜리는 머릿속이 하얗고 정신이 하나도 없었다. 그러나 확실한 것은 제네릭 놀코가 더 이상 자기 가방 안에는 있지 않다는 것이었다.

'절대 아니라고 우기는 수밖에 없어. 더는 내 가방 안에 있지도 않잖아. 나는 절대, 아무 짓도 안 한 거야.'

곧 시큐리티가 왔고 약국 매니저는 일단 모든 직원의 출입을 막고 금고 쪽을 찍은 비디오를 검색해 달라고 했다. 멜리가 금고 위에서 제네릭 놀코를 슬그머니 바구니에 담는 장면과 뒤쪽으로 걸어가 그 병을 그녀의 가방에 넣는 장면은 비디오에 정확하게 찍혀 있었다. 시큐리티는 멜리를 그녀의 소지품과 함께 오피스로 데리고 갔고 급히 시큐리티팀 팀장을 호출했다. 멜리는 너무나 후회스럽고 긴장이 돼서 다리가 후들후들 떨렸다.

"그 가방 안에 있는 것을 다 꺼내봐."

시큐리티가 말했다.

"다 꺼내보세요. 아무것도 없어요."

"아니지, 내 가방도 아닌데. 내가 꺼낼 일은 없고, 가방 주인이 하나씩 꺼내지?"

"전 아무 잘못도 하지 않았어요. 도대체 제가 뭘 어쨌다고 이래요?"

멜리는 가방 안에서 소지품들을 하나씩 꺼내기 시작했다. 그러나 약은 나오지 않았다.

안드레아는 가운을 걸어두고 개인 소지품들을 놓아두는 장소로 약국 매니저를 끌듯이 데려가 아무렇게나 나뒹구는 제네릭 놀코 병을 가리켰다. 약국 매니저는 오피스에서 멜리가 제네릭 놀코를 가방에 넣었다가 다시 꺼내는 것을 비디오로 확인했다. 멜리가 아무리 오해라며 변명을 해도 비디오가 멜리의 행동을 다 보여주고 있었다.

멜리는 후회스럽기도 하고 앞으로 무슨 일이 벌어질지 두렵기도 하여 울기 시작했다. 울음이 그치질 않았다. 지치고 정신이 빠질 만큼 울고 났을 때 시큐리티팀 팀장이 도착했다.

"멜리, 운다고 해결되는 건 하나도 없어. 우리 빨리 끝내자고. 멜리도 빨리 여기를 떠나고 싶을 거 아니야? 자아, 어서 시작하자고."

팀장 톰이 말했다.

"왜 그랬지? 이건 범죄인데. 도대체 왜 이런 짓을 했어?"

멜리는 아무런 대답도 할 수 없었다.

"이 약을 어쩌려고 했지? 이번이 처음인가? 약이 왜 필요했지?"

멜리는 머릿속이 빙빙 돌았다. 무슨 대답을 해야 할지 생각할 수가 없었다. 그리고 이렇게 된 이상 해고될 것은 뻔했으니 아무 말도 할 필요도 없었다.

"자, 어서 말을 해. 빨리 끝내자고."

리포트가 다 완성된 뒤 멜리는 그 자리에서 해고되었고 사건 처리는 마약단속반으로 옮겨졌다. 땅으로 꺼지고 싶은 순간이었다.

'내가 도대체 뭘 한 거야? 어떻게 해? 도대체 왜 그랬어? 아, 시간이 몇 시간 전으로 돌아갈 수만 있다면 얼마나 좋을까? 그러면 이렇게 되지 않게 할 수 있을 텐데…' 때늦은 후회였다.

마약단속반에서는 약국 테크니션 보드에 이 사건을 보고했고, 보드에서는 멜리의 테크니션 라이센스를 취소했다. 마약단속반은 멜리가 초범인데다 실제로 훔친 것이 아니고 미수에 그쳤고, 젊은 그녀의 장래를 생각해서 기소까지는 안 했지만, 마약법 위반에 관한 교육을 받게 했으며, 특정 기간 동안 마약단속반의 감시를 받도록 했다. 모든 것이 한순간의 잘못된 판단으로 날아가 버리고 말았다.

잠시나마 미래를 꿈꿀 수 있게 해준 약국 테크니션 라이센스도, 이런 일이 없었다면 장기적으로 다닐 수도 있었을 직장도, 황홀함에 몸을 떨었던 사랑놀이도, 지긋지긋한 의붓아버지에게서 독립하겠다는 꿈마저도 단칼에 다 날아가 버렸다.

27

크라우디는 몸이 사고 전과 같지 않았다. 병원에서 퇴원은 했지만 여기저기 너무 아파 온종일 젖은 담요같이 무거운 몸을 바닥에 깔아놓은 듯 축 늘어뜨리고 누워있어야 했다. 몸이 아프고 지치니 기분도 우울하기만 했다. 인생을 감사하고 만족해하며 살아본 적도 없었지만, 이제는 몸마저 아프고 피곤하니 살아있다는 것이 싫을 지경이었다.

크라우디가 병원에서 집으로 돌아와 보니 거실은 여기저기 쇼핑백들과 시리얼박스들, 빈 소다수 병들, 로칼 신문지들과 광고지들이 마치 쓰레기장처럼 널려있었다. 웬만하면 대충이라도 치우고 누웠겠지만, 몸이 아파 손가락 하나 까딱할 수 없었다. 안토니가 아무리 소리를 지르며 심부름을 시켜도 몸이 말을 듣지 않으니 일어나 원하는 걸 해줄 수도 없었다.

둘이 사는 아파트는 방 하나짜리 작은 아파트였다. 안토니가 방을 차지하고 있었고 크라우디는 거실 구석에 길거리에서 주어온 싱글 매트리스를 깔고 그 위에서 잠을 자며 살고 있었다.

초인종이 울렸다.

안토니가 "누구야!" 소리쳤다.

"데이비드!"

철근처럼 무겁게 가라앉은 쉰 소리가 들렸다.

"어? 데이비드야? 잠깐 기다려."

안토니는 갑자기 평소와는 달리 뭔가에 들뜬 사람처럼 휠체어를 굴리고 다닐 공간도 없는 좁은 집에서 이리저리 돌아보며 안절부절 못하더니 지팡이를 손에 쥐고 크라우디에게 다가왔다. 크라우디는 화들짝 놀라서 일어났다. 휠체어에 앉아 지팡이를 손에 쥐는 건 딱 한 가지 이유밖에 없기 때문이었다. 그건 크라우디를 지팡이로 치려는 것이었다.

"방에 들어가 있어. 지금 당장!"

'내가 아직까지 저 매트리스에 누워있었으면 저 지팡이가 내 배를 찌르고 척추를 부수었을 거야. 끔찍한 영감탱이!'

대꾸할 힘도 없는 크라우디는 아무 저항 없이 방으로 들어갔다. 잠시 후 현관 벨이 다시 울렸다. 안토니가 문을 여니 데이비드가 살기등등한 모습으로 들어서며 뒷발질로 거칠게 문을 '쾅!' 하고 닫았다. 안토니는 데이비드를 보자마자 섬뜩한 느낌에 좋지 않은 기운이 회오리처럼 빠르게 주위를 싸고도는 것을 느꼈다. 데이비드가 잠시 안토니를 째려보다가 "안토니, 당신의 그 엉터리 같은 아이디어, 그거 말도 안 되는 개짓이야!"라고 소리쳤다.

"무슨 소리야, 뭐가?"

"네가 준 그 빌어먹을 처방전 말이야."

"처방전이 어때서? 의사가 나한테 주는 거랑 똑같은 진짜 처방전인데. 네가 사인을 잘못 했나 보군."

"…한 장에 오십 달러는 무슨. 시팔, 오십 달러 좋아하네. 하루 종일 괜한 고생만 했단 말이야."

"그게 무슨 소리야?"

"약국을 여덟 군데나 돌아다녔지만 약은 한 알도 못 건졌단 말이야. 종일 죽도록 고생만 했다고."

"무슨 소리야? 너! 그거 한 번에 풀었냐? 열 장을 한 번에 풀면 어떻게 해? 너 미쳤냐? 미련한 것들은 아무짝에도 소용이 없다니까. 너 도대체 아이큐가 몇이냐? 아이고, 그래서 내가 열 장만 준 거야. 미련 곰퉁이 같은 놈!"

"아니, 한 장에 삼백 달러씩 벌 수 있다고 했잖아?"

"그럼, 삼백 달러만 벌겠냐? 잘하면 천 달러도 벌 수 있지 않겠어?"

"……."

"그걸, 네가 눈치껏 하나씩 하나씩 조심스럽게 했어야지? 멍청이, 천치 같은 놈."

"이 영감탱이가 골로 가고 싶어 환장했나? 너도 쓴맛을 볼 거다.

쓴맛이 뭔 맛인지 보여주지."

데이비드는 식탁 끄트머리에 놓여있는 약들을 닥치는 대로 움켜쥐어 넣을 수 있는 만큼 주머니에 집어넣었다.

"뭐하는 거야, 지금? 그건 내가 먹어야 하는 약이야. 약은 다음에 가져가. 아직 시간이 안 됐잖아?"

"난, 이게 마지막이야. 오늘이 마지막이라고. 다시는 이런 짓 안할 거야. 너 따위와의 거래도 앞으론 없을 거라고. 잘 먹고 잘살아라. 안토니, 다시는 서로 볼일 없을 거다."

데이비드가 나가려고 문을 열어 재끼자 캐니 경관이 "만나서 반갑네." 하며 데이비드를 집안으로 밀어 넣었다.

"왜 이래요? 뭐예요?"

데이비드는 소리치며 이 상황에서 벗어나 보려 했지만 자기 뜻대로 되지 않았다. 일이 완전히 잘못 돼가고 있음을 알 수 있었다.

"데이비드 해라 씨, 마약성 의약품 관리위반, 그리고 주거지 침입 절도죄로 체포합니다."

캐니 경관이 말했다.

"내가 뭘, 어쨌다고 그래요? 도대체 뭘 잘못했는데요?"

"데이비드 해라 씨, 당신 주머니에 누구 약이 들어 있습니까? 이번이 처음이 아닌 것도 알고 있어."

캐니 경관의 목소리 톤이 높아졌다.

"제프를 모른다고 하진 않겠지? 약국에서도 가짜 처방전 신고가 있었지, 오늘 하루 종일. 자네가 계속하려나? 아니면 내가 계속할까? 모두 다 멍청한 네놈 짓인 걸 다 보면서 도대체 어떤 멍청이하고 짜고 이런 짓을 하는가 하고 따라다녔더니 바로 이 집으로 안내를 하는군."

경찰은 데이비드의 두 손을 뒤로하여 수갑을 채워 구석에 무릎 꿇려 앉혔다. 경찰들은 집을 샅샅이 뒤져 클리닉에서 훔쳐온 처방전 다발도 찾아냈다.

"안토니 헬코너 씨, 마약성 의약품 관리위반으로 당신을 체포합니다."

"뭐라고? 내가 뭘 어쨌다고? 이렇게 아프고 쓸데없는 늙은이도 체포의 대상이 되나? 날 데려가 어쩌려고? 난 정말 쓰잘 데 없는 장애인 늙은이라고."

"어떤 상황에서도 불법이나 위법을 정당화할 수는 없지요. 법을 어겼으면 나이나 건강상태와 관계없이 벌이 주어지겠지요. 그런 건 검사나 판사가 하는 일이고, 오늘 제가 해야 하는 일은 당신을 현행범으로 체포해 가는 일입니다."

"내가 뭘 어쨌다고? 나는 아무것도 잘못한 거 없어. 다 저놈이, 저놈이 한 거라고. 내 약을 훔쳐가고, 저놈이 도둑놈이야. 저놈이, 날 얼마나 괴롭혔는지 알아? 내가 뭘 잘못했다고 그래?"

"법정에 가시면 실컷 말씀하실 기회가 많을 겁니다."

캐니 경관은 처방전 다발을 안토니 얼굴 앞에서 흔들어 보였다.

그때 크라우디가 물었다.

"경찰 양반, 그게 다 무슨 소리요?"

"아니, 아무것도 모른다고 하지는 않겠죠? 마약과 관련된 많은 사건들이 있지 않았습니까?"

"나는 모르지. 나는 두 달 넘게 병원에 입원해 있었으니까. 뭔 일이 있었던 거요? 정말 몰라서 물어보는 거에요."

그날 밤 안토니와 크라우디 그리고 데이비드는 무더기로 함께 경찰에 체포되어 갔다.

"난 아무것도 몰라요. 아무 나쁜 짓도 안 했어요. 무슨 일이 있었는지도 모른다고요. 왜 몸도 성치 못한 나까지 데려가는 거요?"

크라우디는 너무나 몸이 고달파서 남아있는 힘을 다 써가며 항의와 변명을 했지만 무조건 경찰차에 태웠다. 경찰서에 도착하자 각자 따로따로 격리되어 조사를 받았다. 캐니 경관은 크라우디가 이번 사건에 크게 관여하지 않았으리라 짐작은 하지만 그래도 가족인 데다 현장에 있었으니 혹시나 무슨 연관이 있을까 봐 크라우디를 심문했다.

"병원에서 언제 퇴원하셨지요?"

"어제 퇴원해서 집에 왔어요."

"몸은 괜찮은가요?"

"아니요, 하나도 괜찮지 않아요. 아직도 아프고 쑤시고 너무 힘들어요. 보험회사에서 지출을 줄이려고 뼈가 붙었으니 퇴원해도 된다고 서둘러 퇴원을 시킨 거에요. 퇴원 후에는 간병인이 필요하면 보내준다며 얼마나 들쑤셔대던지, 어제 퇴원을 하지 않고는 버틸 수가 없었어요. 사람들 정말 못됐어. 세상이 어찌 이 모양이라오?

뭐든지 돈, 돈, 돈."

"그래서 돈이 엑스트라로 더 필요하셨던 거군요?"

"그건 또 무슨 얘기요?"

"그러니까, 간병인도 필요하고 이제는 몸이 아파 안토니 씨 수발도 들기 힘들 것 같으니, 약이나 팔아서 돈으로 쓰려고 했습니까?"

"난 경찰 양반이 무슨 소릴 하는지 전혀 모르겠소. 간병인은 보험회사에서 보내주는 거지. 거기에 안토니가 왜 들어가요?"

"남편, 안토니 씨는 드시는 마약성 진통제를 팔았기 때문에 체포됐거든요. 그건 마약법 위반이고요."

"만일 안토니가 그렇게 돈을 벌었더라도 한 푼도 나를 위해 쓰지는 않을 거요. 그건 확실해요. 그럴 인간이 아니거든. 나는 그의 부인이라기보다는 그의 노예였다오. 내 말이 무슨 말인지 알아듣겠는지 모르겠지만, 그렇게까지 해서 번 돈을 나를 위해 왜 쓰겠소? 평생을 날 뜯어먹고 산 인간인데. 아무튼 안토니의 혐의와 나는 무관해요. 나는 아무것도 관련되지 않았고 너무 몸이 아파 집에 가 눕고 싶다오."

안토니와 데이비드가 마약과 관련된 범죄들을 벌이는 동안 크라우디가 병원에 입원해 있었던 건 사실이고 크라우디에게는 아무 혐의도 걸 수 없었다. 크라우디는 경찰차를 타고 밤늦게 혼자 집에 돌아왔다. 그동안 무슨 일이 있었던 것인지 궁금하기도 하고 본인의 몸이 불편하기도하여 불안한 밤을 지냈다.

며칠 후 안토니는 기소가 되었으나 고령인 데다가 거동이 불편한 환자로 도망갈 수 없다는 판단에 불구속기소가 되어 일단 집에 돌아와 재판을 받을 때까지 가택연금을 당했다. 안토니가 집에 오자 크라우디가 물었다.

"무슨 일이야? 내가 없는 사이에 무슨 짓을 한 거야?"

안토니는 완전히 기가 죽고 겁에 질려 울먹이며 말했다.

"그 데이비드라는 놈, 그놈, 완전 악마야. 그놈이 그놈이었어. 몇 달 전, 집 앞에서 휠체어가 뒤로 넘어갔을 때 도와준 놈, 그리고 우리 집에 들어와 약을 훔쳐간 놈, 그게 다 데이비드 짓이었어. 그놈이 찾아와서 쉽게 돈을 벌 수 있게 해 주겠다고 꾀잖아. 그래서 어떻게 하면 되느냐 물었더니, 그저 약을 넉넉히 타 와서 나 필요한 만큼 먹고 나머지는 자기가 돈을 주고 사겠다는 거야. 그래서 그러라 했는데, 글쎄 내가 좀 욕심을 부렸지 뭐야. 아이고, 이 나이에, 이 상황에 내가 돈 가지고 뭘 그렇게 재미를 보겠다고…. 왜 그랬는지 몰라. 닥터한테 갔을 때 책상 위에 있던 처방전 꾸러미를 가져왔지 뭐야. 데이비드한테 팔려고 그랬지. 그놈이 그런 거는 좀 눈치껏 천천히 하나씩 써야 하는데, 미련한 놈이 여러 장을 한꺼번에 풀었나 봐. 그러다 꼬리를 잡혀서 나한테까지 불똥이 튄 거 아냐. 정말 큰일이네. 유죄 판결이 나면 실형을 피할 수가 없다는데. 내가 도망갈 수가 없을 거라는 판단으로 일단은 풀어줬지만, 이 몸 상태로 실형을 어찌 받아? 감옥에 들어가자마자 죽을 거야. 데이비드, 그놈만 아니었어도 제명대로 사는 건데. 유죄판결을 받으면 웰페어와 아파트 보조도 중단된다던데…. 이를 어쩌면 좋아?"

"뭐? 뭐뭐뭐? 뭐라고? 아파트 보조금도, 웰페어도 끊긴다고?"

"관선 변호사 얘기가 그렇다는구먼."

얼마나 혼쭐이 나서왔는지 안토니는 완전 다른 사람 같았다.

크라우디도 완전 혼이 빠졌다.

"아니, 당신이야 잘못한 게 있으니 감옥에 들어가면 거기서 먹고 자고 할 테지만, 아파트 보조가 끊기고 웰페어가 없어지면 나는 어떻게 살라고? 끝까지 원수 짓만 하는구먼. 이 일을 어쩌면 좋아? 나야말로 제명대로 못 살게 됐구먼. 이 일을 어떻게 해. 나는 어떻게 살란 말이야?"

크라우디가 악을 썼다. 크라우디에게는 정말 두려운 일이었다.

'아파트가 없으면 어디서 살란 얘기야? 아, 이 나이에 성치도 못한 몸을 끌고 어디로 이사를 간단 말인가? 아니 이러다가 홈리스가 되는 거 아니야? 저 인간을 무죄로 만들 수는 없을까?'

해리를 무죄로 만들었던 생각이 났다.

'저 인간이 아쉬워서가 아니라, 집, 내 웰페어. 어디 가서 알아봐야 하지? 그래, 변호사. 안토니가 변호사한테서 들었다잖아. 아니지, 내게도 똑같은 앵무새 같은 소릴 하겠지. 지금 그 소릴 듣자고 하는 게 아니잖아. 방법이 없을까? 쇼셜시큐리티 오피스엘 가서 물어보나? 혹시 범죄와 관련이 있으면 아파트 보조가 끊기는 건지?'

다음날 크라우디는 아픈 몸을 달래가며 쇼셜시큐리티 오피스엘 갔다.

"현재 받고 있는 웰페어와 아파트 보조에 대해서 물어볼 게 있어서요. 혹시 제 배우자가 범죄와 연관이 되면 보조가 끊기나요?"

"그건 저희도 알 수 없지요. 어떤 범죄가 관련되어 있는 건지 판결이 어떻게 나오는지에 따라 달라지겠지요. 그리고 주거 보조는 저희 소셜시큐리티 오피스에서 하는 게 아니고요."

"아아, 그런가요? 그럼 아파트보조는 어디서 하는 건가요?"

"그건 하우징 오피스에 물어보셔야 해요."

"그럼 우리 같은 경우에 한사람이 유죄판결을 받으면 웰페어 같은 건 어찌 되나요? 같이 깎이나요?"

"그것도 지금은 정확하게 말씀드리기 힘드네요. 그렇지만 범죄와 연관이 되어 유죄판결을 받게 되면 중단되거나 깎이는 게 보통의 경우이지요."

"아, 그렇군요. 고마워요."

크라우디는 아픈 몸을 끌고 어렵게 소셜시큐리티 오피스에 갔지만 아무런 확답을 얻지 못한 채 집으로 돌아왔다. 그러나 어떤 범죄라도 연관이 되면 웰페어가 끊기거나 줄어들 것은 틀림없는 것 같았다.

'가만있어봐? 가끔 어디서 아파트 보조에 대한 편지가 오잖아. 어디더라? 편지가 어디 있더라?'

크라우디는 오래된 편지들을 뒤져보았다.

"그렇지, 여기 있네. 아파트 보조는 하우징 오피스에서 하는 거였구나. 내일 전화를 해 봐야겠어."

다음날 크라우디는 하우징 오피스로 종일 전화를 걸었으나 계속 자동응답기로 전화가 넘어가서 도대체 사람과 직접 대화를 할 수가 없었다. 메시지를 남길까 하다 내용이 내용인지라 적당치 않은 것 같아 그만두었다. 크라우디는 매주 금요일엔 하우징 오피스가 업무를 보지 않는 것을 몰랐다.

'어쩌지? 어떻게 알아보나? 직접 가서 물어보는 게 제일 좋겠지만, 그 먼 곳엘 갈 수가 있나.' 쇼셜시큐리티 오피스야 한 블록 걸어가면 있지만, 하우징 오피스는 삼십 마일은 떨어진 다른 도시에 있었다. 고철 덩어리 같은 차라도 있으면 운전을 해서 갔다 오겠는데 그 차마저 남아있지 않았다.

'안토니가 앤한테 그렇게 심하게 하지만 않았어도 이럴 땐 앤에게라도 도움을 청하겠건만…. 이렇게 답답하고 어려울 때 단 한 사람도 도움을 청할 사람이 없으니, 참 고립되어 살아왔어. 하루하루 그저 안토니 시중이나 드는 게 생활의 모두였어. 시중을 들어 주어도 좋은 소리도 못 들으면서. 욕만 먹어 가면서 말이야. 택시를 타고 갈까? 택시는 어떻게 부르나. 한 번도 불러 본 적이 없어. 어떻게 부르는지도 모르고. 또 돈은 얼마나 달랠까? 돈도 충분치가 않고. 웰페어가 나올 때까지 기다리면 이미 재판은 끝이 났을 것이고. 그러면 너무 늦지. 재판이 끝난 다음에 알아보는 건 아무 도움이 안 돼. 어쩐다?'

크라우디는 이렇게 무능한 자신이 답답해서 속이 터질 것 같았다. 평생을 살면서 본인이 유능하다고 생각한 적도 없지만 지금 이

순간은 본인이 얼마나 힘없고 무능한지를 절절히 깨달았다. 아들과 이웃과 사회, 모두에게서 단절되어 우리에 갇혀 저녁거리를 던져 줄 사육사를 지루한 줄도 모르고 기다리는 아이큐 육십짜리 원숭이같이 무지하고 수동적인 삶을 살아온 것이 새삼 뼈저리게 아팠다.

'아, 해리가 곁에 있으면 내가 이렇게 비참하지는 않을 텐데….' 크라우디는 떠난 지 삼십 년도 더 지난 아들 해리를 생각했다.

'안토니가 그렇게 비도덕적이고 자신밖에 모르는 지독한 이기주의자가 아니었다면 해리도 내 곁에서 행복하게 살았을 것이고, 나도 오늘처럼 이렇게 대책이 없지는 않을 텐데….'

크라우디의 눈꺼풀이 서러움의 무게를 이기지 못하고 바르르 떨며 내려앉았다. 지나온 과거가 너무 서럽고 오늘 본인이 직면한 이 불안한 상황을 감당할 수가 없어 감긴 눈에서 눈물이 조용히 이어져 내렸다. 과거의 일들이 마치 어제 벌어졌던 것처럼 생생하게 기억 속에서 흘렀다. 하나도 잊히지 않은 채로, 하나도 무디어지거나 치료가 되지 않은 채로. 기억들이 지나가면서 다시 크라우디의 생채기를 긁어대자 어제 난 것 같은 생채기에서는 다시 시뻘건 피가 배어 나왔다.

'해리가 안토니를 버리고 떠나자고 했을 때, 그때 우리는 떠났어야 했어. 그랬으면 해리도 살인 혐의를 뒤집어쓴 채 평생을 살인자, 도망자로 살지 않아도 됐을 텐데. 다 내 잘못이야. 내가 조금만 더 용기 있고 현명했더라면 해리의 삶도 완전히 달라졌을 텐데. 다 내 잘못이야. 해리야, 정말 미안하구나. 이제 엄마는 어쩌면 좋겠니? 아니야, 지금이라도 남아있는 것을 지켜야 해. 남아있는 건 나 하나밖에 없어. 그리고 나는 이제 살 곳까지 잃고 거리로 쫓겨날 상황까지 왔어. 하우징 오피스에 물어봐도 확실한 대답은 못 들을 거야. 재판 결과가 나오기 전에는 아무도 모르겠지. 안토니가 잘못을 했다지 않아. 불법으로 마약 거래를 했다잖아. 그러니 무죄로 풀려나기는 틀렸어. 분명히 유죄판결을 받을 텐데. 유죄판결을 받으면 아파트보조도 웰페어도 끊길 수 있다잖아. 그럼 어떻게 해. 재판을 막아야 해. 판결이 나와 버리면 그 후에는 판결을 뒤집을 수가 없잖아. 아무것도 할 수가 없잖아. 재판까지 가질 말아야 해. 어떻게? 내가 무슨 힘으로 재판을 막아? 어떻게 예정되어있는 재판을 못 하게 만드느냐고? 어떻게? 어떻게?'

해롤드 씨가 마지막으로 해리를 보았을 때의 해리처럼 그녀도 도움을 청하는 종이를 들고 구걸을 하는 모습이 어렴풋이 그려졌다.

문득 먹구름을 뚫고 내려오는 한 줄기의 빛과 같은 생각이, 차갑고 신선한 새벽 공기처럼 크라우디의 머리를 치고 들었다. 크라우디는 갑자기 용수철처럼 몸을 일으켰다.

'방법은 딱 한 가지밖에 없어. 저 인간이 죽는 거야. 재판을 받기 전에 저 인간이 죽으면 다 해결돼. 맞아, 그게 딱 한 가지 유일한 방법이야. 그러면 사망한 자에게는 유죄판결을 내릴 수가 없으니, 나도 안전하고 아무 변화도 없는 거 아냐? 유죄판결로는 아파트보조가 끊기겠지만, 사망이 이유라면 아파트보조가 끊기지는 않을 거 아니야? 그래, 그래야 해. 안토니가 재판 전에 죽어버리면 다 해결되는 거야. 어떻게 재판 전에 죽게 만들지?'

크라우디는 그를 죽여야 했다. 그것 말고는 방법이 없었다.

28

하루하루 시간은 에누리 없이 정확하게 지나갔고 재판 날짜도 2주 후로 다가왔다. 크라우디는 안토니가 재판 전에 사망하는 것에 모든 희망을 걸었다. 매 순간순간 어떻게 재판 전에 그를 사망하게 하느냐만 생각했다. 사망도 살인의 흔적이 없는, 자연사 아니면 사고사여야 했다. 목을 졸라 죽일 수도 없고 머리를 무거운 걸로 쳐 죽일 수도 없었다. 두 주밖에 시간이 없었다.

'그렇지, 마약! 마약 과다복용이면 어때? 가끔 뉴스에서도 누가 마약 과다복용으로 죽었다고 나오잖아. 뉴스에서 듣는 거야 유명한 사람들 얘기고, 유명하지 않은 사람들도 마약 과다복용으로 많이들 죽을 거 아냐? 얼마나 많겠어? 다만 뉴스에는 안 나올 뿐이지. 마약성 진통제야 허구한 날 먹는 건데, 조금만 더 먹이면 죽을지도 모르잖아? 그래, 마약성 진통제를 더 먹이는 거야. 가능할 것 같아. 몇십 년을 먹던 건데, 누가 내가 더 먹었다고 의심을 하겠어? 맞아, 이거야. 딱 이거야. 얼마나 더 먹어야 과다복용이 돼서 죽을까?'

"안토니, 먹고 싶은 거 있으면 말해. 내가 다 만들어 줄게."

"이 와중에 무슨 음식이 맛있겠냐? 재판을 받을 생각을 하니 식욕도 전혀 없다. 네가 나라면 밥이 넘어가겠냐?"

"그래도, 일단 잘 먹기라도 해야 힘내서 재판도 잘 받을 거 아니야?"

"잘못한 게 있는데, 재판이 잘되려나? 아우, 정말 귀찮아 죽겠네."

"아이고, 그러게 그런 짓은 왜 했대?"

크라우디는 뜻하지 않게 또 입바른 소리를 해 버렸다.

"다, 너 때문이잖아. 네가 제대로 했으면 이런 일이 왜 생겼겠냐?"

"그게 왜 내 잘못이야?"

"네 잘못이 크잖아? 다 네 잘못이라 해도 틀린 말 아니잖아?"

"아니, 일은 누가 쳐놓고 누구 탓을 하는 거야?"

"그 날, 데이비드가 집에 들어와서 약을 훔쳐 가던 날, 네가 베란다 문만 잠그고 나갔어도 일이 이렇게까지는 안됐지. 안 그래?"

"어느 적 얘기를 지금 하는 거야? 그날 나를 밀치지만 않았어도 슬라이드 도어를 잠그는 것을 잊지 않았을걸. 사고는 그 후에 다

쳐 놓고선? 정말 어이없구먼."

"뭐야? 그럼 네년은 다 잘했고, 내가 실형을 받는다니 좋아 죽겠 단 말이냐?"

"아이고, 싸다 싸. 실형을 받게 되면 아주 죽을 때까지 그 안에 서 살아라."

"이 썩을 년이!"

"에고, 말을 섞어 무슨 재미를 보겠다고 저 인간과 말을 시작했 나?"

크라우디는 혼자 중얼거리며 부엌으로 갔다.

'지금 말다툼이 중요한 게 아니지. 중요한 게 따로 있잖아. 중요 한 걸 잊으면 안 되지. 포인트에 집중해야 해. 아주 조금의 동정도 가치 없는 인간이란 걸 모르지 않잖아. 죽여 버려, 죽어도 싸다.'

크라우디는 감정을 가라앉히고 본인의 목표에 집중하기 시작 했다.

우선 마약성 진통제 두 알을 갈았다. 절구에서 아주 미세한 분 말이 될 때까지 정성을 다해 갈아서 소량의 물에 마약성 진통제 가 루 반 정도를 넣고 흔들어 보았다. 아주 투명하게 잘 녹았다. 뿌옇 게 보이지도 않았다. 나머지 반도 넣고 잘 녹였다.

'좋았어. 여기에 얼음을 담고 술과 갖다 주면 좋다고 마시겠구 면.'

"아이고 얼마나 힘들었으면 사람이 이리 달라졌대? 술 한 잔 마 시고 긴장 풀어. 이러다 제 명대로 못 살겠어. 짜증도 인제 그만 부려. 맛있는 오믈렛 만들어 왔어. 당신이 좋아하는 거잖아. 어서 먹어요."

그렇게 그날 밤에 안토니에게 두 알의 약을 엑스트라로 먹였다. 그러나 다음날 아침 안토니는 아무 일도 없었다는 듯이 말짱하게 일어났다.

'두 알로는 안 되네. 그럼 네 알? 아니지, 보통 한두 알씩 네 시간마다 먹을 때도 있으니 그럼 하루에 몇 알을 먹는 거야? 일어나자마자 두 알, 아침 먹고 두 알, 점심 늦는다고 짜증내며 두 알, 점심 먹고 소화 안 된다고 화내며 두 알, 저녁 먹기 전에 두 알, 자기 전에 두 알. 도대체 몇 알? 하루에 열두 알까지? 내가 너무 약했어. 겨우 두 알로 뭘 하려 했다니. 내가 바보였지. 열두 알이 그의 매일 복용량이야. 그럼 최소한 두 배로 올려야지. 그럼 스물네 알? 그래, 열두 알은 알아서 스스로 먹게 놔두고 열두 알을 음식에 섞어서 두 배로 먹게 해야겠어. 갈아, 마구 갈아. 절구에 갈아서 먹여버려. 워낙 약을 오래 먹었던지라 아무도 눈치 채지 못할 거야. 어떻게 먹이지? 제일 좋아하는 오믈렛에 섞어버려? 오믈렛도 매일은 싫을 수도 있어.'

크라우디는 아픈 몸을 추스르며 소고기를 살짝 볶아 물을 붓고 끓인 육수에 안토니가 좋아하는 감자, 양파, 당근 등을 썰어 넣고 푹 끓여 아침을 준비하면서 마약성 진통제 네 알을 갈아서 안토니의 스프 그릇에 섞었다. 안토니는 다행히도 스프를 맛있게 하나도 남기지 않고 다 먹었다. 그러고는 잠깐 낮잠을 자고 아무 일도 없었다는 듯이 일어났다. 점심에도 네 알을 갈아 파스타에 섞어 먹이고, 저녁에도 다시 네 알을 타코에 살짝 섞어 먹였다. 다음 날 아침 안토니는 다시 멀쩡하게 일어났다.

'어제 네 알씩 세 번, 열두 알을 먹였는데 아무렇지가 않은가 봐. 어쩌지, 더 높여? 얼마나 높이나? 그러다 너무 지나치면 살인이 드러날 수도 있을 텐데. 세 알만 더 써볼까? 한 끼에 다섯 알씩.'

크라우디는 초조해지기 시작했다.

'절대 살인의 흔적이 보이면 안 돼. 자연사여야 하는 거야. 저 인간을 어떻게 재판 전에 죽게 하나?'

그날은 아침에 다섯 알을 갈아 안토니의 크램차우더스프에 섞어 먹였다. 아침을 잘 먹고는 약 때문에 졸리는지 낮잠을 잤다. 크라우디는 자는 안토니의 입과 코를 살짝 물을 묻힌 페이퍼타월로 덮어보았다. 잠시 후 안토니가 숨을 크게 쉬니 그것도 떨어져 나갔다. 또 질식사는 살인의 의심이 될 것 같아 좋은 방법은 아닌 것 같았다. 안토니는 한두 시간 자고 나더니 또 아무 일도 없었다는 듯이 일어났다.

'더 올려야겠어. 여섯 알씩으로 높여.'

점심에는 여섯 알을 갈아 누들에 섞어 먹이니 잘 먹고, 또 몇 시간 낮잠을 자고 다시 아무 일도 없었다는 듯이 일어났다. 과잉의 마약성 진통제에 전혀 반응을 하는 것 같지 않았다.

안토니는 먹고 자고, 또 먹고 자고를 몇 번 반복하니 몸과 마음이 아주 상쾌하게 느껴졌다. 이전처럼 허리도 많이 아프지 않고 다리가 저리는 것도 없었다. 통증이 없으니 당연히 약도 찾아 먹을 필요가 없었다.

"어라? 내가 왜 이러지? 통증도 없어지고 잠도 잘 자고, 몸이 아주 가뿐해. 약을 안 먹어도 아프지도 않고. 어쩐 일이야? 회춘하려나?"

안토니는 기분이 좋아서 크라우디를 불렀다.

"크라우디, 이리 좀 와봐."

"왜? 왜 사람을 부르고 그래?"

"아니, 도대체 나에게 뭘 먹인 거야?"

크라우디는 놀라서 손에 들고 있던 주걱을 놓칠 뻔했다.

"뭐? 뭘 먹이다니?" 안토니가 다 알아차렸나 싶어 가슴이 철렁 내려앉았다.

"뭐라고? 아픈 몸을 움직여가며 재판에 가기 전에 먹는 거라도 잘 먹고 가라고 맛있게 식사를 만들어줬더니, 지금 나더러 뭐가 어쨌다고?"

"흐흐흐, 크라우디! 몸 상태가 아주 좋아. 아주 가뿐해. 나 회춘하려나 봐."

"뭐? 회춘?"

"오늘 약 한 알도 안 먹었는데, 하나도 아프지도 않아. 잠도 푹 자고 나니까 기분도 좋고. 그리고 이것도 오래간만에 선 것 같아. 섰으니 어떻게 하지?"

'오 마이 갓!'

정말 대책이 없었다. 크라우디가 약을 과잉으로 갈아서 먹여주니 통증도 없어지고 잠도 잘 자고 회춘의 수준까지 갔다고? 크라우디가 약을 먹여주니 안토니는 스스로 약을 찾아 먹을 필요가 없어져 크라우디가 아무리 다섯, 여섯 알씩 끼니마다 먹여도 안토니가 평소에 먹던 양이랑 거의 차이가 없고, 오히려 안토니의 몸 상태와 기분만 좋게 만드는 결과가 되어버렸다.

'이걸 어째? 약으로 과연 안토니를 죽일 수가 있을까? 약을 더 주면 될까? 얼마나 더 줘야 할까? 그럼 여덟 알을 줘 볼까? 끼니마다 여덟 알씩? 아이고, 재판까지 며칠 남았지?'

크라우디는 정말 난감했다. 약 말고 다른 방법은 생각나는 게 없었다. 뉴스에서 들으면 조금만 과잉 복용을 하면 쉽게 죽는 것 같았는데, 그런 것도 아닌 모양이었다.

크라우디는 저녁용으로 여덟 알을 갈았다. 처음에 했던 것처럼 술잔에다 물과 잘 섞어 녹이고 얼음을 담아 싸구려 위스키병과 함께 점심에 먹다 남은 누들을 덥혀 갖다 주었다. 맥이 빠져 도저히 새로운 음식을 만들 기분이 나지 않았다.

"몸 상태가 가뿐하고 기분도 좋다니, 어쩐 일이래? 술도 한 잔 마시면 아주 최고겠구먼."

안토니는 기분이 좋아서 술도 얼큰하게 취하도록 마시고 누들도 다 먹고 다시 잠이 들었다.

'이 일을 어쩐다? 약을 하도 오래 먹은 지라 어지간한 양으로는 안 될 것 같아. 내일은 아침, 점심, 저녁 모두 여덟 알씩 먹여보고

그래도 말짱하면 또 올리는 수밖에…'

다음 날은 여덟 알을 갈아 아침 식사에 섞어 먹이니 낮잠을 여러 시간 자고는 점심시간쯤이 되자 또 말짱히 일어났다.

'어라, 정말 아무렇지도 않은가 봐.'

크라우디는 초조해지며 사람을 죽이는 게 이렇게 힘들다는 사실에 겁이 났다. 도대체 안토니를 약으로 재판 전에 죽일 수가 있을 것인지 확신이 안 섰다. 점심에도 여덟 알을 갈아서 비프스튜에 섞어 먹였다. 저녁에는 안토니가 제일 좋아하는 중국 음식을 배달시키고 안토니가 먹을 만큼 접시에 덜어 그 위에 여덟 알의 마약성 진통제 가루를 살살 뿌리고 섞었다.

"어서 먹어. 당신이 최고로 좋아하는 상하이 피시잖아. 비싸서 자주 먹지도 못하는 건데 당신 먹으라고 내가 오늘 큰맘 먹고 시킨 거야. 어서 들어요."

"상하이 피시? 그 비싼 걸 시켰다고?"

"그렇다니까. 여기 눈앞에 있잖아?"

"상하이 피시, 정말 맛있지. 네가 평소에 요즘처럼만 날 뒷바라지 했어도 우리 인생이 크게 달라졌을 거다. 왜 제대로 좀 잘하지 그랬니?"

"내 딴에는 한다고 했는데, 부족한 게 많았던 모양이네. 이제 그런 거 따지지 말고 그냥 편안히 삽시다."

"그래, 오늘은 맛있는 상하이 피시가 있으니 술 한 잔 안 마실 수가 없지. 가서 얼음하고 술 가져와." 크라우디는 마약성 진통제 여덟 알을 급히 갈아 술잔에 붓고 소량의 물로 녹여 거기에 얼음을 채워 술병과 갖다 주었다. 그러니까 오늘 저녁 안토니는 열여섯 알의 약을 한꺼번에 먹는 것이었다.

'이 정도면 되지 않겠나?'

안토니는 상하이 피시를 안주 삼아 술도 얼큰하게 마시고 잠이 들었다.

다음 날 아침, 안토니는 다시 별일 없었던 듯이 평소대로 일어났다. 그러나 안토니의 눈동자가 흐릿해 보였다. 흐릿한 눈을 가늘게 뜨고 힘없이 소파에 머리를 기대고 앉아있는 모습이 정상 같지 않았다. 드디어 마약 과잉복용 반응이 나타나기 시작한 것 같았다.

그러나 그렇다고 기쁘기만 한 것도 아니었다. 무엇을 하고 있는 것인지 생각하면 두렵고 떨렸다. 꼭 끝을 봐야 한다는 부담에 가슴이 답답하고 모든 육체의 대사가 정지되어 버린 듯 식사도 할 수 없고 먹어도 소화가 되지 않았다. 혹시 끝을 보지 못하면 어쩌나 하는 걱정에 제정신이 아니었다. 그러나 제대로 끝을 보지 못하면 잔인한 반격 말고는 돌아올 것이 없다는 것도 알고 있었다. 가슴은 속 빈 강정처럼 허무했다. 다 부질없는 짓 같았다. 그만둘까 하는 생각도 들었지만, 집도 없이 거리를 떠도는 상상을 하니 그건 또 절대 아니라는 생각이 들었다. 한 치의 동정심도 절대 가져서는 안 된다고 스스로 다짐했다. 이후로 홈리스가 되어 더럽고 냄새나는 몸을 끌고 길거리를 떠돌아다니느냐, 우아하지는 않더라도 집에서 쉬며 인생을 마감하느냐는 이제부터 그녀가 며칠간 어떻게 하느냐에 달린 거라고 반복해서 다짐했다. 크라우디는 살아남아야 한다는 현실만 생각하려고 노력했다.

크라우디는 열 알로 높였다. 이왕 반응을 보인 김에 제대로 마무리를 짓고 싶었다. 열 알을 갈아 음식에 섞으며 이제 반응이 오기 시작했으니 반은 된 것이라 생각했다.

열 알을 간 분말을 모두 안토니가 좋아하는 치킨 타코에 살살 뿌렸다. 혹시 음식을 남길까 봐 음식은 적은 양만 준비했다. 이 열 알이 마지막 식사가 되어주기를 간절히 바랐다. 안토니는 다행히도 타코를 다 먹었다. 잠시 후 안토니는 소파에 앉은 채 몸을 가누지 못하고 바닥에 다 토해버렸다.

'어머나, 아까워! 그 귀한 약을 다 토해버렸네.'

곱게 갈아 정성스럽게 대접한 식사가 물거품이 되는 순간이었다.

'열 알은 너무 많은가 봐. 먹여봐야 토해버리면 아무 소용없잖아. 아까운 약만 버렸잖아. 여덟 알로 다시 내려?'

크라우디는 안토니의 반응을 자세히 살피면서 알약 수를 조절해가며 계속 약을 먹였다. 안토니는 가끔은 멍한 눈빛으로 정상이 아닌 반응을 보였다. 그렇다고 조금 더 많이 먹이면 또 토해버리고 말 것 같아 약을 높이기가 쉽지 않았다. 그러다 보니 도대체 약으로 안토니를 재판 전에 죽일 수 있을지 이제는 확신이 전혀 들지 않았다.

이제 재판도 닷새 후로 다가왔다. 크라우디는 초조하고 불안했다. 지난 9일간 약으로 죽이지 못했으니 앞으로 닷새 안에 죽일 수 없을 확률이 더 높아 보였다. 크라우디의 고민은 깊어만 갔다.

다음 날 아침 크라우디는 안토니가 당뇨 때문에 인슐린을 맞는 것을 보았다. 인슐린 주사는 안토니가 매일 식사 전에 세 번, 자기 전에 또 한 번 하루에 네 번씩 지금까지 몇십 년을 해온 일이었다. 안토니는 인슐린 바이알에 주사기를 집어넣고 인슐린을 적당량 덜어내 복부나 팔다리에 주사하는데 그날은 손을 몹시 떨고 있었다. 덜덜덜 끊임없이 떨리는 손 때문에 주사기가 인슐린 바이알에 들어가질 않고 계속 헛손질만 하고 있었다. 크라우디는 손 떨림이 마약 과잉복용의 부작용일지도 모른다고 생각하며 부엌에 서서 잠시 안토니를 보다 '그렇지, 저걸 왜 생각하지 못했을까.' 하며 무릎을 쳤다.

크라우디가 가까이에 있는 것을 알아챈 안토니는 힘없이 짜증을 냈다.

"뭐하고 있어? 이 썩을 것아. 안 보이냐? 인슐린을 덜 수가 없잖아? 이 덜된 것아."

크라우디가 뭘 어떻게 해줄지 몰라 잠시 가만히 있자 안토니는 또 욕설을 섞어가며 말했다.

"쌍년! 뭘 하고 있는 거냐? 썩을 것아. 어서 인슐린 10유닛을 덜어."

크라우디는 인슐린 10유닛을 주사기에 덜어 주었다. 안토니는 웃옷을 들치고 복부에 주사를 놓는데 손이 심하게 떨려 그 가느다란 주삿바늘이 부러져 버릴 것 같았다.

"손을 왜 이리 심하게 떤데? 왜 이래?"

"난들 아냐? 손마디에 힘이 하나도 없고 아주 죽겠다. 아이고, 오늘이 며칠이야? 재판까지 며칠 남았냐?"

"나흘 후야."

"정말 한심해 죽겠네. 도대체 이런 몸 상태로 재판에는 어떻게 나가나. 좀 연기할 수는 없을까? 정말 몸 상태가 말이 아닌데. 데이비드, 그 자식 때문에. 아이고, 정말 왜 이렇게 인생이 꼬이나?"

"점심때부터는 내가 인슐린 놔줄게. 걱정 말고 약이나 먹어. 아프지 않아?"

"약은 됐다. 아침이나 준비해. 인슐린을 맞았으니 밥을 먹어야지."

"알았어. 얼른 준비해 줄게."

'인슐린! 그거야. 인슐린, 이제 찾았어. 그래, 인슐린. 저거 대단히 위험한 거라고 의사가 그랬잖아. 너무 많이 맞으면 안 되고 또 너무 적게 맞아도 안 되고. 인슐린으로 어떻게 해 볼 수는 없을까? 어떻게? 확 많이 준다? 아니면 안 준다? 안 주면 나중에라도 죽고 나서 왜 안 줬느냐고, 왜 안토니가 인슐린을 제대로 맞게 돕지 않았느냐고 날 추궁하는 거 아니야? 그럼 주는 쪽으로 해야겠네. 그럼 왕창 많이 줘서 안토니를 죽게 할 수 있을까. 내가 지금 제대로 생

각하는 건가? 좀 헷갈리네.'

크라우디는 곰곰이 아주 오래전, 갑자기 안토니가 정신을 잃어서 911을 불러서 살려냈던 때를 기억해 내려고 애썼다.

*　*　*

고등학교 졸업을 며칠 앞두고 해리가 활동하던 학교 수영선수팀에서 포틀럭 파티가 있었다. 크라우디와 해리는 작은 샌드위치와 약간의 샐러드를 보내기로 했다. 크라우디는 아침 일찍부터 학교에 보낼 햄과 치즈를 넣은 미니 샌드위치를 만드느라 바빴다. 학교에 보낼 것이니 정성을 다해 한쪽 빵에는 버터를 얇게 발라 눅눅해지지 않게 했다. 영양 밸런스를 맞추려고 양상추 한 잎을 깔고, 얇게 저민 토마토를 얹고, 그 위에 햄과 치즈를 얹었다. 그 위를 덮을 빵에는 마요네즈를 살짝 발라 맛 좋게 만들었다.

맛이 좋은지 해리는 식탁에 앉아 크라우디가 만드는 샌드위치를 자꾸 집어 먹었다. 어차피 아들 해리를 위해서 만드는 것이기에 해리가 자꾸 집어 먹어도 크라우디는 아들이 예쁘기만 했고 기분도 좋았다.

"맛있니? 맛있게 잘 됐어?"

"응. 엄마, 정말 맛있어요. 자꾸 먹고 싶네."

"그럼 자꾸 먹으렴. 먹기 싫을 때까지 먹어."

"그러다가 내가 다 먹겠어요. 그러면 학교엔 뭘 가져가?"

"있는 대로 가져가면 되지. 실컷 먹어."

그러다 보니 그릇에 보기 좋게 담으려면 빵이 몇 조각 더 있으면 좋겠다 싶을 정도의 양이 마련되었다. 크라우디는 샌드위치를 담은 용기의 뚜껑을 닫았다.

"오케이, 그럼 샌드위치는 됐고 어서 샐러드를 비벼 담아 가자."

그때 평소에는 해리가 학교에 갈 시간에 항상 늦잠을 자던 안토니가 나왔다.

"그 샌드위치 좀 꺼내 놔."

"이건 해리가 학교에 가져갈 건데."

"그거 맛있을 것 같은데 어서 몇 개 꺼내."

"어서 해리를 학교에 데려다 주고 새로 만들어 줄게요. 잠깐만 기다려요."

"인슐린을 맞아서 빨리 먹어야 한다고. 어서 꺼내지 못해?" 하면서 안토니는 샌드위치 통으로 손을 뻗었다.

크라우디는 얼른 샌드위치 통을 낚아채며 "그럼 다른 음식을 일단 먹고 샌드위치는 해리를 학교에 보낸 다음에 만들어 준다니까."라고 퉁명스럽게 말했다.

"어서 몇 개 내놓지 못해?"

안토니는 화가 나서 식탁보를 확 잡아당겼다. 그 통에 식탁 위에 있는 샐러드 그릇이 바닥으로 떨어지며 샐러드 재료 채소들도 몽땅 바닥으로 쏟아졌다.

"아니, 아침부터 왜 이리 난리를 친대? 이게 도대체 뭐하는 짓이야?"

"빵 몇 조각 먹겠다는데 해리 놈 입만 입이고 내 입은 입이 아니야?"

"글쎄, 이건 해리 학교에 보낼 거니까 그러지. 다른 거 아무거나 먹고 있어. 해리 학교 데려다 주고 새로 만들어 줄 테니까."

크라우디는 샐러드는 포기하고 해리와 학교로 떠났다.

해리를 학교에 내려주고 잠깐 마켓에 들러 안토니에게 만들어 줄 샌드위치 재료들을 사서 집에 돌아오니 안토니가 소파에 앉아 졸고 있었다.

'별일이야. 어쩐지 일찍 일어났다 했더니 졸고 앉았네.'라고 생각하며 봤더니 그냥 졸고 있는 것 같지가 않았다. 눈이 완전히 감기지도 않았고, 눈꺼풀이 스르르 흘러내려 온 것 같았다. 이마에는 땀방울이 송송이 맺혀있었고 손이 가늘게 떨리고 있었다.

"갑자기 왜 이런데? 안토니!" 하고 불러보았다. 아무 반응이 없자 크라우디는 안토니의 허벅지를 찰싹, 한 대 때려봤다. 안토니는 눈을 조금 뜨는 듯하며 무슨 말을 하려 하는데 어눌하게 알아들을 수 없는 말을 했다. 크라우디는 겁이 났고 곧바로 911을 불렀다. 곧 911 구조대원들이 도착해 안토니에게 주사 한 대를 놓자 잠시 후에 안토니는 말짱하게 의식을 차렸다. 911 구조대원들이 안토니가 인슐린 주사를 맞고 식사를 바로 하지 않아서 혈당이 많이 떨어져 의식을 잃은 거라고 했다.

"아니, 식사는 왜 안 하고 있었는데? 아무거라도 먹으면서 기다리지. 해리 샌드위치만 기다리는 건 또 뭐래?"

"시끄러, 이년아. 네가 해리에게는 '많이 먹어, 먹기 싫을 때까지 먹어.' 그러더니, 내가 몇 개 먹겠다니 뭐 어째, 안 된다고? 내가 하도 괘씸해서 기다리고 있었다."

"아주 잘했네. 한 번 더 괘씸했다가는 골로 가겠구먼. 골로 가든 말든 그건 알아서 하고, 다음엔 어림 반 푼어치도 없어. 또 한 번 이런 일이 있으면 나도 나 몰라라 할 거니까."

"썩을 년, 어서 샌드위치나 만들어. 햄과 치즈는 두 장씩 넣어 더블로 만들어."

그 후에 의사가 안토니와 크라우디에게 자세히 인슐린을 쓰는 방법을 가르쳐주었다. 식사를 제대로 못 할 때는 인슐린을 줄여야 한다고 했던 것이 생각났다.

* * *

아침을 준비하면서 크라우디는 생각했다. '그날 911을 부르지 말고 그냥 내버려 두었으면 그때 안토니가 죽었을지도 모르는데, 그랬다면 그 이후에 발생한 모든 사건들도 일어나지 않았을 것이고…. 해리와 나의 삶도 엄청나게 달라졌을 텐데. 그러나 이제는 다 지나간 일….'

이런저런 생각에 아침 준비가 늦어졌다. 아침 준비가 늦어지니 안토니가 짜증을 부렸다.

"왜 이렇게 굼떠. 빨리 식사 가져오지 않고 뭐하냐?"

짜증은 부렸지만, 목소리에는 힘이 하나도 없었다.

'정말 약이 이제 제 역할을 하는 모양이야. 조금만 잘하면 끝이 날 것도 같은데…'

크라우디는 마약성 진통제 여덟 알을 갈아 안토니의 아침 식사에 섞었다.

'이럴 때일수록 정신 똑바로 차리고 유종의 미를 거두어야 해.'

"자아, 먹어요. 당신이 좋아하는 참치 스파게티야. 맛있게 먹고 좀 쉬어요. 점심 전에는 내가 인슐린 주사를 놔줄게. 아프기 전에 약도 먹어요. 요즘은 약 없이 어떻게 산대? 희한한 일이야. 약 없이 아프지도 않아?"

"죽을 때가 다 되었는지 통증도 못 느끼나 보다. 별로 아프지도 않다."

"아프지 않으면 됐지. 다행이네. 어서 먹어요. 잘 먹고 죽은 귀신은 뭐 때깔도 좋다나? 뭐 그런 얘기도 있잖아. 그러니 어서 먹어요."

"때깔 좋은 귀신이 됐으면 좋겠냐?"

"그럼, 귀신이 되려면, 아니 무엇이 되어도 때깔 좋은 게 좋겠지. 그러니 말장난 그만하고 어서 먹어요."

안토니는 수저만 들었다 놓았다 할 뿐 거의 먹지는 못했다.

"아니, 왜 이렇게 못 먹는데? 내가 먹여 줄까? 자, 아 하고 먹어. 먹어야 힘이 나지. 식욕이 확 줄었나 봐?"

"됐다. 더 이상 못 먹겠으니 치워라." 하며 침대에 들어가 누웠다.

'아, 이걸 어쩌지? 약을 갈아 뿌린 음식은 먹어야 될 거 아니야.'

"입맛이 없어도 조금 더 먹어요. 당뇨도 있는데 식사는 제대로 해야지."

크라우디는 안토니를 침대 머리에 앉히고 마약성 진통제를 뿌린 음식을 거의 다 먹게 도왔다.

안토니가 음식을 다 먹자 "아주 잘했어. 먹는 거라도 잘 먹어야지. 그럼 쉬어요."라며 칭찬해 주었다.

크라우디는 점심을 준비하면서 안토니의 알약을 세어 보았다. 이제 겨우 서른여섯 알이 남아있었다.

'삼팔 삼십이, 삼팔이 이십 팔 맞나? 구구단이 안 되네. 아유, 그냥 세어 보면 되지.'

크라우디는 얼른 서른여섯 알의 약을 테이블에 다 쏟아 놓고 여덟 알씩 짝을 맞추어 보았다. 그러니 네 번 먹일 것과 네 알이 남았다. 다시 열 개씩 모아보니 세 번 먹일 것과 여섯 알이 남았다. 어찌 되었건 이제 약은 하루 치밖에 남지 않은 것이다. 지금까지 열흘도 넘게 약으로 어찌해 보려고 했는데 안 된 것이다. 약으로는 이제 성공의 보장이 없었다. 재판은 사흘 후로 다가와 있었다. 시간이 없었다.

'약으로는 안 돼. 이미 안 된다는 게 확인이 됐잖아. 어쩌지? 약을 안 먹이면 다시 정신이 말짱해지는 거 아냐? 그러면 말짱 도루묵, 지금까지 해 왔던 게 모두 헛일로 돌아간다는 얘긴데. 인슐린, 인슐린을 써야겠어. 다른 방법이 없잖아. 인슐린으로 끝장을 봐야

해. 이제 약도 하루 치밖에 안 남았고 시간도 너무 촉박해졌어.'

"이제부터는 내가 인슐린 놔줄게. 10유닛하면 되는 거지? 식사 전에 하루 세 번, 자기 전에 온 밤을 커버하는 롱액팅 인슐린 한번. 그렇게 하면 되는 거 아니야?"

안토니는 힘없이 "그래." 하고 대답했다.

크라우디는 가슴이 답답하고 초조했다. '어떻게 하면 오늘 끝을 낼 수 있을까? 인슐린을 두 배로 주면 어떻게 될까? 오늘은 끝을 봐야 할 텐데. 약도 떨어져 가고…. 어떻게 해서든지 오늘은 끝을 내야 하는데….'

"안토니, 점심에는 뭘 만들어줄까? 점심으로 맛있는 햄과 치즈를 넣은 샌드위치를 만들어 줄까? 당신이 좋아하는 거잖아. 생각나? 옛날에, 아주아주 옛날에 햄과 치즈 샌드위치를 해리한테만 먹이고 학교에 보내는 게 질투가 나서 난리 친 거. 기억해? 오늘은 당신이 다 먹어. 먹기 싫을 때까지 실컷 먹어. 많이 만들어 줄게."

크라우디는 버터 바른 빵에 마약성 진통제 가루를 묻혀가며 샌드위치를 만들었다.

"자, 식사 전에 인슐린부터 맞아야지? 10유닛 놓으면 되지?" 하면서 주사기에 10유닛의 인슐린을 덜었다.

안토니는 "그거 10유닛 맞냐?" 의심이라도 하는 것처럼 물어봤다.

"10유닛 맞잖아? 잘 봐? 맞지?"

안토니는 흐릿한 눈으로 주사기를 쳐다보았지만, 인슐린 주사기가 워낙 가느다란 데다가 주사기의 눈금은 치밀하게 그어져 있어 무색의 투명한 액체 인슐린이 얼마나 주사기에 채워져 있는지는 건강하고 시력 좋은 사람도 슬쩍 보아서는 알 수 없을 것 같았다.

"아이고, 당연히 10유닛이지. 100유닛을 놓겠어?"라며 인슐린을 놔 주었다.

"자, 이제 식사를 해야지? 당신이 좋아하는 샌드위치야. 당신이 좋아하는 토마토스프도 따끈하게 덥혔어. 어서 먹어요."

안토니는 마약을 묻혀가며 만든 샌드위치와 토마토스프를 맛있게 잘 먹었다.

"식사를 잘하고 나니 기분도 괜찮고 힘도 나는 거 같다. 그런데 참 희한하네. 그렇게 오랫동안 아팠는데 요즘은 약을 안 먹어도 하나도 안 아파. 정말 이상한 일이네."

"안 아프면 좋고 감사할 일이지. 그것도 불만이우?"

"신기해서 그러지. 크라우디, 자네도 알잖아. 요즘에 내가 약을 안 찾는걸. 어쩐 일일까?"

"정말 회춘이라도 한 모양이지."

"약병 좀 가져와 봐. 약이 그대로 남아있겠네."

"아이고, 아프지도 않으면서 약병은 왜 찾아? 그놈의 약병 지겹지도 않아? 그놈의 약 때문에 재판까지 가게 됐잖아."

"하긴 그래. 안 아프면 됐지. 그럼 낮잠 한번 자볼까? 조금 어지럽고 졸리기는 하네." 하며 잠을 청하며 누웠다.

"그래, 한잠 푹 자고 일어나시오."

크라우디는 정말 어찌할 바를 몰랐다. '인슐린을 주고 식사를 해주고, 잘 먹고 나니 또 말짱해지고. 언제까지 이래야 하나? 이제 정말 끝을 낼 때가 됐는데. 사흘 후가 재판이야. 어떻게 하지? 오늘 정도에는 끝이 나야 할 텐데. 정말 질긴 목숨이군. 쉽지가 않아. 안토니! 좀 죽어주면 안 되겠어? 살 만큼 살았잖아? 내가 지금 집 때문에 이러잖아. 네가 유죄 판결을 받으면 내가 살 집이 없어지니까 이러는 거 아니야. 난 어떻게 하라고? 집 없이 어떻게 살라고? 어디서 살라고? 오늘 밤에 제발 좀 죽어 줘. 제발 부탁이야. 어떻게 하면 안토니가 죽을까? 인슐린을 두 배로 주고 밥을 굶겨? 그러면 어때? 맞아. 그러면 죽을지도 몰라. 매일 인슐린을 맞고 나서는 빨리 먹어야 한다고 난리를 치잖아. 그래, 그거야. 인슐린을 두 배로 놔주고 밥은 안 주는 거야. 그러면 지난번처럼 혈당이 떨어져서 의식이 없어질 거야. 의식이 없어지면 그냥 놔두는 거야. 그렇다고 죽을까? 내일 아침에 다시 일어나면 완전 귀신이 돌아온 기분일 텐데. 아, 정말 쉽지가 않네. 밤에 인슐린을 또 맞잖아? 그렇지, 의식이 없어지면 밤에 맞는 인슐린을 또 주는 거야. 그러면 밤사이에 죽을까? 안 죽으면? 아우, 머리가 깨질 것 같아. 지금 자고 있을 때 인슐린을 몰래 한 번 더 줄까? 아니, 주삿바늘이 따끔해서 깨어날 것 같은데. 안토니, 제발 재판 전에 좀 죽어다오. 며칠 더 산다고 뭐가 그리 달라지겠어? 어차피 유죄판결을 받고 감옥에 가면 정말 제 명대로 못 살 텐데. 요즘에 맛있는 것도 많이 먹었잖아. 그 비싼 상하이 피시도 먹었잖아. 뭐가 부족해? 죽으면 명복은 빌어 줄

게. 제발 죽어다오. 너도 나한테 할 만큼 했잖아. 나도 곧 죽을 테
니 억울할 것도 뭐 있겠어? 갈 때도 됐잖아? 제발 그래 주면 안 되
겠어?'

저녁 무렵이 되자 안토니가 일어났다. 한잠 잘 자고 일어나 보니
아랫도리가 축축하게 느껴졌다.

"이게 뭐야? 아이고 자면서 소변을 봐 버렸네."

안토니는 급하게 크라우디를 불렀다.

"크라우디, 이리 와봐. 어서 와봐. 쌍년아, 왜 이리 굼떠?"

"왜? 왜 그래? 왜 그리 사람을 급히 부른데?"

"빨리 와봐, 이년아. 아이고, 자면서 소변을 지렸잖아."

"어라? 이제는 자면서 오줌까지 싸네."

"이 썩을 것아, 너는 이런 날 없을 것 같으냐?"

"흥, 그럴 날까지 살기라도 했으면 좋겠네."

"시끄러워! 어서 워커 가져오고 샤워 준비해."

안토니는 일어서려는데 요 며칠 통 움직이지 않아서인지 허리가
펴지질 않았다.

"아, 아야, 아야, 아야야, 허리를 못 피겠네. 아아아아파." 하며
일어나질 못하고 오줌 젖은 데에 다시 누웠다.

"뭐하고 있어? 빨리 바지 벗기고, 타월에 물 묻혀오고, 시트 끌
어내고, 좀 눈치껏 좀 해봐라. 이 쌍년!"

"아이고, 지겨워. 그 년, 년, 년, 미친년, 썩을 년, 쌍년. 그런 욕

좀 집어치워. 고운 말로 해도 해줄까 말까이건만, 지겨워 죽겠네.”

크라우디는 페이퍼 타월에 물을 묻혀 던지듯이 갖다 주고 오줌 묻은 옷들과 시트를 둘둘 말아 입구 한쪽에 놓았다.

크라우디는 교통사고에서 완전히 회복되지 않아 건강이 좋지 않은 데다가 계속 재판이니, 아파트 보조가 끊길지도 모른다는 걱정에, 끝을 볼지, 보지 못할지 알 수 없는 살인까지 시도하고 있으니 신경이 예민해질 대로 예민해져 있었다. 거기에 안토니가 욕을 섞어가며 말도 안 되는 짜증을 부리니 불타는 듯한 감정에 기름 벼락이라도 맞은 것처럼 폭발해 버리고 말았다. 그러니 한 가지 생각밖에 나는 게 없었다. 오늘 밤을, 어떻게 해서라도 오늘 밤을 넘기지 않으리라는. 오늘 밤, 그래 오늘 밤. 크라우디는 속을 부글부글 끓이며 안토니를 저주했다.

‘난 너를 죽일 거야. 오늘 밤에. 내일은 다른 날이 될 거야. 오늘 너는 죽는 거야. 더럽고 덜 되먹은 놈. 짐승 같은 놈. 잘 가거라…’

한번 악의를 표현하자 이제까지 쌓였던 모든 나쁜 감정들이 여과 없이 그대로 살아났다. 크라우디는 오늘 밤 꼭 안토니를 죽일 것이라고 다짐하고 또 다짐했다. 방법은 아까 낮에 생각했던 대로 할 것이라고 또 결심했다.

해가 완전히 지고 밖은 어두워졌다.

‘진정해야 해. 마음을 차분히 가라앉히고 친절하게 아주 친절하게 인슐린을 주는 거야. 더블로, 20유닛을. 아니, 50유닛을 줘. 아

니 확실히 죽여야 하니까 100유닛.'

"안토니, 저녁 시간이네. 식사해야지? 식사 전에 인슐린을 놔줄 게. 어서 인슐린 맞고 식사합시다."

"됐다. 인슐린은 밥 먹으면서 아니면 식사 후에 놔도 돼."

"아니, 평소에 하던 대로 하지, 왜 식사 후에 놔?"

안토니도 자기 운명이 바뀌는 게 두려웠던지 평소에 전혀 하지 않던 소릴 했다.

크라우디는 주사기에 인슐린 100유닛을 덜었다.

"자아, 어서 맞고 식사합시다."

크라우디가 인슐린 주사기를 들고 가자 안토니는 유닛을 확인이 라도 하려는 듯이 가느다란 주사기를 유심히 바라보았다. 그러나 안토니가 눈이 잘 보이지 않는 걸 크라우디도 아는지라 별 어려움 없이 인슐린 100유닛을 놔 줄 수 있었다. 그러고는 오줌 묻은 빨 래를 들어 올리며 "얼른 빨래 넣고 와서 저녁 줄 테니 잠깐만 기다 려." 하며 자리를 떠나려 했다.

"아니, 밥부터 주고 가."

"금방 온다니까 웬 밥 타령? 지린내가 나서 어디 밥이 넘어가겠 어?"라며 크라우디는 문을 열고 나섰다.

"뭐해? 어디가? 밥부터 주고 가."라는 안토니의 소리를 뒤로하고 자동으로 문이 잠기도록 하고는 문을 닫았다.

심장이 터질 것처럼 쿵쾅대고 온몸이 부들부들 떨렸다. 크라우 디는 꼬여 쓰러질 것 같은 발걸음으로 겨우겨우 복도 끝에 있는 세탁실까지 갔다. 빨래를 집어넣는데 식은땀이 등을 타고 흘렀다. 동전을 넣어야 세탁기가 돌아가는데 손이 떨려 동전이 잘 들어가지 않아 몇 번을 떨어뜨렸다. 바로 뒤에 안토니가 쫓아와 머리채라도 잡아당길 것처럼 오싹했다. 다리가 후들거려 세탁실 안에 있는 의자에 털썩 쓰러지듯 앉았다. 세탁이 끝나고 또 드라이어에서 빨래가 다 마르려면 적어도 세 시간은 걸릴 것이다. 세 시간쯤 지나 집에 가면 저혈당으로 의식을 잃은 안토니가 그녀를 기다리는 것이 크라우디의 계획이었다.

아무래도 궁금하고 초조해 집 앞으로 가서 현관문에 살짝 귀를 대 보았다. 아무 소리도 들리지 않았다.

'안토니, 다 네가 자초한 일이야. 그건 확실히 알고 있어야 해.'

세탁이 끝나고 또 드라이어로 빨래를 말리는 그 세 시간 정도의 시간이 마치 천 년의 시간처럼 느껴졌다. 세탁을 모두 끝내고 나서 세탁물을 천천히 접었다. 아주 천천히. 세탁이 끝나기를 기다리는 시간이 천 년처럼 길게 느껴졌지만 이제 다시 집으로 들어가려니 몹시 두려워 발이 떨어지지 않았다. 하지만 용기를 내어 들어가서 모든 것을 마무리하고 확인을 해야 한다. 좀 더 현명하고 용감하게 살았더라면 지금과는 다른 삶을 살았겠지만, 지나간 일들은 인제 와서 바꿀 수 있는 것은 하나도 없고, 지금이라도 용기를 내서 자신의 노후라도 지켜야 했다.

'오늘 그리고 내일이 제일 힘든 날이 되겠지. 내일이 지나고 나면 평화로워질 거야. 오늘 밤이 고비야. 가자. 가서 잘 마무리를 짓자.'

현관문을 열고 들어서니 집안은 고요했다. 크라우디는 살짝 방문을 열고 방안을 들여다보았다. 안토니는 미동 없이 누워있었다. 가까이 가기는 죽기보다 싫었지만 다른 방법이 없었다. 자는 건지, 죽은 건지. 꿈쩍도 안 하고 누워있었다. 자세히 보니 아주 밭은 숨을 쉬고 있었다. 살짝 얼굴에 손을 대 보았다. 축축하게 식은땀이 배어 있었다. 살짝 손과 발을 만져보았다. 손과 발에서는 온기가 느껴졌다. 크라우디가 "안토니! 안토니!" 여러 번 부르자 안토니의 눈꺼풀이 바르르 떨렸다. 이불 밖으로 나와 있는 손등을 찰싹 소리 나게 때리자 눈꺼풀이 조금 더 심하게 들썩였다. 저혈당으로 의식을 잃은 것이 틀림없었다.

 '이제 어쩌지? 밤에 맞는 롱액팅 인슐린을 줘? 그래야 확실하게 하는 거 아니야? 내일 아침에 귀신처럼 일어난 안토니를 보지 않으려면 무섭고 두려워도 오늘 밤에 제대로 해야 해. 마지막 기회야. 오늘 밤을 놓치면 다시는 이런 기회는 오지 않을 거야. 안토니가 다시 일어나면 내가 자기를 죽이려 했다고 신고를 할 거야. 분명해. 그렇게 하지 않을 인간이 아니잖아. 그래, 밤에 맞는 인슐린을 줘. 오늘 밤 모든 것을 확실히 끝내야 해. 이건 보통 때 15유닛씩 맞으니까 30유닛을 준다? 30유닛이면 충분하려나? 더 높여? 어쩌지? 혹시 너무 많이 주면 나중에 다 탄로 나는 거 아니야? 일단 30유닛만 줘보고 어찌하나 볼까? 아니야. 30유닛으로 안 되면 어떻게 해. 50유닛을 줘. 아니야. 50유닛으로 안 되면 어떻게 해. 확실히 해야 해. 마지막 기회야.'

크라우디는 100유닛을 실린지에 덜어 이불을 살짝 들추고 안토니의 복부에 인슐린을 주사했다. 주사하는 손이 덜덜 떨려 그 진동에 바늘이라도 부러져버릴 것 같았다. 그러고는 십 분마다 가서 어떤 변화가 있는지 확인했다. 정말 무섭고 오싹한 밤이었다. 이미 안토니가 귀신이 되어 뒤에서 소름 끼치게 축축하고 차가운 손으로 목을 조를 것만 같았다. 새벽 세시까지 십 분마다 가보았는데 별 변화가 없었다. 그저 몇 시간 전과 똑같이 밭은 숨을 쉬고 있고 손을 살짝 만져보니 손에서는 약간의 온기가 느껴졌다. 발은 따뜻하다는 느낌이 들지는 않을 정도로 식어있었다.

'점점 죽어가는 건가? 손발이 많이 식었네.'

크라우디는 오늘 같은 밤을 두 번은 보낼 수 없겠다고 생각했다. 제발 오늘 밤이 끝나기를 바랄 뿐이었다. 십 분 후에 다시 안토니를 보니 안토니의 숨소리는 아주 가늘었고 입에서는 거품이 보글거리며 품어져 나오고 있었다.

'점점 이상해지는데. 이만큼 하면 되겠나? 정말 내일 아침에 사망한 채로 발견되려나? 살아나서 모든 걸 망치면 어떻게 해? 내일 아침에 죽지 않은 채 발견되면 응급실로 가야 할 것이고, 그러면 내가 다 뒤집어써야 되잖아. 그건 아니지. 오늘 밤 모든 걸 확실히 해야 해. 어떻게? 롱액팅 인슐린은 오래 몸 안에 남는 거니까 롱액팅이라 부르겠지? 오래 남는 거니까 더 주면 안 될 것 같고, 매 식사 전에 맞는 건, 그건 숏액팅 아니겠어? 그러니까 숏액팅을 충분히 죽도록 주고 몸에서 빨리 없어지도록 하면 어때? 정말 힘드네.

제명대로 사는 것도 힘들지만, 제명 따라 죽는 것도 힘드네. 오늘 밤 이후 재판을 받으러 갈 안토니는 없어야 해.'

크라우디는 안토니가 식전에 주사하는 인슐린을 100유닛을 또 뽑았다.

'100유닛이면 확실히 끝이 나려나? 안토니, 잘 가. 다 알아들을 수 있게 얘기해 줄게. 내가 왜 이러는지 다 말해 줄게. 일단 죽어. 그다음에 다 설명해 줄게.'

크라우디도 미쳐가고 있었다. 이 100유닛의 인슐린이 마지막을 말끔히 정리해주기를 바라면서 안토니에게 주사했다. 더 이상 크라우디가 할 일은 없는 것 같았다.

끓는 죽처럼 뜨겁게 부글거리는 살인의 의도로 가득 차 지낸 지난 두 주가 이제 막 끝이 나려는 순간에 몸은 먼지처럼 떨어져 내릴 것 같이 무력했지만, 스트레스로 팽팽해질 대로 당겨진 긴장은 금방이라도 튀어 나갈 활시위에 걸린 화살같이 떨리기만 했다. 마지막 순간을 확인해야 하는 절차가 남아있었지만, 이제는 튀어 나가려는 화살을 붙잡고 있을 여력이 남아 있지 않았다.

크라우디는 긴장을 완화하려고 싸구려 위스키를 한 잔 따랐다. 한 모금 마시자 뜨거운 알코올에 식도가 타는 것 같았다. 그러나 정신은 아직 말짱했다. 술기운이라도 빌려 이 강박한 현실에서 벗어나고 싶었다. 맨정신으로 안토니가 죽어가는 것을 밤새워 확인하려니 미쳐버릴 것만 같았다. 그러나 옛날에 안토니에게 당했던 술 고문이 생각나 도저히 맨 술을 마실 수가 없었다. 다시 한 잔을 따랐다. 크라우디는 대충 오믈렛을 만들었다. 햄과 치즈 등 재료만 대충대충 얹었다. 안토니가 즐겨 먹었던 음식이다.

"오늘은 내가 천천히 즐겨주지. 아직 내일 아침이 되려면 시간은 충분하니까."

크라우디는 천천히 입안에서 헛도는 오믈렛을 씹으며 태어나서 가장 많은 술을 마시고 거실 구석에 놓인 자기 매트리스에 쓰러졌다.

술김에 오래 자고 일어났다. 날은 완전히 밝아있었다.

"안토니, 어떻게 됐지?"

일어나려니 숙취에 머리가 지긋이 아팠다. 일어나 비틀거리며 방 안을 둘러보았다. 안토니는 얌전하게 누워있었다. 죽었나? 겁이 났지만, 확인을 해야 했다. 두려운 마음에 망설이다 천천히 다가가 작은 움직임이라도 있는지 한참을 살폈다. 아무 움직임도 보이지 않았다. 손을 코에 가까이 대 보았다. 안토니가 갑자기 눈을 부릅뜨며 크라우디의 손을 확 낚아챌 것 같았다. 그러나 그런 일은 일어나지 않았다. 숨결이 없는 것인지, 약해서 느껴지지 않는 것인지 알 수 없었다. 화장실 휴지를 뜯어와 코에 얹어놓고 움직임이 있는지 기다려보았다. 숨결로 인한 움직임은 보이지 않았다. 안토니의 몸에 손을 대기가 죽기보다 싫었지만, 확인을 해야 했다. 목의 맥을 살짝 눌러보았다. 손이 떨려 맥이 뛰는 것인지 본인의 손이 떠는 것인지 가늠할 수가 없었다. 손목의 맥을 짚어보았다. 맥이 느껴지지 않았다. 심장의 박동을 확인해 보아야 확실히 결론을 내리겠는데, 심장에 손을 대기가 끔찍이도 싫었다. 손목에 박동이 없으니 죽은 것 같은데, 그냥 911에 전화를 할까 하다가 해리가 살인자의 누명을 쓰고 떠나던 그 밤이 생각났다. 크라우디는 안토니가 죽은 것을 확인하기 전에는 신고를 하지 않으리라 다짐했다. 이번에는 죽음을 확인하면 반나절이라도 더 지켜봐 모든 걸 확실히 하리라 생각했다. 심장에 손을 대보니 맥이 느껴졌다. 크라우디는 화들짝 놀라 뒤로 나뒹굴 뻔했다. 온몸이 몹시 떨렸다.

'아직 살아있단 말이야? 아직 죽지 않았단 말이야? 아, 이 일을 어쩌면 좋아. 이제 뭘 더 어찌 해야 하나.'

다시 심장에 손을 대보았다. 지근지근 역시 아주 미세하고 약한 맥이 느껴졌다. 그러나 얼핏 심장박동이 아니라는 생각이 들었다. '이게 뭐지?'라는 생각에 다시 심장을 눌러보았다. 이제는 그 지근지근 떠는 맥이 본인의 손바닥에서 뛰는 것 같았으나 그렇다고 확신하기에는 불안하기만 했다. 심장박동을 들어보려고 귀를 가슴에 가까이 대보았다. 귀를 충분히 가깝게 심장에 대지 않아서 인지 아무 소리도 들리지 않았다. 도대체 죽은 것인지 확신을 할 수 없었다.

크라우디는 솜 덩어리로 안토니의 두 콧구멍을 막았다.

'죽었으면 코를 막아놔도 짜증을 내지 못하겠지.'

입에는 타월을 쑤셔 넣어 재갈을 물렸다.

'죽었으면 더 이상 욕을 못하겠지.'

그러고 한참을 기다렸다. 아무 반응이 없었다. 안토니의 몸은 차디차게 식어있었다. 죽은 것이다. 결국, 죽었다. 재판을 이틀 앞두고 재판을 막은 것이다. 성공한 것이다. 이제 911에 전화를 하고 사인이 지병으로 인한 자연사 아니면 마약성 진통제 과다복용 아니면 저혈당 정도로 나오면 되는 것이었다.

안토니의 검시결과 사망원인은 저혈당과 마약성 진통제 과다복용으로 인한 쇼크사로 나왔다. 크라우디는 안도의 한숨을 내 쉬었다. 이제 주거 보조를 계속 받으며 아파트에서 혼자 여생을 살 수 있게 된 것이다.

29

"안토니가 재판을 이틀 앞두고 갑자기 쇼크사한 것이 좀 수상해. 뭐 평소에 지병이 있기는 했지만 말이야."

캐니 경관은 안토니의 사망에 크라우디가 관여한 게 아닐까 의심이 갔다.

"재판을 앞두고 너무 스트레스를 받아서 스트레스사 한 것 아닐까요?"

"글쎄, 안토니와 크라우디가 사이가 아주 안 좋았거든. 서로 대단히 반목하고 증오했었지."

"글쎄요. 그렇다고 크라우디가 남편을 죽이기까지야 했겠어요?"

"그건 모르지. 알 수 없어. 둘 사이에 아들이 하나 있었는데 안토니가 그 아들을 자기 아들로 인정하지 않았다는 거야. 무슨 이유인지는 모르겠지만, 그 아들은 젊어서 그들을 떠났지. 자식 가진 엄마가 자식을 잃으면 그걸 어떻게 잊을 수가 있겠어? 평생 못 잊고 가슴앓이를 했겠지. 그게 모성 아닌가? 크라우디는 평생을 그 자식으로 인한 가슴앓이로 안토니를 죽일 수도 있는 상태였을지도 몰라. 거기에다가 안토니라는 인간이 얼마나 막돼먹은 인간인지, 그 날 폴리스리포트를 받으러 간 날 보니까 완전히 자기 부인을 하녀처럼 부리며 욕도 심하게 하고 폭력도 자주 쓰는 것 같더라고. 그런 상황에서 안토니가 유죄판결을 받으면 자기는 길거리로 나앉게 된다는 걸 알았다면 충분히 살인의 이유가 될 수도 있지 않겠어? 개인적으로나 인간적으로야 크라우디가 불쌍하고 연민도 가지만 진실은 밝혀져야 하고 또 죄가 있다면, 죄는 처벌되어야 하겠지."

"크라우디가 그런 걸 다 알고 있었을까요?"

"알고 있었을 수도 있지. 알고 있었다면 나름대로 그런 상황을 막을 방법을 찾으려 하지 않았겠어?"

"그런 걸 알았으면 확실히 알아보려고 변호사나 소셜시큐리티 오피스나 우리한테라도 물어보고 다니지 않았을까요?"

"아무튼, 한번은 알아봐야겠어. 같이 한번 들러보자고."

"네."

"그리고 그 아들, 크라우디의 아들을 찾아보려고 좀 알아봤어. 30년 전 택시기사의 기록을 찾았지. 그는 택시기사를 하다가 같은 계열사에서 운영하는 뉴욕 허드슨 강 유람선에서 일을 했더군. 나는 사실 크라우디에게 아들을 찾아주고 싶은 마음에 알아봤는데, 어느 날 갑자기 이 사람의 기록이 없어졌어. 20년 전에 허드슨 강을 오가는 유람선이 침몰한 적이 있었지. 그날 이후 그 사람이 감쪽같이 사라졌더군. 승선자 명단에는 이름이 있었는데, 사고 후 생존자 명단에도 사망자명단에도 없고, 실종자명단에 있더라고. 크라우디의 아들은 그렇게 없어져 버렸어. 그 사건으로 피해자들의 보상금이 크라우디의 아들, 해리한테는 실종자로 분류되어 30만 달러짜리가 준비돼 있었는데, 그걸 누군가가 타갔더라고. 그 후로 더는 확인할 길이 없어서 아무것도 크라우디에게 말해줄 것은 없었어."

캐니 경관과 미키 경관은 크라우디를 찾아갔다. 집에 들어서자 사망한 남편 안토니를 추모하는 촛불 두 대가 거실 한쪽 구석에서 타고 있었고 크라우디는 발끝까지 내려오는 검은 드레스를 입고 있었다. 얼핏 보아도 남편을 잃은 슬픈 미망인의 모습이었다.

"남편께서 갑자기 사망해서 얼마나 놀라셨어요. 아주 유감입니다."

"그러게요. 재판만 아니었어도 이렇게 갑자기 가지는 않았을 텐데…. 재판을 앞두고 제정신이 아니었어요. 유죄판결을 받고 실형을 살까 봐 아주 많이 힘들어했지요. 실형을 살게 되면 자기는 바로 감옥에서 죽을 것 같다며 차라리 집에서 재판 전에 죽었으면 좋겠다고 하루에도 수십 번씩 말하더라고요. 어떻게 생각하면 스스로 명을 재촉한 게 아닌가 생각도 들어요. 그러지 않고서야 매일 스스로 맞는, 그것도 몇십 년 이상을 맞아온 인슐린을 어떻게 과잉으로 놨겠어요. 진통제도 그렇지. 십 년 이상 매일 먹던 건데 갑자기 과잉복용으로 인한 쇼크사라니 이해가 안 가요."

"안토니 씨가 약을 들거나 인슐린을 주사할 때 옆에서 돕지는 않으셨나요? 인슐린을 실린지에 덜어 준다든지, 뭐 그런 거요."

"약을 갖다 주기는 했지요. 그다음은 본인이 알아서 잘해요. 평소에 늘 하던 건데요."

"안토니 씨가 사망하기 며칠 전에는 건강상태가 어땠습니까? 평소와 다르게 여겨지는 일은 없었습니까?"

"글쎄요. 특별히 눈에 띄게 다른 건 없었어요. 잘 먹고, 잘 자고 했어요. 그러나 재판을 앞두고 가택연금 때문에 외출을 할 수가 없었고, 너무 스트레스를 받아 집안에서도 자주 움직여주질 않아서인지 한번은 침대에서 일어나는 것도 힘들어하더군요."

"아들하고는 연락이 닿았나요?"

"아들이요?"

"네, 그 안토니 씨가 자신의 아들로 인정하지 않았던 아들 말입니다."

"아니요, 연락이 끊긴 지가 30년도 넘은 걸요."

"안토니 씨는 왜 친자임을 부인한 거죠?"

"모르겠어요."

"무슨 이유가 있을 것 아닙니까?"

"안토니가 집을 장기간 비운 사이에 임신인 것도 알았고, 출산도 했거든요. 아마도 그래서 인 것 같아요."

"친자임을 인정해주지도 않고 아들을 괴롭히는 남편이 몹시 미웠겠군요. 거기에 아들까지 떠나버렸으니 평생 한으로 맺혔겠군요."

"네. 정말 그 아이가 떠나고 난 후 하루도 그 아이를 잊어본 적이 없어요. 지금도 그 아이를 생각하면 가슴이 시리고 저려 와요."

"그래서 안토니 씨가 빨리 가도록 도왔나요?"

캐니 경관은 집중하여 크라우디의 반응을 살폈다.

"그게 무슨 말인지…."

"안토니 씨가 유죄판결을 받으면 웰페어나 아파트보조에 변화가 생길 수 있다는 것은 알고 있었지요?"

"네?…, 아니요."

"그래요? 전혀 모르셨어요? 제 생각으로는 알고 있었을 것 같은데요. 그래서 안토니 씨가 재판을 이틀 앞두고 유명을 달리하지 않았을까 싶은데요."

"몰랐어요. 전혀 모르고 있었어요. 그럴 수가 있었군요. 그런데 이제는 안토니가 사망했으니 그럴 일은 없는 건가요? 혹시 사망한 사람의 죗값을 살아남은 배우자에게 물을 수도 있는 건가요?"

"아니요. 절대 그럴 일은 없을 겁니다."

캐니 경관과 미키 경관은 결국 크라우디에게 완전범죄의 확인만 해 준 셈이었다. 크라우디는 캐니와 미키 경관이 떠나자 문을 닫으며 등을 문에 기대고 안도의 한숨이 긴장으로 좁아진 폐에서 흘러나올 때까지 한참을 기다려야 했다.

그러나 캐니 경관은 의심을 떨쳐버리지 못하는 자신의 직감을 무시할 수가 없었다. 모든 범죄는 처벌되어야 한다고 믿는 경찰로서의 책임감 때문에 조금이라도 의심스러운 구석이 있으면 진실을 반드시 밝혀야 한다고 생각했다. 그는 안토니의 사망과 관련하여 기존의 사인, 즉 약물 과잉 복용과 인슐린 과다 투여가 안토니 본인이 아닌 제삼자에 의해 발생했을 수도 있을 것이라는 추리로, 크라우디가 안토니의 사망에 기여한 바가 있는지 여부를 재수사해 줄 것을 요청했다.

크라우디가 이제는 모든 것이 다 끝났으리라 믿고, 안심을 하고 있던 어느 날, 안토니 사망사건 재수사를 맡은 타탈쉬라는 수사관으로부터 출석요구서를 받고 놀라 심장이 멈추는 것 같았다. 출석요구서를 움켜쥔 손이 부르르 떨렸다. 가장 원치 않았고, 가장 피하고 싶었던 일이 벌어지고 있음에 당혹스러움을 감출 수가 없었다.

'사인이 이미 나왔는데 어떻게 이런 일이…. 캐니 경관이 재수사를 하도록 요청을 했을 거야. 틀림없어. 그 사람 말고는 이렇게 끈질기게 따라붙을 자는 없을 것 같은데…. 징그러운 놈.'

두려움이 가슴을 짓눌렀다. 제대로 대처하지 못하면 자칫 낭패일 수 있다는 생각에 안절부절못했다. 소환조사를 어떻게 감당할 수 있을지 자신이 없었고, 대책이 전혀 없어 자포자기하는 마음까지 들었다.

'나도 살 만큼 살았어. 모든 것이 밝혀지면 차라리 고백을 하고 동정을 구하는 수도 있을 거야.'

후회도 되었다. 안토니의 목숨을 끊은 일이 후회스러운 것은 아니었다. 사건을 마무리 지으면서 생길 수 있는 예상치 못한 경우를 미리 생각해보지 못했다는 것이 후회되었다.

'아, 해리, 해리를 찾을 수만 있다면. 죽기 전에 한 번만 볼 수 있다면….'

모든 게 밝혀지고 말 것이라는 극심한 초초감은 해리를 마지막으로 보고 싶은 갈망으로 이어졌다. 소환을 어떻게 깔끔하게, 모든 의심을 잠재우게 할지 걱정스러워 자꾸만 내려앉는 기분으로 앉아 있자니 그러잖아도 해도 잘 들어오지 않는 어두컴컴한 실내가 숨도 쉬지 못하게 조여 오는 것 같았다. 마음은 한없이 우울해지기만 했다.

"햇빛이라도 잘 들면 좋겠는데…."

크라우디는 혼잣말을 흘렸다.

재수사를 맡은 수사관 타탈쉬는 초롱초롱한 쥐의 눈동자를 옆으로 쫙 찢어진 늑대의 눈꺼풀로 감추고 크라우디의 눈에 못을 박은 듯 쳐다보았다.

"그 전날, 안토니 씨가 사망하기 전날 밤에 크라우디 씨를 세탁장에서 보았다는 주민이 있더군요. 크라우디 씨가 세탁장에서 오랜 시간을 있었다던데, 왜 그랬지요?"

"이런 추잡한 얘기까지는 하고 싶지 않지만, 물으니 답은 해야겠지요. 그날 밤에 안토니가 시트에 소변도 실수를 했고 또 토악질까지 했어요. 그래서 그것들을 다음 날까지 좁은 집에 그대로 놓아둘 수가 없었지요. 밤에 들고 나가 세탁실에서 손으로 대충 빤 다음 세탁기에 넣었지요. 여러 사람이 공동으로 쓰는 곳이라 토사물도 깨끗이 치워야 했어요. 그래서 다소 시간이 걸린 거지요."

"토했어요? 안토니 씨가 그 날 토했다고요?"

수사관은 무슨 중요한 단서라도 잡은 듯이 가느다란 눈을 초승달 모양으로 키워 올렸다.

"네, 저녁 먹은 걸 다 토해 내더군요."

"안토니 씨의 주치의와 확인해 본 결과 안토니 씨가 식전에 세 번 그리고 취침 전에 한번 인슐린을 맞았다던데 그 날도 처방대로 그렇게 했나요?"

"저녁 식사 전에 맞는 건 확실히 보았어요. 취침 전 것은 세탁실을 왔다 갔다 하느라 잘 모르겠고요."

"인슐린은 안토니 씨가 직접 주사했나요? 크라우디 씨가 주사를 놔주는 경우도 있나요?"

"항상 안토니가 스스로 했어요. 저는 주삿바늘에 공포증이 있어서 실린지를 만지지도 못해요."

"혈당이 떨어지면 의식을 잃을 수도 있고, 호흡이 달라질 수도 있고, 숨소리만 들어봐도 알 수 있었을 텐데 말이죠. 뭔가 분명히 증세가 있었을 텐데. 어떻게 부인이 밤새도록 그걸 몰랐을 수가 있을까요?"

"그걸 제가 어찌 알았겠어요? 같은 침대를 쓰는 것도 아닌데요. 항상 안토니는 방에서 잤고, 저는 거실 구석에 매트리스를 깔고 살았는데요."

"그래요? 항상 각방을 쓰셨군요. 음…, 911에 전화한 게 오후 1시 30분이 넘어서인데 아침 내내 남편이 사망한 것을 모르고 있다가 오후가 되어서야 알았다는 게 이상하군요. 날이 밝았으면 같은 방을 쓰지 않는다 해도 한 번쯤 문을 열어보고 별일이 없는지 확인하는 게 인지상정 아닌가요?"

"안토니는 자주 늦잠을 자요. 본인이 스스로 일어나기 전에 깨우면 짜증을 내면서 욕을 해요. 그래서 스스로 일어날 때까지 기다리지요. 그리고 저도 교통사고로 입원했다 퇴원한 지가 한 달도 안 되었어요. 제 손이며 입술이며 덜덜 떨리는 게 안 보이나요? 아직 교통사고 후유증에서 회복되지도 않은 몸으로 그전 날 한밤중에 나가 빨래까지 하느라 지칠 대로 지쳐있었어요. 저 자신의 몸 상태도 이런데 뭐 하러 일부러 안토니를 깨워 일을 만들겠어요? 지금도 바닥에라도 누워버리고 싶은 심정인데요."

"그랬군요."

안토니라는 인간에 대하여 알아본 바가 있는 수사관 타탈쉬는 크라우디의 진술을 이해할 수 있었다.

"안토니 씨가 유죄판결을 받으면 아파트 보조에 변화가 생길 수 있다는 건 알고 있었나요?"

"아니요, 전혀 몰랐어요. 거기까지는 생각도 못 하고 있었어요. 다만 안토니가 죽은 후 캐니 경관이 와서 같은 질문을 하더군요. 그때야 알았지요."

"그런데 전화사용 내역을 보니 안토니 씨가 사망하기 2주 전에 하우징오피스로 하루 종일 전화한 사실이 있더군요. 그 이유가 무엇이었습니까?"

크라우디는 아차 싶었다. 빠르게 어떻게 적절한 대답을 할 것인지 집중하다 문득 집안으로 잘 들지 않는 햇빛 생각이 났다.

"지금 사는 집에 해가 잘 들지를 않아요. 가뜩이나 두 노인네가 사는 집에 해까지 잘 안 드니 우중충해요. 그래서 혹시 다른 아파트로 이사를 할 수 있을지 물어보려 했어요."

"2주 후에 재판이 있는 걸 알면서요? 재판의 결과를 기다리는 것보다 이사를 갈 수 있는지를 알아보는 게 어떻게 더 중요할 수가 있었을까요?"

"전 재판의 결과가 주거비 보조에 영향을 줄 수 있다는 걸 전혀 몰랐으니까요. 알았다면 재판의 결과를 기다렸겠지요."

"아! 그랬겠군요."

크라우디는 어떻게 이렇게 제때 적당한 대답을 잘할 수 있을까, 스스로 놀라며 오히려 담담해진 마음에 용기가 났다.

크라우디는 재수사를 끝내고 집에 돌아와 쓰러지듯 누웠다. 이제는 공이 안토니에게서 크라우디에게로 넘어온 셈이었다. 안토니가 재판을 그렇게 두려워하더니 이제는 크라우디가 살인이 발각 날까 봐 두려워하고 있었다. 그러나 두 번의 소환조사를 끝냈고 이제는 모든 게 크라우디의 손을 떠났다. 어떤 결론이 나올지 기다리는 것만이 남아있었다.

수사관의 리포트는 법의학부로 넘겨졌다. 법의학부에서는 타살보다는 인슐린을 맞은 상태에서 저녁 먹은 걸 토해내 순간적으로 혈당이 낮아진 것과, 같은 순간 토사물을 처리하려고 크라우디가 집을 비운 점. 그리고 안토니와 크라우디가 한 방에서 같이 잠을 자지 않았으므로 크라우디가 안토니의 저혈당 증세를 밤사이에 파악하지 못했으리라는 것. 앓아왔던 여러 가지 지병들. 그리고 재판을 앞둔 스트레스 등등 여러 가지 정황으로 미루어보아 자연사일 확률이 높다는 결론과 함께 재수사도 종결되었고 크라우디는 결국 모든 혐의에서 벗어날 수 있었다.

앤이라도 불러 하우징오피스에 가서 상담했더라면 결과가 전혀 달라졌을 수도 있을 거라 생각하니 등골이 오싹해지며 운이 따라주었다는 생각이 들었다.

30

크라우디는 서서히 안정과 평화를 찾아가고 있었다. 평생을 옆에서 괴롭히던 방해꾼 안토니가 없으니 살맛이 났다. 그러나 아직도 그 밤이 두려워 안토니가 죽어가던 방은 문을 꼭 닫아둔 채 가까이도 가기 싫었다. 그 악몽 같은 밤이 잊히지 않았다. 아무래도 서둘러 다른 아파트로 이사를 해야 할 것이었다.

이제 안토니도 없으니 해리를 꼭 찾아보고 싶었다. 어떻게 해리를 찾을 수 있을지 이런저런 궁리를 해 보았다. 아직도 살인자의 누명을 벗은 것을 모르고 있을 터이니 공개적으로 찾아 나서면 오히려 더 멀리 도망이라도 칠 것 같기도 했다. 해리가 몹시 보고 싶었다. 죽기 전에 딱 한 가지 원하는 것이 있다면 해리를 한 번 보는 것이었다. 안토니가 빠져나가며 생긴 공간을 해리가 채우고 있었다.

'엄마, 저는 오랫동안 살인범으로, 불안한 도망자로 살아야 했어요. 정말 하루도 편치가 않았어요. 한시도 자유롭지 못했어요. 그런 삶은 정말 비참함 그 자체였어요. 그런데 엄마, 이제 안토니가 날 부르네요. 자기를 따라오라고 같이 가자고 부르네요. 엄마, 사랑해요.'

크라우디는 해리를 말렸다.

"가지마. 안토니를 좇아가지 마. 안 돼. 가지마!"를 반복하며 제대로 움직이지도 않는 물먹은 솜방망이 같은 팔다리를 허우적거리다 깼다. 온몸이 식은땀으로 젖어있었다.

"그게 무슨 말이야, 안토니가 같이 가잔다고? 어쩌면 좋아. 안토니, 그놈이 죽어서도 해리를 괴롭히려 한단 말야야? 이 일을 어쩌면 좋아. 안토니, 제발 해리를 자유롭게 놔줘. 제발 부탁이야. 내가 잘못했어. 어쩔 수 없었어. 제발 해리를 그냥 놔줘!"

안토니가 해리까지 동행 삼아 데리고 가면 어쩌나 하는 걱정이 잠시도 크라우디의 머리를 떠나지 않았다. 크라우디는 앓아눕고 말았다.

"자주 꿈에 들지도 않던 해리가 별안간 꿈에 나타나 안토니가 같이 가자고 한다니, 우연이라고만은 생각할 수가 없어. 필시 무슨 일이 있음이 분명해. 내가 안토니를 죽인 죄를 해리가 뒤집어쓰고 다시 피해자가 되어야 하다니…. 안토니! 너를 죽인 건 난데, 왜 해리를 괴롭히는 거야? 동행이 필요하면 나를 데려가면 되지 왜 죽어서까지 해리를 괴롭혀? 날 데려가. 제발!"

크라우디는 급히 몸을 벌떡 일으켰다. 어디에 그런 힘이 남아있었는지 믿기지 않았다. 파리채를 쥐어 잡고 안토니가 기거하던 방문을 험하게 열어 재꼈다.

"어디에 있어? 썩 나와! 죽여 버리겠어!"

파리채를 허공에 휘둘러댔다. 쉭쉭 소리가 나도록 한참을 휘두르다 구석에 쪼그리고 앉아 파리채 잡은 손을 들어 올려 당장에라도 내리칠 준비가 된 자세로, 광기 담긴 눈을 가느다랗게 뜨고 방안을 천천히 노려보았다.

그러던 어느 날 캐니와 미키 경관이 찾아왔다. 리빙룸 한쪽에 놓인 매트리스에는 금방 사람이 빠져나온 듯이 담요가 들쳐져 있었다. 말끔하게 치워진 식탁 위에는 생뚱맞게 파리채만 놓여있었다.

"크라우디 씨, 모든 것이 잘 정리되고 마무리된 것은 다행이고 잘 된 일입니다. 무슨 어려운 일이라도 있으면 망설이지 마시고 전화해 주세요."

"흥, 말이라도 고맙군요."

"그런데, 어디 아픈 데라도 있나요? 안색도 그렇고, 영…."

"…힘이 들어요. 너무 마음이 아파요."

"안토니 씨의 부재 때문에 그런 건가요?"

"아니에요. 그런 게 아니에요."

"건강에 무슨 문제가 있는 겁니까? 아니면 마음에 부담이 되는 거라도…."

"함부로 오해하지 말아요. 난 안토니를 죽이지 않았어요."

"네, 다 무혐의로 결론 나지 않았습니까. 잘됐어요. 이제는 안정을 되찾고 편안한 여생을 보내시길 빕니다."

"말은 그럴싸하게 잘도 하는군요."

"아들과는 아직도 서로 연락이 없는 건가요?"

"없어요. 전혀 없어요. 서로 소식이 끊긴 지 30년도 넘었다는데, 왜 날 볼 때마다 물어 가슴을 박박 긁어놓는 거요? 이제 제발 좀 그만 해요. 날 언제까지 괴롭히려고 이러는 거요? 날 이젠 좀 놔줘요. 왜 이렇게 날 따라다니는 거요?"

"사실은 아무 말도 하지 않으려 했어요. 그러나 제가 알고 있는 만큼은 알려주어야 하지 않을까 많이 망설였어요."

"아니, 그 아이에 대해서 뭘 알고 있나요? 혹시 걔가 죽었나요? 아니면 그 아이가 감옥에 있나요?"

"아니, 아닙니다. 사망 소식을 접한 것도 아니고 감옥에 갔다는 얘기를 들은 것도 아닙니다."

"말해요. 하나라도 아는 게 있으면 제발 얘기해 줘요."

크라우디의 눈에 눈물이 글썽였다. 반짝거리는 눈물을 보는 캐니 경관도 자신의 엄마에 대한 연민으로 가슴이 시렸다.

"저도 어려서 엄마와 헤어졌어요. 열 살 때 헤어졌으니 엄마의 따스한 마음은 다 알고 난 후여서 평생을 엄마를 그리워하며 살았어요. 저 자신이 그렇다 보니 크라우디 씨가 얼마나 아들을 그리워할지도 알고요. 그래서 찾아보았죠. 당신의 아들 해리는 삼십 년 전 뉴욕에서 택시기사를 하다가 같은 계열사에서 운영하는 허드슨 강 유람선에서도 일을 했더군요. 그러다 이십 년 전 허드슨 강에서 유람선이 침몰하는 사고가 있었는데 그때 실종자 명단에 들어 있었어요."

"그럼, 그때 죽었다는 건가요?"

"아니요. 사망자 명단에는 없었어요. 실종된 거지요."

"그게 무슨 말이에요. 실종이라니?"

"그러니까 사망이 확인된 건 아니고 없어진 거죠."

"그럼, 살아있다는 건가요?"

"그건 확실히 모르겠어요. 하지만 그때 실종자 보상금으로 아드님한테는 삼십만 달러가 책정돼 있었는데 그걸 누가 타 갔녀라고요."

"그럼, 가족이 있었을까요?"

"회사에 있던 자료상으로는 가족은 없었어요."

"그럼 본인이 타 갔다는 얘긴가요?"

"아니지요. 실종자가 나타났으면 더 이상 실종자가 아니지요. 그러면 실종자 명단에서도 지워지고 보상금도 취소됐겠지요. 누군가 아드님과의 관계를 증명할 수 있는 사람이 보상금을 타갔겠지요."

"그게 무슨 소리예요? 복잡해서 도저히 이해를 못 하겠어요. 그래서 걔가 지금 어디 있다는 말입니까? 아이고, 해리야, 도대체 어디 있느냐! 안토니를 따라갔느냐! 살아 있느냐! 안토니를 따라 가지 마! 안 돼! 가지마! 아이고, 해리야."

"네? 그게 무슨 말인가요? 안토니를 따라가지 말라고요?"

"꿈을 꾸었어요. 평소에 꿈에 잘 나타나지도 않던 해리가 꿈속에서, 엄마 너무 힘들었어요. 하루, 한 시가 비참했어요. 하더니 이제 안토니가 부르네요. 같이 가자고 하네요, 하잖아요. 해리야! 안토니가 죽고 나서도 해리를 괴롭혀요. 동행이 필요하면 날 데려가면 될 것이지, 왜 죽어서까지 해리를…. 어쩌면 좋아. 안토니의 영혼을 불러다 죽여 버릴 수만 있다면 영혼을 불러다 불태워 버릴 거야. 해리한테 손가락 하나라도 대봐, 내 당장 쫓아가 널 죽여 버리겠어."

크라우디가 잽싸게 파리채를 쥐어흔들며 방으로 들어가 쉭쉭 파리채를 휘둘렀다.

"어서 나와! 내 너를 죽여 버리겠어."

크라우디는 가슴이 답답한지 주먹으로 자신의 가슴을 마구 때렸다.

"진정하세요. 이러다 갈비뼈라도 다치겠어요."

캐니 경관은 크라우디의 팔을 잡아 말렸다.

"해리야. 너는 더 이상 살인자도 아닌데, 그 말 한마디를 해주지 못하고, 엄마는 마음이 아파 죽겠다. 가슴이 찢어지는구나. 아이고, 해리야."

"그게 무슨 말인가요? 해리가 살인을 했나요?"

"아니에요! 해리는 안토니를 죽이지 않았어요. 안토니는 그때 죽지 않았어요. 안토니가 해리의 대학자금을 훔치려던 밤, 나한테 들켰지요. 그러자 안토니가 날 때려눕히고 올라타 목을 졸랐어요. 내가 죽을 뻔했어요. 그러자 해리가 엄마를 살리려고 안토니를 꽃병으로 내리쳤지요. 해리는 안토니가 죽은 줄 알고 밤에 서둘러 떠났어요. 그러나 안토니는 죽지 않았고, 그 후 해리도 재판에서 정당방위, 무혐의로 판결 받았어요. 그런데 걔가 그걸 아직도 몰라요. 만날 수가 없어서 아직까지 얘기를 못 해줬어요. 알려주어야 하는데, 아직도 살인자의 혐의를 받고 있는 줄 알고 도망자처럼 살 텐데. 어쩌면 좋아. 해리야, 해리야! 해리야말로 진정한 피해자예요. 불쌍한 것. 해리야, 아이고 해리야."

캐니 경관은 잠시 생각을 정리했다.

"그렇게 된 일이군요. 아드님이 살인혐의를 받고 있었군요. 이제 좀 정리가 될 것 같네요. 그러니까 허드슨 강 유람선 침몰 사고가 있었을 때, 아드님은 생존했음이 틀림없어요. 그러고는 살인혐의를 벗어버리려고 숨어 지내다 해리 헬코너라는 이름이 실종자 명단에 오른 걸 확인하고 다른 이름으로 다른 사람이 되었을 겁니다. 보상금도 어떻게 타 갔겠지요."

"그 아이를 찾을 방법이 없을까요? 경찰이니까 좀 도와줄 수 있지 않나요. 지명수배 같은 방법을 써서라도…."

"아직 살인혐의를 받고 있는 줄 알고 있다면 나타나지 않을 겁니다. 더군다나 실종자 보상금까지 받아갔다면요."

"좀 도와줘요. 해리를 만날 수 있게 도와주세요. 해리를 만날 수만 있다면 무엇이든지 다 하겠어요. 무슨 방법이 없을까요. 내 마지막 소원이에요. 해리야, 해리야."

"어디서 다른 이름으로 잘살고 있는 게 틀림없다고 믿으시고 맘 편히 가지세요."

"그런데 이제 안토니가 부른다잖아요. 어쩌면 좋아. 내가 온종일 안토니가 기거하던 저 방에 들어가 파리채를 들고 안토니를 죽이려고 찾고 있어요. 보이기만 하면 죽여 버릴 거야. 개 같은 놈! 안토니어서 나와라. 내 너를 죽이고 말지. 짐승보다도 못한 놈. 어서 썩나와서 내 파리채를 받아라."

눈물, 콧물이 줄줄 흐르는 것도 모르는지 눈물, 콧물이 범벅이된 채로 가슴을 주먹으로 쳐대던 크라우디가 브라우스의 단추를풀더니 홀랑 벗었다.

"그럴까요? 정말 그럴까요? 어디서 다른 이름으로 잘살고 있을까요?"

가슴을 드러낸 채 당당하게 가슴을 쫙 펴고 캐니에게 다가왔다.

아무리 칠십 대 할머니지만 아무렇지도 않게, 아무 앞에서나 가슴을 드러내고도 수치심이 없다는 것도, 죽은 안토니가 마치 파리라도 된 것처럼 파리채를 들고 죽이겠다고 날뛰는 것도 정상이라볼 수 없었다.

캐니 경관은 응급차를 불러 크라우디를 병원으로 보내 종합건강검진과 정신감정을 받게 했다. 건강은 별 이상은 없었다. 혈압도 콜레스테롤도 정상이었고, 당뇨도 없었다. 다만 비타민-D 수치가 매우 낮다는 결과가 나왔다. 그러나 과다한 정신적 스트레스는 정신과 치료가 필요한 것으로 진단받았다. 의사는 크라우디를 병원에 입원시켜 절대 안정을 취하며 최소 8주간의 정신과 치료를 받게 했고 치료를 받은 후에는 안토니와 살던 아파트로 돌아가지 말고 새로운 곳으로 이사할 것과 새로이 이사하게 될 아파트는 해가 잘 들고 햇빛을 받으며 산책을 할 수 있는 곳으로 정하도록 권했다. 캐니 경관은 서둘러 소셜카운슬러와 하우징오피스와 협력해 크라우디가 퇴원 후에 새 아파트로, 의사가 권한대로 햇빛을 받으며 산책을 할 수 있는 곳으로 이사할 수 있게 도와주었다.

31

크라우디는 정신과 치료를 마치고 새집으로 이사한 후 서서히 안정을 찾아갔다. 새 아파트는 해가 잘 들고 아침에는 새소리가 들리고 오후에는 아이들 노는 소리가 들리는 곳이었다.

크라우디는 시간이 나는 대로 그녀의 과거를 기록하기 시작했다. 하나씩 기억을 더듬어 아프고 힘들기만 했던 지난 일들을 적다 보니, 때로는 그 일을 겪었을 때만큼 아프기도 했지만, 때로는 고통이 많이 줄어든 채로 기억되기도 했다. 악몽 같았던 그녀의 지난 삶을 마음과 기억에서 종이에 옮기는 과정에서 고통이 어느 정도 희석된 듯 마음이 가벼워지기 시작했다. 글을 제대로 쓸 줄 몰라 유일무이한 구름 낀 이름을 지어준 가난한 부모에게도 연민이 느껴졌고, 이제는 원망하지 않을 수 있을 것 같았다. 50년 넘게 자신을 구타·구박하고 부려 먹은 안토니는 용서할 수는 없지만, 인과응보의 결과로 끝이 났으니 그것도 마음에서 내려놓기로 했다. 다만 어쩌다 그런 악질 본성을 가지고 태어난 것인지 심심한 유감을 보내기로 했다. 그를 죽인 것은 후회하지 않지만, 살인은 절대 잘한 일이 아니니 신께 용서를 빌기로 했다. 아들 해리는 캐니 경관이 추측하듯이 다른 이름으로 잘살고 있으리라 믿기로 했다.

그러나 살인의 죄책감은 그녀를 놓아주지 않았고 오히려 시간이 흐를수록 그녀를 더 압박했다. 밝힐 수 없었던 안토니의 사망에 대한 진실에서 벗어날 수가 없었다. 그녀는 신께 기도했다.

"이제 제발, 절 용서하소서. 제게 그 방법 말고 다른 방법이 없었음을 헤아려 주소서."

그녀는 '나의 기도'를 일기장에 적어놓고 매일 용서를 빌며 용서한다는 신의 음성을 들으려고 기다리고 또 기다렸다. 그러나 언제부터인가 밤낮 구별이 없는 번민이 찾아와 그녀를 괴롭히며 죽을 권리마저 빼앗아간 듯했다. 그녀는 이제 죽게 해달라고 기도했다. 당신의 용서를 기다리느라 너무 오래 살았다며 이제는 죽게 해 달라고 신께 매달려 졸랐다. 그러나 그녀가 있다고 믿고 기다리던 신은 결국 아무런 용서의 메시지를 보내주지 않았다.

크라우디는 마침내 신의 용서만 기다릴 것이 아니라 자신의 의지로 진실을 밝히고 자유로워질 방법을 생각하기 시작했다. 그녀는 어떻게 죄에서 자유롭게 생을 마감할 수 있을 것인지 고민했다. 그녀가 사망하기 며칠 전 그녀는 드디어 제니퍼를 통해 용서와 구원을 받을 방법을 생각했다. 크라우디는 제니퍼가 그녀의 일기를 읽게 함으로써 죄를 고백하고, 자신의 죄를 세상에 밝혀 그녀의 영혼이 자유로워질 수 있게 해 달라는 편지를 써 그녀의 일기장 뒷부분 빈 페이지 사이에 끼워 넣었다. 일기장을 보관하겠다는 제니퍼의 약속도 받았다. 일기장을 가지고 있으면 호기심에서라도 꼭 읽어 볼 것이다. 그러다 보면 편지도 발견하게 될 것이고 결국 그녀의 뜻을 알아차려 자신이 원하는 대로 해 줄 것이라 믿었다. 그러고 나니 끝이 없을 것 같았던 깜깜한 긴 터널을 비로소 빠져나와 빛을 만난 듯한 안도감을 느꼈다.

새벽 텔레비전 뉴스를 보던 크라우디는 심장이 덜컹하더니 온몸이 부들부들 떨렸다. 잠시 후 같은 부정맥이 다시 일어나며 가슴 근육에 뻣뻣한 통증이 느껴졌다. 마지막 순간이 가까워져 오고 있음이 틀림없었다. 그녀는 아픈 가슴을 움켜쥐고 일기장을 들고 발코니로 나가 앉았다.

눈이 시리도록 파란 새벽하늘처럼 마음에는 구름 한 점 없었다. 지나온 날들의 기억들이 무지개로 하늘에 떠오르며 색색마다 다른 여러 가지 감정들이 동시에 몰려왔다. 한 줄기 빛이 반짝하는 짧은 한순간에 기쁨, 슬픔, 흐뭇함, 서러움, 분노, 두려움, 억울함, 미움, 사랑, 걱정, 배려, 그리고 그녀를 살인까지 저지르게 한 좌절 등등 크라우디가 겪었던 모든 감정들이 그녀의 가슴을 쳤다. '흐흐흑.' 짧은 회한의 울음 한 가닥이 흘러나왔다.

동생들이 한술이라도 더 먹는 것이 행복해서 자신의 배를 기쁘게 곯았던 어린 시절, 가난에 찌든 생활이었지만 그래도 순수하고 철없어 행복했던 어린 시절을 회상하자 무지개 아래에서 이머니 아버지의 모습이 피어올랐다. 하얀 비단 천사 옷을 입은 어머니 아버지가 보송보송한 구름을 타고 크라우디에게 다가오고 있었다. 말은 전혀 필요치 않았고 마음과 마음이 하나 되어 전해졌다. 따뜻한 배려와 평온함이 가슴을 채웠다. 크라우디는 어머니의 손을 잡고 구름 위로 올랐다. 어느새 부모를 떠나던 열여덟 살의 모습으로 돌아와 있었다. 그들은 함께 구름을 타고 한 줄기 빛을 따라 날아갔다.

그들의 뒤를 해리가 수놓은 손수건을 목에 두른 이름 모를 새를 타고 따라가고 있었다. 밝은 빛이 그들 모두를 비춰주었다.